내가 먼저 죽인다

내가 먼저 죽인다

손선영 장편소설

해피북스투유

차
례

프롤로그　　006

1부 내가 먼저 죽인다　　011

2부 너는 두 번 죽는다　　175

에필로그　　334

작가의 말　　340

프 롤 로 그

오후는 석양에 물들었고, 남자는 그림자에 가렸다. 뚜벅뚜벅 서쪽에서 다가온 남자가 이번에는 덩치만큼 석양을 가린다.

비키라고 말하고 싶었다. 시니컬의 어원을 만든 디오게네스처럼. 이 말이 틀렸을지라도 남자는 알렉산더와 달리 눈길을 끄는 데 성공했다. 테이블 위에 두툼한 돈뭉치를 던져놓으며.

"계약금."

남자는 짧게 말했다. 크지 않은 키, 가무잡잡한 피부, 더해져 불룩 나온 배. 나부대대한 얼굴에서 전형적인 한국인이 그려졌다. 나 조금 살아요, 하고 거들먹거리는 눈빛마저 더해진다. 이런 사람이 그를 찾았다면 목적은 두 가지로 압축된다. 과거에 대한 복수이거나 현재에 대한 제거.

히트맨, 이 직업을 오래 해보면 안다. 몇 개의 돈뭉치로 나를 유혹하려는지. 선글라스를 벗어 손가락을 슬쩍 테이블에 올렸다. 유혹의 무게. 100장, 다섯 뭉치가 봉투 안에 들었다. 무게로는 가볍다.

남자는 눈치가 빨랐다.

"계약금. 세 명. 아니 최종적으로는 네 명이 맞으려나?"

거들먹거림으로 남성다움을 표현하려는 전형적인 양아치였다. 그렇다면 복수보다 제거에 추가 실린다.

쏘아보았다. 남자가 어깨를 움츠린다.

탁자를 살짝 두드렸다.

"네 명을, 다섯 장으로?"

5만 달러. 남자가 가진 유혹의 그릇. 가늠하고 겨누어보았다. 헐렁한 힙합바지 안에 숨겨둔 22구경 블록으로 쫓아 보낼지, 아니라면.

선글라스를 다시 꼈다. 일어서겠다는 무언의 표시. 교섭의 추는 결렬로 쏠린다.

"그게……"

남자는 아직 내밀 카드가 남았다는 듯 꿀꺽 침을 삼켰다. 카드는 남았을지 몰라도 인내는 바닥났다는 뜻이다.

고개를 끄덕였다.

"1,000달러짜리야."

가만, 0이 하나 더 붙는다고? 슬쩍 몸을 앞으로 내밀었다. 남자는 눈치에 더해 판단도 빨랐다. 남자는 관심을 묶어두는 데 성공했다. LA에서 성공한 히트맨 중 한 사람에게.

만고불변의 진리, 떡밥이 크면 대어가 낚인다. 반대로 리스크도 큰 법이다.

"조건은?"

"500만 달러."

휘익. 그는 휘파람을 불었다.

조건을 묻는데 돈을 말한다. 양아치인 줄 알았는데 사업가인가. 눈치에 판단, 거기에 수완도 좋은 남자다. 거래 성립.

그는 웨이터에게 손짓했다. 다가온 웨이터가 물색없이 눈길을 보냈다. 어이없다는 듯 바라보던 남자가 웨이터에게 고압적으로 주문한다. 게다가 팁은 쓰레기를 던지듯이 내민다. 강자에게 약하고 약자에게 강한 비열한 타입. 저 남자는 그냥 양아치에 불과했다. 언제인가 꼭, 손보아주리라.

그는 눈을 들어 선셋대로를 쳐다보았다. 석양은 이제 힘을 잃어 점점 어둠에 잠식당하고 있었다.

성큼 다가왔던 어둠이 발코니 조명만큼 물러섰다. 남자의 눈빛이 번뜩였다. 본론을 꺼내겠다는 뜻. 선글라스를 벗었고 고개를 끄덕였다. 말해봐, 시작은 어디이고 끝은 어디인지.

남자의 이야기가 2년의 기다림과 500만 달러, 플러스알파라는 지점에서 화학작용을 일으킨다.

한국에서 2년이라.

히트맨의 생명은 길지 않다. 죽이는 것은 언제든 죽을 수 있다는 것을 의미하기 때문.

디오게네스라면 다시 통 속으로 들어가 잠을 청했을까. 아니라면!

남자는 탐욕스러웠다. 복수, 그리고 제거를 원했다.

2만 달러에도 거리낌 없이 하던 일이다. 500만에 플러스알파라면 은퇴 자금으로도 나쁘지 않았다. 그러나 저 남자가, 약속을 지킨다는 보장이 있을까. 무려 2년이 지난 뒤에도.

"기간은 반으로 줄 수도 있습니다."

눈치를 보던 남자가 회심의 한 방이라는 듯 말한다.

물 컵을 집는 남자를 노려보았다. 남자의 말 너머에는 '기간이 두 배로 연장될지도 모른다'는 함의가 숨었다. 그런데 오히려 안도하게 된다. 적어도 이번에는, 평범하게 2년은 더 살 수 있다는 말로 들렸기 때문이다.

오케이.

그는 파우치에 1,000달러 뭉치를 챙겨 넣었다. 옷자락이 나풀거렸다. 초저녁 바람이 계속해서 그를 건드렸다.

내일 봅시다.

어제 보았던 것처럼 남자에게 인사했다.

1부

내가 먼저 죽인다

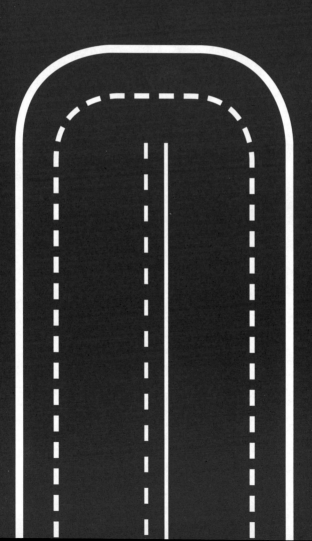

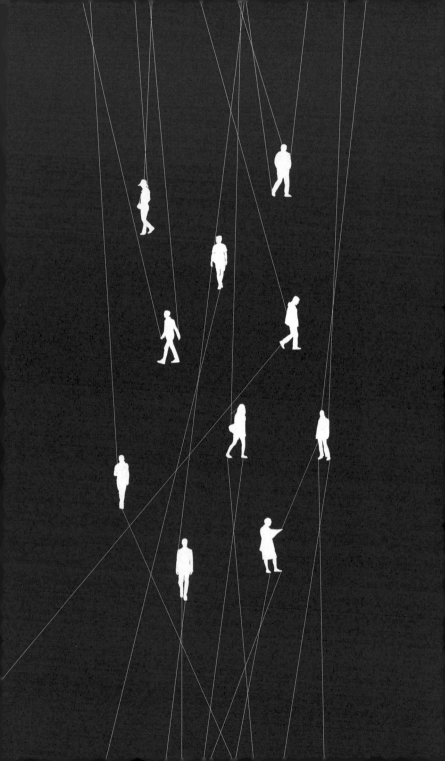

"납치하세요! 저를 납치하라고요!"

이명도 환청도 아닌, 의식이 만들어낸 거짓에 눈을 떴다. 졸았던 것은 아니다. 한 발만 더 물러나면 낭떠러지 아래로 추락하는 자에게 그녀는 과감히 발길질을 했다. 떨어지려는 순간 손을 내민 그녀는 손을 놓을 타이밍만 잰다. 가열찬 의식과 차가운 이성이 맞부대낀다. 눈빛과 눈빛이 부딪친다. 동공과 의지 사이에 낀, 미세한 흔들림에 지난 며칠이 끼어들었다. 새벽부터 꿈틀거렸던 거절할 수 없었던 살인 의지가 발화한 그날이.

인간 손창환
2017년 초

바람은 찼고 밤은 깊었다. 날을 세운 바람이 짙은 어둠을 갈라놓은 탓인지 밤은 생명을 다해가는 중이었다. 공차 등이 켜진 택시는 그럼에도 기세를 잃지 않고 반딧불이처럼 무시로 스쳐 갔다. 가락시장역 근처였다. 짝지와 교대한 지 30분이 지났다. 가락시장역이라면 서울 동남부에서는 알아주는 환락가였다. 평소 같으면 기본요금 손님이라도 제법 타는 곳이다.

"니미럴, 손님도 지랄 맞게 없구만."

손창환은 운전석에서 내려 인도로 뛰어갔다. 급작스러운 찬 바람 탓에 목이 움츠러들었다. 스포츠용품점 새시 옆 자판기에 동전 300원을 넣었다. 담배를 꺼내 물고 종이컵에 뜨거운 물이 떨어지기를 기다렸다. 30초도 안 되는 그사이, 싸구려 모피를 입은 채 비틀거리는 여자가 인도로 나왔다. 커피 추출구와 여자를 번갈아 보다 택시로 급히 달려갔다. 추위 때문인지 발가락에 아련한 통증이 느껴졌다. 앙감질을 하는 찰나, 어디서 나타났는지 다른 택시가 소매치기처럼 여자를 태운다.

"씨바 누가 택시 기사 아니랄까 봐. 새벽이면 밟히는 게 보도방 아가씨들인데 저렇게 채 가네."

시작부터 재수도 없다. 속으로 드는 생각을 애써 욱여넣으며 자판기로 다시 갔다. 버리려 했던 커피를 꺼냈다. 커피도 쓰고 담배도 썼다. 하긴 인생은 더 쓰지. 애먼 담배 연기를 한숨처럼 날리며 하늘을 보았다. 여전히 하늘은 밤과 같았다. 겨울밤은 길기도 하다던, 교과서에서나 보았을 상투적인 문구가 떠올랐다.

"지긋지긋한 내 인생 암흑기가 밤보다 짧을라고."

혼잣말을 하며 운전석으로 다가갔다. 운전대를 꾹 쥐고 가락호텔 근처로 택시를 몰았다.

환락가.

이 시간이면 노래방에서 밤새 놀던 주정꾼들이 하나둘 비틀 거리며 택시를 잡을 시간이다. 되도록 천천히 운전했다. 가락동 우체국 근처까지 갔다 차를 되돌렸다. 그렇게 근처를 세 번째 돌았을 때 한 남자가 눈에 들었다. 고개를 푹 숙이고 한숨을 쉬던 손님이 손을 척 들었다.

"올림픽선수촌아파트 103동이요."

술에 눅지근해진 목소리로 남자가 말한다. 순간 손창환의 몸에 소름이 돋았다.

그놈이다.

머리털마저 곤두서버린 손창환과는 반대로 남자는 뒷좌석에 몸을 파묻었다. 가볍게 코까지 곤다. 잠시 속도를 늦추고 룸미러로 남자를 보았다. 태평함에 빠져 완전히 무방비한 남자, 살기 편해졌다는 뜻일까. 살이 붙고 주름이 늘었다. 이전보다 배가 더 나왔지만 분명 그놈이었다. 박상준.

상투적이었던 긴 밤도 지랄 맞게 없던 손님도 단번에 불식시킬, 아니 손창환에게는 원수와도 같은 박상준이 첫 손님이라니!

박상준과 손창환은 직장 동기였다. 고졸로 은행에 입행했던 손창환과 달리 박상준은 대졸이었다. 지역 은행이었던 경상은행은 1992년을 즈음해 활황기의 정점을 찍었다. 매년 200여 명씩 뽑던 행원도 1992년에는 45명으로 줄었다. 되짚어 보면 대대적인 경기 둔감화의 신호탄이었다. 이해에 뽑힌 동기는 대졸과 고졸을 막론하고 신입 행원 연수를 한꺼번에 받게 되었다. 대졸은 대졸끼리, 고졸은 고졸끼리라는 불문율도 깨진 것이다. 덕택에 발령장을 받으며 입행식에서나 만날 뿐 서로 얼굴도 모르던 대졸과 고졸 신입 행원 들이 연수에서부터 '동기'라는 카테고리에 묶였다.

박상준은 그해 대졸 동기 중 그리 뛰어나지도 또 도드라져 보이지도 않던 사람이었다. 한 달짜리 신입 행원 연수가 끝나던 밤, 박상준이 고졸 남자들을 깨웠다.

"옥상으로 와."

군대 내무반을 본뜬 은행 연수원 기숙사에서 동기들이 느리게 몸을 일으켰다. 고졸 아이들은 평소처럼 "왜요, 형?" 하고 꾸무럭거렸다. 손창환도 눈을 비비며 일어났다. 그때였다. 박상준이 손창환의 뺨을 착 내리갈겼다. 순간 열 명의 동기들이 벌떡 자리에서 일어났다. 녀석들은 누가 먼저랄 것도 없이 운동화를 챙겨 신고 옥상으로 올랐다.

"너희 새끼들. 하나같이 빠졌어. 형들에게 대들기나 하고."

지금도 무슨 연유로 맞았는지는 모른다. 빠졌다니 잘하겠습니다, 했고 대들었다니 죄송합니다, 라며 고개를 숙였다. 어디서 구해 왔는지 모를 각목으로 박상준은 열 명의 고졸 동기를 위협했다. 몇몇 대졸 동기들이 옥상까지 올라와 담배를 피우고는 적당히 해, 라며 말리는 척했다.

박상준은 고졸 동기들에게 '엎드려뻗쳐'를 시키고 볼기를 열 대씩 때렸다. 바싹 얼어버린 아이들을 보며 박상준이 씩 웃었다. 웃는 모습이 역겨워 손창환이 인상을 찌푸렸다. 순간 눈이 딱 마주쳤다. 손창환만 다시 엎드려 다섯 대를 더 맞았다. 박상준이 손창환에게 구더기 같은 새끼라며 욕을 했다. 태어나 처음 겪는 수모였다. 깊이 아로새겨진 그날 밤 일은 무시로 손창환을 건드렸다.

수치스러운 기억도 점점 위세를 잃어가던 1996년 말, 손창환이 일하던 C시 시 금고에 박상준이 발령을 받아 왔다. 그때는 평행원이 아니라 책임자인 대리 직급을 달고 있었다. 동기라고는 하지만 대졸과 고졸, 군 복무를 포함한 7년 차이가 두 사람의 위치를 갈라놓았다.

손창환은 시 금고, 즉 특정 시의 재정을 관리하는 데 탁월한 능력을 보였다. 2조 원 가까운 시의 재정을 일마감하면서 원 단위까지 맞추어야 하는 작업이었다. 여기에는 고지서를 집합해 시의 재정으로 바꾸는 수입 업무, 적절한 곳에 돈을 배분하거나 사용하는 시의 지출 관리와 함께 공무원에게 소위 '기름칠'을 하는 인력 관리까지 포함되었다.

직장 생활 5년이 지난 즈음, 손창환도 세상이 그리 깨끗하게 돌아가지 않지만 만만하게 버티기도 쉽지 않다는 정도는 깨달았다. 그러나 다시 만난 박상준은 세상과 완전히 부합해 속물이 되어 있었다.

박상준은 시 금고에 책임자로 발령을 받자마자 주요 공무원들과 룸살롱에 갔다. 비싼 술자리는 개별적이고 은밀했으며, 또

한 그것이 전부는 아니었다. 공무원들을 룸살롱 아가씨들과 잠자리에 들도록 만들었다. 거기서 그치지 않고 공무원들이 어느 때고 룸살롱에 들르면 외상으로 술을 마시게끔 조치했다. 덥석 물어버린 뇌물과 마시기 좋은 술로 인해 시의 자금을 이율 '0퍼센트'로 운영해도 공무원들은 묵인했다. 시 재정을 시 계좌도 아닌 은행 가수금 계좌에 며칠씩 묶어놓기도 일쑤였다. 좋게 보면 용의주도하지만 철저하게 공무원들을 부패라는 거미줄로 옭아맸다. 공무원들 역시 가수금 계좌에 오래 묶어둘수록 더 많은 술과 뇌물이 따라온다는 현실을 인지했다. 상부상조하는 부패 커넥션이 만들어진 것이다.

어느 날인가는 박상준이 OCR 기계로 고지서 수입 작업을 하던 손창환에게 이런 말도 던졌다.

"너는 OCR 기계로 세금이나 평생 읽히면서 살아라. 나는 누구보다 먼저 진급해서 내가 엮은 사람들과 크게 해먹을 테니."

박상준은 윗사람에게는 깍듯했다. 반대로 부하 직원에게는 함부로 대했다. 아니, 기계의 부품처럼 여겼다. 그래서 자신이 원하는 행동이나 말을 하지 않는 직원을 모함하고 모욕을 주는 일이 다반사였다. 한 번 그에게 찍힌 직원은 어떻게든 다른 지점으로 발령이 나도록 손을 썼다. 견디지 못한 부하 직원이 먼저 인사부에 연락을 취할 때도 있었고, 박상준이 여러 경로를 통해 인사부, 검사부, 심지어 사고조사부까지 전화를 넣었다.

1999년 겨울 즈음이었으리라. 출납을 보던 여직원이 야간대학을 가겠다고 박상준에게 상의했다. 은행 추천서가 있으면 산업체 특별전형으로 전액 장학생이 된단다. 생긴 지 얼마 되지 않은 전형이라 지점에서 추천서를 써야 했기에 여직원은 울며 겨자 먹기로 박상준에게 상의했던 것이다. 그런데 박상준의 대답이 걸작이었다.

"얼굴도 못생긴 게 대학은 왜 갈라고? 그럴 시간에 일이나 좀 잘하지?"

여직원은 그해에 야간대학에 입학하는 것을 포기했다.

당좌와 신용카드 업무를 보던 선배 여직원은 박상준에게 너무한 것 아니냐며 대들었다. 그러자 하극상이라며 본점 인사부에 대뜸 전화를 걸었다. 박상준은 억울하다며 전화기에 대고 눈물을 흘렸다. 곧바로 대든 여직원을 인사부 차장에게 바꿔주었다. 급작스러운 상황에 여직원은 큰 죄라도 지은 것처럼 죄송합니다, 하는 말만 되뇌었다. 얼마 후 대들었던 여직원에게는 치욕적인 지점 내 계 발령이 났다. 시청 등록과에 홀로 파견을 나가 달랑 책상 하나만 놓고 수납 업무를 보게 했던 것이다. 계급이 만든 직장 내 '갑질'이었다.

2000년이 되었을 때 경상은행에서는 2차 명예퇴직을 실시했다. 1998년에 있었던 1차와 달리 평행원도 명예퇴직이 가능할 정도로 구조조정의 압박이 심했다. 이때 열두 명이 있던 C시시 금고 지점 직원 중 지점장과 책임자인 대리 박상준만을 제외한 평행원 열 명 전원이 명예퇴직을 신청했다.

은행이 뒤집히다시피 소동이 벌어졌다. 어느 점포도 평행원 전원이 명예퇴직을 신청한 곳이 없었기 때문이다. 이로 인해 인사부에서 자체 조사를 나왔고, 검사부에서도 무슨 일인지 묻는 전화가 걸려 왔다. 이때마다 박상준은 부하 직원의 잘못을 지적하고 공무원 응대에 소홀해 시 금고의 2조 원 가까운 예금이 떨어져나가게 생겼다며 거짓말했다. 본점 입장에서야 행원 한 명의 손실보다는 2조 원에 달하는 시의 예산이 더 큰 그림이었다.

손창환은 박상준의 행동을 보며 구역질이 치밀었다. 어떻게 사람이 저렇게 변할 수 있지? 저 사람은 비겁한 것도 모자라 더럽기까지 하다.

열 명의 명예퇴직 신청에서 세 명의 신청이 반려되었다. 야간 대학을 가려던 출납계 여직원과 손창환, 그리고 박상준에게 대들었던 당좌계 여직원, 이렇게 셋이었다. 최소한 시 금고 점포를 꾸려갈 수 있는 직원에 한해 명예퇴직이 반려된 것이었다. 이에 반발한 여직원 두 명은 미련 없이 사표를 냈다. 손창환 역시 사표를 냈다. 그런데 손창환의 사표만 반려되었다. 일반적인 입출금 업무는 누가 와도 대체가 가능하지만, 시 금고 업무는 대체가 불가능하다는 이유였다. 인사부와 박상준의 회유가 끊임없이 이어졌다. 무조건 그만두면 안 된다는 것이다.

이즈음 노조에서 연락이 왔다. 퇴직한 직원에게서 박상준이 여직원뿐 아니라 부하 직원을 못살게 굴어 모두가 퇴직했다는 첩보를 입수했단다. 노조 부위원장인 하유태가 손창환을 만나고 싶어 했다. 시간은 언제라도 좋으니 마치는 대로 오라며 전화를 끊었다.

첩보라니. 모두가 그만둔 이 마당에. 헛웃음이 났다.

업무는 배가 되었고 마치는 시간은 늘 새벽이었다. 그날 밤 10시쯤 경상은행 본점으로 갔다. 손창환은 노조 부위원장 앞에서 지난 2년간 박상준이 벌였던 일에 대해 비교적 상세하게 진술했다. 부위원장 하유태는 심각하게 이야기를 들으며 두 번 다시 이런 일이 벌어지지 않도록 하겠으며 박상준에 대해서도 적법한 조치를 취하겠다고 약속했다.

"아니요. 적법한 이유가 아니라 사표를 쓴 여직원들을 돌아오게 해야 합니다. 너무 억울하게 그만두었어요."

손창환은 하유태에게 호소했다.

그 뒤로 며칠이 지났다. 박상준이 손창환을 시청 뒤뜰로 불러냈다.

"하유태한테 온갖 이야기를 다했다더라?"

박상준이 손창환의 어깨를 만지며 물었다. 순간 소름이 돋았다.

"그런데 어떡하냐? 노조에서는 너를 허위 사실을 유포한 내부고발자로 규정했는데."

내부고발자로 규정……을 했다? 거기다 허위 사실 유포라고?

박상준은 손창환에게 과거형으로 말했다.

"곧 시청에 직원들 채워질 거야. 채워지면 너도 한직으로 발령 날 거고."

박상준이 못을 박았다.

말도 안 된다고 생각했다. 그러나 말도 안 되다던 생각은 하나둘 현실이 되어 나타났다. 손창환은 시 금고 업무가 안정된 1년 뒤 은행에서 사고자들이나 발령받는 '금융조사실'로 가게 되었다. 그럴듯한 이름이지만 대부분이 일선 점포에서 여러 사유로 더는 일을 할 수 없게 된 직원들이 그만두기를 거부할 때 은행에서 강제 발령하는 부서였다.

그즈음 이상한 소문이 돌았다. 손창환이 대학을 가기 위해 그만둔 여직원을 임신시키고 나 몰라라 했다는 이야기였다. 임신 소문이 시청에 날까 봐 박상준을 파렴치하게 직원들을 욕하고 다니거나 이간질을 시키는 책임자로 손창환이 거짓부렁을 했단다. 그게 손창환이 금융조사실로 발령이 난 이유란다. 거짓을 거짓으로 덮고 거짓을 거짓으로 소문 낼 사람이라면 박상준밖에 없다.

손창환은 억울했지만 참았다. 누군가는 손창환에 대한 진실을 알아줄 거라 믿었다. 그런데 허사였다. 박상준은 거기서 그치지 않았다. 대졸자 동기 중 한 명인 강석범이 손창환을 무시로 불러냈다. 그는 본점 자금부 직원이었다. 한층 아래에 위치해 있는데 갖가지 구실로 불러내 욕을 하거나 뺨을 때리기까지 했다. 이미 겪었던 일, 서열이 확실한 지방 은행에서 대들기라도 하면 하극상이니 내부고발자니 해가며 손창환을 더욱 궁지로 몰 게 뻔했다.

"어차피 넌 내부고발자잖아."

강석범이 뺨을 때렸다. 안경이 날아가 깨졌다.

"강석범 주임이 내부고발자 이야기, 어떻게 아셨어요?"

"새끼야. 박상준은 우리 동기 중에서…… 아, 고졸은 빼고. 진급이 제일 빨라. 지점장도 제일 빠르겠지만 이사도 제일 빨리 될 거라는 소문까지 벌써부터 돌아. 잘 보여야지. 상준이가 손 써줘서 나도 여기서 진급하거든. 너 하나 죽여놓는 게 대가이기는 하지만. 내 은행 생활이 평생 평탄할 테니까. 너는 은행을 그만두지 않는 한 문제 직원으로 낙인찍힐 거고."

이때부터였다. 손창환은 직장에서도, 또 삶에서도 완전히 자신감을 잃고 말았다.

포기하게 되었다. 나는 박상준을 이길 수 없다. 아니, 나는 저렇게 사악해지지 못할뿐더러 적절히 대응하지 못한 내 인생은 이미 끝났다.

자연스레 술에 의지하게 되었다. 반겨주는 술자리라면 어디든 찾아갔다. 반기지 않아도 찾아갔다. 몇 개월 지나지 않아 술 없이는 살지 못하는 자신을 발견했다. 출근은 매일 늦어졌고, 금융조사실 내부에서도 그를 멀리하기 시작했다. 사직서를 낼 용기도 없어 며칠씩 출근하지 않았다. 그러다 술의 힘을 빌려 에둘러 명예퇴직을 시켜달라 인사부에 졸랐다.

그때 누가 그랬다. 아마 인사부 직원이었던 것으로 기억한다.

"너 완전 인생 망쳤구나. 시 금고를 책임지던 영민했던 직원이 쓰레기가 됐구나."

그래, 손창환은 쓰레기가 되었다. 그 뒤로도 한참을 쓰레기처럼 살았다. 알코올에서 벗어나지 못했다. 마시지 않으면, 아니 취하지 않으면 하루도 잠을 잘 수 없었다.

이 시기는 대한민국도 엉망인 상태였다. 다섯 개 은행이 퇴출되었고 기업은 줄줄이 도산했다. 경상은행은 은행 살리기라는 이름으로 어마어마한 부정 대출을 통해 가족이나 타인 명의로 증자된 주식을 청약해 샀다. 개인보다 단체가 우선되어 저질러진, 명백한 불법이었다. 경상은행은 IMF가 정한 BIS비율을 달성하지 못해 자본 잠식으로 전락했다. 1년 뒤 경상은행은 구조조정에서 패하며 전액 강제 감자減資 조치에 이은, 자본 비율 0퍼센트의 경영권이 없는 은행으로 전락했다.

손창환 역시 경상은행 살리기라는 이름으로 샀던, 휴지 조각이 되어버린 우리사주로 인한 빚만 2억여 원가량을 떠안은 빚쟁이에 알코올중독자가 되어버렸다.

은행도 어떻게 그만둔 건지 정확히 기억나지 않았다. 기억이 몰아내버렸다고나 할까. 며칠씩 출근을 하지 않다 아침까지 깨지 않은 술김에 그만두겠다, 인사부에 전화했던 것으로 어렴풋이 기억한다.

흥청망청 술로 살았다. 어떻게든, 어디서든 술을 마셨다. 사람들이 완전히 떨어져나가 아무도 손창환을 거들떠보지 않을 때까지 술과 함께 했다. 오로지 술만 친구였다.

정신을 차렸을 때 손창환의 인생은 완전히 망가져 있었다. 카드 빚에 은행 대출에 밀린 공과금까지. 살던 집은 단수, 단전이 되었다. 가스 역시 마찬가지. 밥 한 그릇 먹을 돈도 없어 굶기 일쑤였다.

소문은 빨랐다. 대학 때부터 10여 년, 거둬 먹이다시피 했던 친구들 누구와도 연락이 닿지 않았다. 그래도 어머니는 저녁마다 손창환을 찾아왔다. 어느 하루, 어머니가 눈물로 호소했다.

"도대체 왜 이러고 사니? 네가 아버지 살리겠다고 대학도 안 가고 은행을 들어간 건, 그래, 지금도 이 어미는 마음이 찢어지게 아프다. 뺑소니 당한 후유증으로 아버지가 죽었지만, 그래도 네가 이 집을 살 때만 해도 엄마는 아들 잘 키웠다고 생각했다. 그런데 이게 뭐냐? 이제 이 집 빼고 남은 게 뭐냐?"

잠시만 엄마. 말해놓고 어머니에게 만 원짜리 한 장을 내놓으라고 윽박질렀다. 편의점으로 달려갔다. 술을 사 왔다. 술 없이는 맨 정신에 말을 할 수 없었기 때문이다. 미친놈처럼 어머니와 맥주 캔을 들고 건배했다. 그런 뒤 지나간 일에 대해, 비록 어머니라고 하지만 처음으로 다른 사람에게, 과거를 고백했다. 왜 쫓겨나다시피 은행을 그만두었으며 이렇게 술에 의지하고 사는지.

"엄마. 나 사람이 무섭다. 그런데 이제 남은 건 빚밖에 없다.

어쩌나 이제."

"집 팔자. 이 집도 팔고, 엄마 사는 집도 팔자. 그래서 빚 갚고 새로 시작하자. 아들, 그럴 수 있지?"

어머니가 흐느끼며 손창환의 손을 잡았다. 손창환은 어떻게든 다시 살아보겠다고 다짐했다.

어머니의 말대로 손창환은 집을 팔았다. 어머니도 집을 팔았다. 급매라 제값은 못 받았지만 어머니와 단둘이 살 수 있는 전세금 정도는 남았다.

손창환은 아버지 친구가 이사로 있는 도색 업체에 취직했다. 박봉에 위험 요소가 많은 일이었지만 오랜만에 정신을 차리고 산다는 게 의미 있었다. 그런데 취직을 하고 몇 달 지나지 않아 '법원 출두 명령서'가 날아왔다. 시청 모 공무원의 비리에 손창환이 연루되었다는 것이다. 누군지조차 기억나지 않는 이름이었다.

법원에 갔을 때 당했다는 사실을 알았다. 수도과 공무원이 국고에 편입되는 교육세가 수입되는 날짜와 국고에 귀속되는 날짜가 한 달가량 차이 난다는 걸 알고 이를 편취하거나 유용해 주식으로 탕감했다. 이를 묵인해준 것은 박상준이었다. 손창환은 이 무렵 이미 금융조사실에 발령이 나 있을 때였다. 그런데 비리로 붙잡힌 공무원이 돈을 편취하거나 유용하는 방법을 손창환이 알려주었고 함께 룸살롱도 자주 갈 정도로 친했다고 진술했다. 편취한 돈은 손창환과 나누어 썼다며 재판 과정에서 눈을 맞추기까지 했다.

검찰 측 증인으로 재판에 참여했던 박상준이 못을 박았다. 비리를 저지른 공무원과 손창환이 친했으며 얼핏 스쳐가는 말로 손창환이 국고를 유용할 수 있다는 사실을 박상준에게도 말한 적이 있었다고 진술했다.

검찰은 손창환의 죄질이 나쁘다며 2년 6개월을 구형했다. 나쁜 일은 한꺼번에 온다고, 어머니가 암에 걸렸다는 사실도 교도소에서 알았다. 버팀목이었던 어머니는 법원에서 집행유예 없는 징역 2년이 확정되던 날 모습을 드러내지 않았다. 나 같은 건 죽어도 된다. 포기하니 편했다. 손창환은 항소를 거부했다. 어머니는 죽었겠지, 지레 짐작했다. 희망을 잃고 인생을 버린 자의 말로였다.

수감을 마친 뒤 손창환은 무작정 서울로 올라왔다. 도무지 고향에서는 살아갈 엄두가 나지 않았다. 아니 집 근처조차 갈 자신이 없었다. 아무도 모르는 서울에서 보통 사람처럼 살고 싶었다. 그게 꿈이었다.

보통 사람처럼 사는 것!

세상은 보통 사람처럼 사는 것도 어려웠다. 가락시장에서 야채 배달을 할 때는 한 번 배달할 때마다 500원을 받았다. 밤부터 오후까지 일하면 달에 70만 원 정도가 손에 떨어졌다. 집도 절도 없어 가게 한편에 야채 박스를 깔고 잤다. 오전 10시 한가한 시간이면, 가락시장 구석에 있는 함바 식당에서 1,500원짜리 정식으로 하루 허기를 때웠다. 안 쓰고 안 입고 돈을 모아도 1년에 300만 원 모으기조차 힘들었다. 겨우 보일러실을 개조한 월세를 얻었을 때는 남보다 배달이 늦는다는 이유로 가락시장에서도 잘렸다.

한 번 시작한 일이 배달일이어서인지 이후로 배달이란 배달은 해보지 않은 게 없을 정도였다. 짜장면부터 피자까지, 요식업은 다 거쳤고 배달 대행에 퀵서비스까지 해보았다. 새벽에 음주 차량에 부딪치는 큰 사고가 난 뒤로 더는 오토바이는 몰 수 없었다. 7년 전, 마지막이라며 선택한 일이 택시였다.

요즘은 스스로에게 이렇게 말한다. 택시라도 몰 수 있는 게 어디냐고. 간혹 술 취한 손님이 묻는다. 택시 해서 밥은 먹어요? 그러면 이렇게 대답한다. 그럭저럭 밥만 먹고 사는, 그게 어딘데요.

벌써 20년이나 다 되어가나.

뒷자리에 앉아 눈을 감은 박상준을 보며 지난 세월을 통감했다. 어제까지만 해도 그럭저럭 밥은 먹고 살아서 행복하다고 생각했다. 그런데 비등비등 살이 찌고 배가 나온 박상준을 보자 갑자기 역겨워졌다. 밥만 겨우 먹고 사는 이게 뭐라고.

올림픽선수촌아파트 103동 앞에 차를 세웠다.

"손님 다 왔습니다."

"얼마요?"

눈을 뜬 박상준이 물었다. 표준어도, 그렇다고 경상도 사투리도 아닌 억양은 지금도 똑같았다.

"6,300원입니다."

"마이도 나왔네. 6,000원만 받으소."

그러더니 만 원짜리를 조수석에 툭 던졌다. 이가 갈렸다. 단번에 파악된다. 박상준, 변한 구석이라고는 없다. 군말 없이 4,000원을 거슬러주었다.

"고맙소, 기사 양반. 잘사소."

그러더니 차에서 내린다. 만 원짜리를 쥔 손이 부들부들 떨렸다. 바투 쥔 두 주먹에 피가 몰렸다. 눈길은 계속해서 박상준을 뒤쫓는다. 공차 등도 켜지 않은 채 멍하니 그림자를 따랐다. 현관 등이 꺼지고 얼마 지나지 않아 계단참 한 곳에 불이 들어왔다. 아파트 중간쯤이었다. 불이 꺼질 때까지 그곳을 보았다. 잠시 뒤 계단참과 같은 층 좌측 거실의 불이 들어왔다. 손창환은 저도 모르게 위에서부터 아래로 층을 세기 시작했다. 1……12, 13. 아래까지 내려오는 데 13. 103동 정문을 보았다. 좌측이 7, 우측이 8이었다.

"103동 1307호라."

손창환은 이를 질끈 깨물며 차를 돌려 나왔다.

원수와 같은 박상준을 만났다고 절망했던 그날은, 언제 그랬냐는 듯 손님이 끊이지 않았다. 심지어 가락시장에서는 택시를 몬 이후 처음으로 합승을 받았다. 다음 날 새벽이 되어 사납금을 넣으려 미터기 정산을 하며 입이 쩍 벌어졌다. 기사들 말로

'장거리를 크게 뛴 것'도 없는데 무려 42만 원 가까이 벌었다. 사납금 9만 9,000원을 떼도 31만 9,000원이 넘었다.

"살다 살다 처음이네. 택시 해서 번 돈이 30만 원 넘기는. 개새끼 박상준이…… 떼먹은 300원만 아니었으면 32만 원 넘기는 건데. 죽여도 시원찮을 새끼."

"왜 그래?"

손창환과 교대하려던 짝지 명철이 무슨 일 있느냐는 듯 눈을 부라렸다.

"어, 아냐. 오늘 죽이고 싶은 마음이 들 정도의 나쁜 손님을 만났었거든."

"아서라. 우리가 한두 살이냐. 10년만 젊었어도 죽이도록 싸웠겠지만 애가 열일곱이다. 대학 보낼 생각하면 마누라랑 하다가도 그게 죽는다."

"허, 허허. 하다가 죽을 마누라라도 있으면 좋게! 아침은 내가 낼게. 안동집 국밥 어때?"

"조오치."

국밥집 여주인이 창환에게 짠돌이가 웬일이냐는 눈빛이었다. 국밥을 내려놓으며 기분 좋아 보여, 하고 웃는다. 두 사람은 국밥을 먹었다. 게걸스럽게 국밥을 먹은 두 사람이 식당 밖에서 담배를 나눠 피웠다.

"설에는 뭐할 거야?"

명철이 묻는다. 며칠 남지 않았다. 뻔하다. '방콕' 아니면 택시 운전. 가고 싶은 곳도, 갈 데도 없다. 괜스러운 질문을 질문으로 환기시키려 물었다.

"명철이 너는 살면서 죽이고 싶은 사람 없었어?"

"왜 없었겠냐? 처자식만 없었어도 택시 몰게 만든 사장, 죽이고 싶다야."

명철은 건설 회사 상무였다. 삼도급 업체쯤 되는 건설 회사였는데 한창 회사가 잘될 때 사장이 돈을 들고 중국으로 튀었다.

"60억 들고 간 사장 새끼. 중국에서 잘사나 몰라."

명철이 100번쯤 했던 말이다. 그만큼 기억에 크게 각인되었다는 뜻이리라.

"진짜 처자식만 없었으면 중국으로 찾아가서 죽였다."

"명철아. 너 만약에 돈 들고 튀었다는 사장이 네가 모는 택시에 타면 어쩔 거냐?"

"씨바. 볼 게 뭐 있냐. 사장 새끼 죽고 나 사는 거지."

"사장 새끼 죽이고 나 산다?"

손창환은 명철의 말을 흘려들으며 크게 웃었다. 그렇지만 가슴에 콕 박힌다. 사장 새끼 죽이고 나 산다!

명철이 손창환을 마천동 끝자락 원룸에 데려다주었다. 돈 많이 벌어, 인사를 건네고 택시에서 내렸다.

금세 샤워를 마쳤다. 자려고 누웠지만 눈이 말똥말똥했다. 계속해서 명철의 말이 머릿속에 맴돌았다. 그 말이 곧 '너 죽고 나 산다'는 말로 뒤바뀐다. 말은 꼬리에 꼬리를 물다 손창환이 박상준에게 오히려 죽임을 당하는 꿈이 되었다. 거칠게 숨을 쉬며 눈을 떴을 때는 오후 5시가 넘은 시간이었다.

냉장고에서 물을 꺼내 벌컥벌컥 들이켰다. 두통으로 눈알이 욱신거렸고 목이 따끔거렸다. 스트레스를 받으면 언제부터인가 나타나는 증상이었다. 동네에 있는 분식집에서 저녁도 아닌, 그렇다고 아침도 아닌 한 끼를 해결했다. 왠지 돌을 씹는 느낌이었다. 목구멍에 자꾸 돌 하나가 걸린 듯한 기분마저 들었다.

어제까지만 해도 산다는 게 참 재미있었는데.

그럭저럭 텔레비전을 보며 시간을 때우다 교대 시간에 맞춰 전화를 걸었다. 짝지인 이명철은 일산까지 갔다 온다며 조금만 더 기다리란다. 평소보다 30분쯤 늦은 새벽 5시가 넘어 명철이 손창환을 태우러 왔다. 곧바로 명철이 회사 노조에서 사납금과 수입을 정산했다. 하루걸러 반복되는 일상이다. 손창환이 운전대를 쥐고 명철을 집까지 태워주었다.

내리면서 창환이 말한다.

"오늘은 나쁜 손님 만나지 마라."

그래, 대답해놓고 쓴웃음을 지었다. 명철의 뒷모습을 본 뒤 손창환은 곧바로 차를 몰았다. 번뜩 정신을 차렸을 때는 마치 귀신에 홀린 듯 올림픽선수촌아파트를 바라보고 있었다. 뇌까리는 말도 정신이 들었을 때에야 알아차렸다. 너 죽고 나 산다.

너 죽고 나 산다. 진화하고 퇴화하듯 무시로 단어가 바뀐다. 박상준 네가 죽어야 내가 산다. 상준이 네가 죽어야 내가 살

것 같다. 죽어라, 제발. 죽여버린다. 죽여버린다?

죽여버릴까? 불현듯 그런 생각이 스쳤다. 박상준을 죽여버린 다?

그래, 죽여버리자. 어차피 막장에 다다른 인생이다. 자고 일어 나도 할 일이란 운전대를 쥐고 서울 거리를 내달리는 것 말고는 없다. 내일도, 또 모레도 마찬가지다. 어차피 볼 것 없는 인생, 하나쯤 '진창에 처박고 칼자루로 담그고 간다'고 해서 달라질 게 있을까.

박상준 한 명으로 인해 열 명의 인생이 시궁창으로 처박혔다.

시 금고 캡이었던 계장은 명퇴금으로 패밀리마트를 운영하다 말아먹었다. 이후 보험부터 대리운전 기사, 택시까지 웬만한 직 업을 전전하다 이혼했다고 들었다. 연락은 끊어졌다.

박상준에게 대들었던 여직원은 취직이 힘들었다. 취직 서류 를 넣은 회사들마다 한두 달쯤 뒤에 잘렸다. C시에서는 경상은 행 대출을 쓰지 않는 회사가 없다고 단언해도 될 정도다. 박상 준의 압력이 있었을 거라 어렴풋이 짐작하며 함께 분노했다. 직 장에 대한 트라우마로 변한 탓에 그녀는 두문불출하며 처녀로 늙어갔다. 그녀마저도 5년 전부터는 연락이 되지 않았다.

야간대학을 가겠다고 했던 여직원은 지역 4년제 대학에 입 학했다. 그러나 졸업할 즈음에 급성 폐렴으로 사망했다. 지지리 복도 없는 결말이었다.

어디 그뿐인가.

어린 시절 소아마비를 앓아 장애인 특별채용으로 입행했던 여직원은 명퇴를 한 뒤 취직이 요원했다. 비디오 가게를 열었다는 이야기까지는 들었다. 출소한 뒤 비디오 가게를 찾아갔지만 옷 가게로 바뀌어 있었다.

어찌 하나 잘사는 사람이 없을까? 되짚어 보면 이들 모두 갑자기 인생의 방향키를 엉뚱한 곳으로 틀어버린 탓이다. 그나마 은행원과 결혼했던 여직원 두 사람 정도가 정상적인 삶을 산다. 손창환은 어떤가…….

"열 사람의 인생이었어. 이런 비참한 결말이 어디 있냐고! 영화라면 나부터도 재미없어서 안 본다."

지금에 와서 생각해보면 손창환부터 기조가 서 있지 않았다. 20대 젊은 날, 박상준 같은 파렴치한이 멱살을 쥐고 흔들어도 맞서 싸울 용기가 없었다.

"그래, 나도 비겁했던 거야. 싸우려면 싸우고 죽인다고 하면 나도 죽이겠다고 맞서야 했는데."

혼잣말을 하는데 택시 뒷문이 열린다.

"아저씨. 천호동 가주세요. 이마트에요."

네. 대답하고 정신을 차렸다. 벌써 날이 밝아져 사람들이 출근한다.

"아저씨, 무슨 좋은 일 있으신가 봐요?"

뒷좌석 손님이 물었다. 그제야 룸미러로 손님을 보았다. 20대 후반 정도, 둥그런 인상이 참해 보였다.

"제가 좋은 일 있어 보입니까?"

"네. 제가 차를 타도 모르시던데요. 계속해서 웃고 계셨어요. 행복해 보이시던데요?"

"그랬나요? 아이고, 죄송했습니다."

의례적인 감사 인사를 전하고 차를 몰았다. 행복해 보인다고? 뜻밖의 말이었다. 매번 차에 타는 손님이라면 담배 냄새가 난다거나, 아저씨 냄새가 난다는 등 트집을 잡는 게 다반사였다. 그런데 행복해 보인다니. 신선한 충격이었다.

천호동으로 향하는 동안 아가씨에게 살살거리며 몇 마디 농담도 건넸다. 내릴 때는 끝 단위 잔돈을 깎아주었다. 그러자 명함을 달란다. 택시 번호가 적힌 명함을 아가씨에게 건넸다. 앞으로 자주 콜 할게요, 하며 눈웃음을 지었다.

하루 종일, 운전하는 내내 손님들이 오히려 반갑게 맞아주었다. 그와 달리 손창환의 머릿속은 하나의 생각만 오롯했다. 박상준을 죽인다.

"세상 참 별일이야. 그런데⋯⋯. 크하하핫!"

통쾌하게 웃었다. 택시를 모는 손창환의 기분을 날씨로 표현한다면, 런던의 날씨처럼 늘 우중충했다. 더러는 돌풍이 불기도 했고 태풍이 휘몰아칠 때도 있었다. 맑은 날은 찾기가 어려웠다. 그런데.

"죽이자. 까짓것. 죽이는 거다. 박상준 이 개새끼."

장난스레 말해놓고 나니 또 웃음이 터졌다.

운전대를 쥐고 통쾌하게 웃는데 손님이 차를 세웠다. 머리를 짧게 깎고 군인처럼 보이는 사람이었다. 손창환과 비슷한 40대 중후반의 나이였다.

"어서 오세요."

말하고 크게 웃었다. 심지어 뒤를 돌아보며 손님에게 고갯짓으로 인사까지 건넸다.

"좋은 일 있으신가 봅니다."

"아, 그게요." 손창환은 잠시 고민했다. "이렇게 택시를 몰게 만든 원수를 만났지 뭡니까. 비록 제가 택시를 몹니다만, 택시를 꿈이라고 생각하고 택시에 청춘을 바치는 사람은 없잖아요? 어쩔 수 없이 모는 거지. 저 역시 인생 한 번 크게 망가졌거든요. 그런데 저를 이렇게 만든 사람을 16년 만에 만났지 뭡니까. 저도 나이 들어서 설마 이럴까 했는데⋯⋯. 죽이는 상상만으로도 행복해지지 뭡니까!"

"이해가 가네요. 그래서 정말 죽이시려고요?"

"생각이죠, 생각. 그런데도 행복하니."

"그렇죠. 사람이니까 살다 보면 죽이고 싶은 사람도 생기고 대신 죽어주고 싶은 사람도 생기고 그런 거죠. 그런데 살인을 한다는 건 다른 문제잖아요. 살인하고 잡히지 않는다는 건 불가능하니까요. 뭐라더라, 추리소설 같은 데, 완전범죄? 소설이니까 가능한 거지 이런 단어는 사실 현실에서는 찾아보기 힘들잖아요."

"그렇지요, 당연히."

"기사님이나 저 나이쯤 되면 버러지만도 못 한 놈들을 보게 되잖아요. 그런 놈들 하나 쓸어버린다고 세상이 바뀌는 것도 아니고. 잘해보세요, 한번. 완전범죄, 멋지잖아요."

손님의 말을 들으며 고개를 주억거렸다. 남자는 말을 해놓고 자신이 읽었다는 추리소설을 들먹였다. 아가사 크리스티의 『그리도 아무도 없었다』였다. 그 정도라면 손창환도 10대에 읽었다. 남자가 내리기 전까지 이런저런 이야기를 건넸지만 딱 하나의 단어만 들렸다. 완전범죄.

그래, 완전범죄라.

밤이 이슥해지고 손님이 뜸해졌을 때 손창환은 다시 올림픽선수촌아파트에 차를 세웠다.

죽이는 거다. 완전범죄로. 박상준을 죽인다. 누구도 찾아내지 못하게끔. 장난 같은 다짐이 조금씩 실체를 띠었다.

일을 마치자마자 동네에 있는 PC방으로 갔다. 인터넷 창을 열어놓고 '살인', '범죄' 같은 단어들만 써넣었다. 대부분 황당하거나 손창환이 생각하는 것과는 거리가 먼 이야기만 검색되었다. '남편을 죽이고 싶습니다'라는 네이버 카페 질문에 대해 자신을 프로파일러라고 소개한 한 남자의 답글이 인상적이었다.

범죄를 저지른 범죄자가 붙잡히는 대부분은 관계 때문이었다. 특히 피해자와 가해자 사이에 걸고 받은 전화만 조사해도 잡히는 경우가 다반사란다. 우발적인 범죄가 붙잡히지 않는 경우도 드물었다. 주변의 CCTV만 살펴도 경찰은 어렵지 않게 범인을 특정했다. 거기에 현장의 지문과 같은 흔적이 과학수사라는 그물에 걸리지 않기란 복권 당첨만큼이나 어려웠다. 남자는 답글을 이렇게 마무리했다.

'한국에서 살인을 저지른다면 잡히지 않는 것이 오히려 불가능합니다. 잡힐 각오가 되셨다면 살인을 저지르세요.'

살인을 하지 말라는 우회적인 회유였다. 그러나 사람이란 게, 나는 살인을 저질러도 잡히지 않을 거라는 희망을 품게 된다. 결론지어보니 간단한 키워드가 새겨졌다. 관계, CCTV, 과학수사. 이를 손창환과 박상준이라는 단어를 넣어 문장화시켰다.

'내가 박상준을 죽이겠다면 앞으로 어떻게 할 것인가? 나는 박상준과 연락하거나 만나는 일이 없어야 한다. 박상준을 죽이려고 한다면 CCTV가 없는 곳에서 범행을 저지르거나, 있다고 해도 나를 특정할 수 없는 장소를 찾는다. 살인을 결행한다면 망설임이 있어서도 안 되지만 흔적을 남겨서도 안 된다.'

세 가지 정도로 축약되었다. 축약된 생각이 말을 걸었다.

자, 처음으로 해야 할 일은 무엇일까?

손창환은 가장 먼저 박상준을 관찰해야 한다는 사실을 깨달았다. 우연히 그가 사는 곳을 알았다지만 그에 대해 아는 것이라고는 20년이 넘었거나 20년이 되어가는 기억이 전부다. 지금까지 무엇을 하고 어떻게 살아왔기에 그는 C시를 떠나 서울, 그것도 부촌으로 불리는 방이동 올림픽선수촌아파트에 살고 있는 것일까?

일주일 가까이 올림픽선수촌아파트 주변을 택시를 몰고 오갔다. 쉬는 날은 평범한 옷을 입고 주변을 배회했다. 박상준의 출근 시간은 일정하지 않았다. 일주일 사이, 평범한 직장인처럼 출근하는 모습을 본 것은 딱 한 번이 전부였다. 택시를 타러 다가오기에 얼른 예약 등을 켜고 박상준을 피했다. 술이 진득하니 취한 밤에야 박상준이 손창환을 몰라볼 수 있지만 정신이 말짱한 아침에 그를 태우는 것은 모험이었다. 일원역 인근까지 박상준이 탄 택시를 쫓았다. 좌회전 신호가 끊어지며 그를 놓쳤다.

박상준을 쫓는 사이 사납금을 채우는 날은 하루도 없었다. 마음이 콩밭에 가 있으니 어찌 보면 당연했다. 매일 사납금을 못 채워 월급에서 까는데도 행복감은 줄어들지 않았다. 오히려 박상준을 죽여야만 한다는 생각만 점점 커져갔다.

그래, 이왕 이렇게 된 거.

10일 사이, 다섯 번이나 사납금을 채우지 못해 월급에서 제하며 결심을 굳혔다. 사직서를 썼다. 월급과 함께 지난 7년 동안 일했던 퇴직금을 받았다. 그래 봐야 400만 원 정도가 전부였지만 충분했다.

"여자 생겼어요?"

퇴직금이 통장으로 들어올 거라 말하며 경리인 김 양이 물었다. 서운한 눈빛이었다. 오고 가기가 잡초 뽑기보다 쉬운 택시 회사에서 서로 7년을 봐왔던 사이이니 그럴 만도 했다.

"밥이라도 한 그릇 먹자고 할 줄 알았어요."

몰랐다. 김 양이 이런 반응을 보이리라고는. 오래 봐왔으니 그녀의 처지를 어렴풋이는 안다. 마흔이 넘었고 딸아이 하나가 있으며 어떻게든 살려고 바동거린다는 걸. 무엇보다 택시 기사들과는 가급적 말 한 마디 섞지 않으려 한다. 바람이 나 이혼한 전 남편이 택시 기사였기 때문이다.

"저 같은 기사 싫어라 하잖아요. 그래서……."

말끝을 흐렸다.

"요즘 행복해 보이셨어요. 여자가 생겼구나, 했죠. 특히 사납금을 어떻게든 채우던 창환 씨가 사납금 못 채우는 거 보고 그만두겠다 싶었거든요."

"아, 절대 그런 거 아니에요. 여자가 생겼다거나 하는 거. 그냥 해야 할 다른 일이 생겼거든요. 그 일을 좀 하려고 그러는 거예요."

"오호라, 좋은 일인가 보다. 그러니 이토록 행복해졌죠. 나도 끼고 싶은데."

김 양의 말에 명치가 쿡 저려왔다. 살인에 당신을 끼게 할 수는 없어요. 나 같은 남자 말고 당신을 행복하게 해줄 수 있는 남자를 만나요. 속으로 빌었다.

집으로 돌아와 십 수 년 만에 처음으로 발을 뻗고 잤다. 인생이 망가졌다고 생각한 이후, 또 범법자로 교도소 생활을 한 이후 발을 뻗고 자본 적이 없었다. 자는 동안 돼지꿈을 꾸었다. 똥통에 돼지와 함께 뒹구는 꿈이었다. 꿈속에서 아련히 행복하다 생각했다. 눈을 떴을 때는 무려 스무 시간을 넘게 자버린 뒤였다.

그래, 결행하자. 행복과 연관된, 이 모든 감정은 박상준을 죽이기로 한 뒤부터였다. 망설임 없이 죽이는 거다. 한 달, 한 달이면 충분하지 않을까?

한 달. 그 안에 끝장을 보자.

싼 컴퓨터를 한 대 샀다. 컬러 레이저 프린터기도 구입했다. 단칸방에 인터넷을 연결했다. 다양한 용도의 종이도 구입했다. 전화국으로 가서 다섯 대의 전화를 개통했다. 모두 착신 전환 서비스를 신청해 휴대폰으로 걸려오게 전환해두었다.

오후에는 중고 자동차 매매상을 만났다. 과거에 택시 기사로 함께 일했던 배 씨였다. 한 달만 빌리기로 하고 50만 원을 준 뒤에 낡은 아반떼를 받았다. 매물이었을 테다.

이날부터 아파트 주변을 옮겨가며 차에서 박상준의 동태를 살피고 메모했다. 다행인 것은 올림픽선수촌아파트가 오래되었고 워낙 큰 단지라 CCTV의 면적당 비율이 높지 않았다. 그만큼 눈을 피해 숨을 곳도, 주차할 곳도 많았다.

다섯 개 전화번호를 이용해 인쇄한 중화요리, 프라이드치킨, 보쌈, 야식, 돈가스 가게의 전단을 박상준의 집 대문에 붙였다. 이 역시 오래된 아파트라 가능했다. 아파트 1층 현관에 오토 도

어락이 없었다.

성과는 곧 나타났다. 박상준은 일본제 자동차를 몰았으며 남부터미널역 인근에 있는 한 사무실에서 근무하고 있었다. 겉으로는 건설 회사 간판이 붙었는데 단순한 감만으로도 건설 회사로 보기는 어려웠다. 무언가 구린 냄새가 다분했다. 차차 조사하기로 했다.

전단지를 통해 프라이드치킨을 일주일 동안에 두 번 시켰다. 모두 밤 시간이었다. 전화를 건 것은 딸인 듯했다. 안타깝게도 목소리로는 나이를 짐작하기가 어려웠다. 프라이드치킨은 번호만 바꾼 실제 가게에 다시 주문을 넣었다.

이만큼 알아내기까지 일주일이 걸렸다. 토요일 밤이었다. 일요일인 내일은 사무실이 빌 게 뻔했다. 사무실을 털어보자. 생각이 미치자 결행하기로 했다. 밤이 깊어지기를 기다렸다.

남부터미널역 근처에 있는 오피스 건물인 박상준의 사무실은 경비가 허술했다. 건물도 마찬가지였는데 밤이면 경비원조차 보이지 않았다. 손쉽게 건물까지 들어가 사무실에 다가갔다. CCTV는 애초에 피했다. 전기라이터를 분해해 오토 도어락을 열었다. 책상 세 개와 철제 캐비닛이 보였다. 드라이버로 있는 힘껏 자물쇠를 비틀었다. 금세 열리고 만다. 책상에는 별다른 것이 없었다. 철제 캐비닛 안에는 복사하거나 서명이 된 계약서 따위나 도면, 장부가 보였다. 본능적으로 장부에 눈이 갔다.

스마트폰 손전등 앱을 열었다. 재빨리 장부를 살폈다. 장부는 별다른 것이 없었다. 말하자면 너무 정직한 기본적인 장부였다. 이번에도 직감이 말을 걸었다. 이중장부가 있을 거야. 손창환은 책상들을 뒤졌다. 그때 문득 과거의 기억이 떠올랐다. 박상준은 중요한 통장을 책상 바로 아래, 서랍 홈의 천장에 붙여두는 습관이 있었다. 책상 서랍마다 손을 넣어 더듬었다. 턱, 손에 걸리는 것을 찾아냈다. 장부였다. 장부를 챙긴 뒤 사무실을 최대한 원래대로 돌려놓았다.

밤새 장부를 살폈다. 은어로 된 몇몇 표식들을 알아내는 데도 성공했다. 주로 관급 공사나 공무원에 관계된 것들이었다. 관급 공사는 인터넷에서 계약 사항에 관한 열람이 가능하다. 이를 대조하며 계약 하나와 관련된 장부에 기재된 자금의 흐름, 돈을 받은 공무원의 관계를 파헤쳤다. 오랜만에 주변의 모든 것을 잊은 채 몰두했다. 이를 도표화했다. 그리고 도표의 가운데에서 늘 자금 세탁을 담당하는 곳이 등장했다. '금란', 오금동에 있는 룸살롱이었다.

얼추 상황이 머릿속에 그려졌다.

박상준은 바로 현금이 입금되는 관급 공사 위주로 수주를 따내고 있었다. 물론 여기에는 그의 장기나 다름없는 뇌물과 협잡이 보란 듯이 이용되었을 것이다. 그런 뒤 금란을 통해 자금을 세탁하거나 향응을 제공했으리라.

의문도 생긴다. 관급 공사라고 해서 반드시 건설 회사일 필요는 없다. 건설 회사라는 이름이 필요한 사업은 기껏해야 몇 곳이다. 박상준이 건설 회사를 택했다는 사실은 분명 필요했기 때문이다. 하지만 필요에 비해 현재까지 진행된 사업의 규모나 돈은 그리 큰 편이라고는 할 수 없었다. 대략적으로 암산한 것이지만 연간 규모가 30억 원을 넘지 않았다. 관급 공사라면 뇌물이 통상 10퍼센트, 수익이 20퍼센트로 진행된다. 서울에서 사무실을 꾸리는 것치고 크게 돈이 되지 않는 사업이라는 결론에 다다랐다.

그래도 여전했다. 사람을 부려 돈이 되는 자리라면 박상준은 여전히 마수를 뻗치고 있었다. 반면 마음의 짐이 덜어졌다. 개인적인 원한을 떠나 이토록 사회 암적인 존재는 죽어도 마땅했다. 잡초를 뽑은 자리는 다시 잡초로 채워지겠지만 그렇다 해도 잡초는 뽑아야 한다.

해가 밝아올 즈음에야 중요하다고 생각되는 장부와 서류를 스캔해서 이미지 파일로 만들었다. 잠시 고민하다 차를 몰았다. 가져온 것은 돌려주는 것이 상책이리라. 최대한 생각나는 대로 장부와 서류를 넣었다. 그렇지만 도둑이 든 흔적까지 사라진 건 아니었다. 뒷일까지 생각하는 건 사치, 재빨리 사무실을 빠져나왔다.

장부를 살피고 돌려놓으며 점점 커져가는 살인 의지를 느꼈다. 이제 어떤 방식으로 죽일까?

손창환의 머릿속에는 다시 한 번 완전범죄라는 말이 떠올랐다.

집으로 돌아오자마자 검색창에 '완전범죄'를 써넣었다. 특별하거나 진지하게 고려할 웹 페이지는 없었다. 기껏해야 몇 개의 책 제목과 오래전 영화 제목 따위였다.

이번에는 '살인'과 '살인 사건'을 검색했다. 며칠 전보다 집요하게 검색했다. 링크를 따라 들어가고 또 들어갔다. 몇몇 의미 있는 통계 자료가 떴다. 한국에는 한 해 700건 가까운 살인 사건이 발생했다. OECD 가입국이 어쩌고 하는, 국민과는 관계없는, 그저 국가에 필요한 몇몇 통계도 보였다. 살면서 이제는 이런 통계에 대해서는 누구보다 잘 안다. 좋은 것은 열 배 뻥튀기, 나쁜 것은 네 배 축소. 모르고 살았다. 어떤 택시 손님이 그랬다. 대한민국에서는 좌측으로 숨을 쉬면 좌파가 되고 우측으로 오줌을 갈기면 우파가 된다고. 양극화가 정점에 달하고 국민이 살기 힘든 건 결국 정치 때문인데 국민한테는 참으라는 소리만 한다고. 세상 참 좆같다고. 그래, 그 손님의 말은 틀리지 않았다. 부박한 세상에 살인 사건 하나 던져놓는다고 누가 알기나 할까. 죽어도 싼 놈인데.

그렇다 해도 스스로에게 옥죄어오는 죄에 대한 저항감은 어쩔 도리가 없었다. 박상준이 쳐놓았던 그물에 엉켜 형무소에서 억울한 시간을 보냈지만 그것과는 달랐다. 급하게 담배가 당겼다. 기지개를 켜고 시계를 보자 벌써 새벽 2시가 넘은 시간이었다.

바깥으로 나왔다. 서울에서는 골짜기나 다름없는 마천동 원룸 자취방. 인근에 흐르는 오염된 하천의 악취가 공기 중에 떠돌았다. 담배로 냄새를 대신했다. 연기를 최대한 멀리 날려 보냈다. 그때였다. 연기가 날아간 은행나무 부근에서 쿡, 기침을 하는 소리가 들려온 것이다.

"누구요?"

물으며 은행나무 가까이 다가갔다. 순간 후다닥 뛰어 도망가는 소리가 들렸다. 손창환도 뛰어 나갔다. 폐에 고통이 느껴질 때까지 내달렸다. 하지만 먼저 달려간 사람과 도무지 거리가 줄어들지 않았다. 결국 허리를 접으며 멈추어 섰다.

요즘 내게 무슨 일이 벌어지는 거지? 거친 숨을 내쉬며 손창환은 반문했다. 단 10여 일 사이에 손창환의 인생은 임계와 변곡을 맞았다. 그렇다고 조금 전 누군가와 변화를 연계시키기는 어려웠다.

크하하, 웃음이 터졌다. 또 좀도둑인가.

마천동, 서울의 끝자락에 자리 잡은 지도 6년이나 되었다. 그전해에는 가락시장 야채 가게 구석에서 박스를 깔고 잤다. 비록 서울 끝이고 지하철에서 내려도 한참을 걸어야 하지만 이런 자취방을 마련한 게 얼마나 기뻤는지 모른다. 보증금 50만 원에 월세 15만 원에 불과했지만 천국에 있는 기분이었다. 그런데 동네에 좀도둑이 많았다. 널어놓은 옷가지가 자주 없어졌다. 심지어 팬티마저 없어지기도 했다. 지금은 보증금 2,000만 원짜리 전세로 옮기며 서울 중심부와 200미터는 가까워졌건만.

회상도, 감상도 이제는 사치다. 단 하나, 박상준을 죽이는 것에만 집중하자.

컴퓨터에 다시 앉았다. 한글 프로그램을 열고 박상준의 지난 일주일을 복기해보았다. 천천히 한글 프로그램에서 그의 일주일을 문서화했다.

- 월요일 아침 9시경에 출근. 5시경에 퇴근. 저녁에 룸살롱 금란에 들름. 곧바로 중화요리 배달이 들어감. 금란에서 2시경에 나옴.
- 화요일 오후에 출근. 저녁에 귀가.
- 수요일은 점심 무렵에 서울시청 인근으로 출근. 인근에 있던 두 명의 동료와 조우, 잠시 후 공무원들과 합세함. 일식집에서 점심을 먹고 커피숍에서 잡담을 나눔. 공무원들이 먼저 자리를 뜨며 일어남. 그들을 쫓아서 건설과 공무원인 것을 확인. 커피숍으로 돌아왔을 때 박상준은 보이지 않음. 직감적으로 건설과 공무원들을 감시. 오후 무렵에 네 명의 공무원이 움직임. 저녁에 금란에서 조우. 밤 11시경 박상준을 포함, 일곱 명의 남자들이 여자들과 호텔로 올라감.
- 목요일은 3시가 넘은 늦은 오후에 사무실에 잠시 들름. 저녁 무렵 미모의 아가씨와 식사를 함. 식사 뒤 금란에 아가씨를 내려줌.
- 금요일 점심, 이틀 전 공무원 중 한 명과 식사를 함. 커피를

마시며 서류를 받음. 이후 행적이 묘연. 금란 앞에서 새벽까지 기다렸으나 박상준을 쫓는 데 실패함.

- 토요일 역시 박상준의 행적을 찾아내지 못함.

긴 담배 연기가 차창 바깥으로 선을 그리다 사라졌다. 눈두덩을 누르며 고민했다. 일요일도 기다려야 하는 것일까. 쪽잠을 잔 탓에 정신이 맑지 않았다. 그러다 픽 웃었다. 20년 가까이 지났지만 박상준은 변한 게 없다. 필요한 사람에게는 갖은 수법을 동원해 올가미에 가둔다. 상대는 올가미라는 사실을 영영 모르는 게 낫다. 알았을 때는 손창환처럼 나락으로 처박힐지 모른다.

박상준이 착하게 산다고? 절대 그럴 리 없다. 그러면 지금도…….

가만 그런데. 어째서?

웃음이 그치는 동시에 소름이 돋는다. 보통 사람의 깜냥이라면 그는 지방은행 지점장으로 살아가야 옳았다. 그런데 서울이다. C시에서 서울까지 올라왔다. 더구나 올림픽선수촌아파트라면 모르긴 몰라도 10억 원은 족히 넘을 것이다. 지방은행 지점장이라면 꿈도 꾸지 못할 금액대의 아파트이다. 박상준 역시 죽을힘을 다해 분투하며 살아왔다는 뜻이다. 저 정도로 살고 있다는 것은 더 많은 커넥션을 거느리고 비리, 협잡을 도모하고 있다는 증거가 아닐까?

벌집을 건드린 것일까?

한참을 반문했다. 그래도 똑같은 결론에 도달한다. 저런 놈은 죽는 게 낫다.

벌집을 건드려야 한다면?

까짓것 부숴버리고 쏘이면 된다.

바르르 손끝이 떨렸다. 박상준을 만난 이후 수없이 반문했다. 바투 주먹을 쥐었다. 마주 댄 주먹마저 파사하니 떨렸다. 두려움 때문인지 더욱 확고해지는 결심 때문인지는 알 수 없었다. 그때 아파트 1층 현관으로 박상준이 나타났다. 그가 웃으며 뒤를 돌았다. 딸과 부인으로 보이는 모녀가 나타났다. 위화감이 느껴졌다. 기시감인지도 몰랐다. 부인은 박상준보다 확연히 어려 보였다. 보기에 따라 40대가 아니라 30대 초반으로까지 보였다. 딸 역시 10대 후반에서 20대 초반쯤 될까. 세 사람이 나란히 걸었다. 딸아이의 오른쪽 옆구리에는 성경 책이 위태롭게 끼어 있었다. 교회를…… 간다고? 위화감의 정체는 성경 책이었을까?

혼자 분을 삭이고 결심을 굳히며 다그치던 손창환은 놀라고 말았다. 저도 모르게 차에서 내렸다. 그런 뒤 자분자분 그들 뒤를 따랐다. 멀지 않은 근처 상가에 있는 개척 교회로 향했다. 잠시 2층을 바라보았다. 싸구려 선팅지를 겹겹이 붙여 만든 십자가와 교회 이름이 보였다. 희망교회. 무언가에 홀린 듯 척척 계단을 올랐다.

'회개하라, 죄 사함을 얻으리라.'

스티커 프린터로 붙여놓은 성경 구절 옆에서 허리를 숙여 인사하는 남자가 보였다. 박상준과 가족이 그를 향해 90도 가까이 허리를 숙여 인사한다. 목사님 어쩌고 하는 소리가 잠시 찬송가가 멈추는 사이에 들렸다. 박상준이 사라진 교회 문을 넋놓고 쏘아보았다. 얼마나 그랬을까. 목사가 다가와 인사한다.

"저희 교회는 처음이신가요? 새 신자 등록 안 하셔도 되니 말씀이라도 듣고 가십시오."

"목사님. 하나만 물읍시다. 회개하면 죄 사함을 얻는 겁니까?"

"그럼요. 예수님은 회개하는 자에게 죄를 사해주십니다."

"죄 사함을 얻었어요. 그런데도 또 죄를 지으면요?"

"진심으로 회개하십시오. 어차피 인간은 죄를 짓게 되어 있습니다. 회개하고 어떻게든 죄를 안 짓도록 해야지요. 그래도 죄를 또 지었다면 또 회개해야지요."

"허. 거참. 다람쥐 쳇바퀴 도는 것도 아니고."

"그게 인간이니까요."

"그게 인간이라고?"

"그럼요. 오늘 말씀이라도 듣고……."

얼른 목사의 말을 잘랐다.

"그래요. 오늘은 아니지만 내 꼭 한번 다시 오겠습니다."

척 뒤를 돌아 계단을 내려왔다. 계단을 내려오는데 무언가 꾹 명치를 누르는 듯했다. 급작스러운 고통에 바깥으로 달려 나간 손창환은 벽에 대고 토악질을 해버렸다. 쓴물까지 넘어온 뒤에야 겨우 욕지기가 멈추었다. 그런데 머릿속은 더없이 맑아졌다.

가증스러운 자식, 내 반드시 죽이고 말리라. 박상준 너는 열 명의 인생을 망친 것도 모자라 똑같은 방법을 동원해 지금까지도 또 앞으로도 수많은 사람의 인생을 망칠 것이다. 너는 살아갈 필요조차 없다. 신이 하지 않는다면 내가 하겠다.

바르르 떨리던 손도 멈춘 뒤였다. 차를 세워놓았던 103동 근처로 달려갔다. 방법만 찾아내자. 그리고 죽이자. 그게 전부다.

그날 이후 박상준의 행동을 감시하는 것은 한결 편해졌다. 지난 일주일과 하등 다르지 않았기 때문이다. 반면 머릿속은 더없이 복잡해졌다. 방법, 방법을 찾아내야만 한다. 간단한 것부터 시작하기로 했다. 박상준을 어떻게 죽일 것인가? 칼로? 차로? 아니면 끈으로? 진부하지만 군이 창의적일 필요는 없다. 칼이나 끈 같은 것으로 박상준을 죽인다는 건 쉽지 않을 것이다. 차로 친다는 것도 그의 행동반경을 살폈을 때 쉬워 보이지는 않았다. 상황에 맞게 준비를 하는 것은 어떨까? 트렁크에 해머나 칼, 끈이나 구할 수 있는 약품을 싣는다면? 각 상황에 따른 여러 장비를 구비하는 방법이 실패 확률을 낮추지 않을까?

월요일 오전 박상준이 출근하는 것을 확인한 손창환은 황학동 풍물시장으로 향했다. 없는 게 없다는 곳이다. 적당히 마스크로 얼굴을 가린 채 시장을 구경했다. 여기저기 둘러보며 군용 나이프와 해머, 석궁을 시간 차를 두고 구입했다. 석궁을 구입할 때는 꽤나 비싼 가격을 부르는 통에 약간의 실랑이를 벌여야 했다. 비싸게 부르는 줄 알면서 덥석 사버린다면 오히려 의심을 살 것 같아서였다. 주인이 부른 가격에서 12만 원을 깎아 18만 원에 구입했다.

집으로 돌아와 오랜만에 점심을 먹었다. 점심을 먹은 뒤 인터넷으로 휴대용 에어 타정기를 주문했다. 급한 경우 총처럼 쏘아 댈 수 있다. 만약을 위해서였다. 동물 안락사 약물을 구하고 싶었지만 뾰족한 방법이 생각나지 않았다.

목표가 흔들리지 않게 되자 손창환의 행동은 간결하고 빨라졌다. 이제 차 트렁크에는 웬만한 공구들이 갖추어졌다. 살인의 상황도 특정하지 않기로 했다. 어떤 상황이건 가리지 않는다. 상황에 맞게 박상준을 무너뜨린다. 하지만 손창환이 수없이 머릿속으로 시뮬레이션을 했음에도 살인은 완전히 다른 양상으로 치닫고 말았다.

한 주 내내 손창환은 박상준을 뒤쫓았다. 그럼에도 불구하고 적당한 틈을 노리기가 힘들었다. 기약했던 한 달에서 거의 보름이 지났다.

다시 새로운 한 주가 시작되었다. 일주일 단위로 움직이는 박상준의 행적은 대부분 일치했다. 머릿속으로 복기해보았다.

월요일은 정상적인 시간에 출근. 수요일과 금요일은 사업적인 만남과 접대가 이어짐. 월요일 저녁에는 반드시 술을 마시지 않은 채로 금란에 들름. 일요일은 교회에 감.

박상준의 행적은 이렇듯 간단했다. 공무원이나 사업 관계자와 회합하는 장소는 금란. 웬만해서는 다른 곳을 선택하지 않았다.

의문과 살인, 두 단어가 반목한다.

이런 간단한 생활 속에서 어떻게 C시에서 서울까지 진입한 것일까?

수많은 사람들의 눈물과 땀, 그들의 관계와 자본을 쫓는 모든 본능을 박상준은 이용했으리라. 가족처럼 가깝게 지켜보지는 않았어도 손창환과 박상준은 오래 보았던 사이다. 충분히 짐작할 수 있었다. 요즘은 박상준과 같은 사람들을 지칭하는 단어도 생겼다고 들었다. 박상준은 남을 짓밟고 이용하는 것이 성공을 위한 계단이라 생각하며 차근차근 밟아왔을 것이다.

나는 박상준을 죽일 수 있을까?

무난한 한 주가 지난 1월 말, 설이 시작되었다. 1월 27일부터 30일까지 설 연휴, 화요일인 31일에야 정상적인 생활로 돌아간다. 특별한 일이 없다면 박상준은 분명 지방인 C시까지 내려갈 게 뻔했다. 고향이니까. 그러나 박상준은 그러지 않았다. 마치 손창환처럼 기억에나 처박힌 C시를 버리고 온 듯했다.

아팠다. 시간도, 또 박상준을 감시하는 자신도. 계속해서 되새김질했다. 죽이자. 해야만 하는 일이다.

설 연휴 동안은 박상준도 집에서 나오지 않았다. 묵묵히 차에서 기다리는 동안 딸이 편의점을 세 번 다녀왔고, 부인이 두 차례 동네를 산책했을 뿐이었다. 한 주는 그렇게 지나갔다.

감시가 시작된 세 번째 화요일 아침이었다. 설 연휴가 지난 첫날이었다. 스마트폰을 괜스레 바라보았다. 8시 10분.

차창을 몇 센티미터 내리고 담배에 불을 붙였다. 횡 찬바람이 차창으로 들어왔다. 뱉으려던 매운 연기가 눈으로 들어왔다. 저도 모르게 핑 눈물이 돌았다.

사람들은 뭐하고 살까? 지금껏 박상준에게 대들었다고만 기억나던 여직원의 이름이 번뜩 생각났다. 허진복, 야간에 대학을 가겠다고 말했다 차별을 당했다. 그녀가 폐렴으로 사망했을 때 박상준은 교도소에 있었다. 허진복을 필두로 동료들의 이름이 연이어 떠올랐다. 못생긴 게 예절마저 없다는 소리까지 들으면서도 허진복을 위해 싸웠던 배성희. 저런 책임자와는 일을 못하겠다며 선임 행원의 책임을 다하려 했던 박성백. 동시대, 한 공간에서 일을 했다는 이유로 자신의 영달만을 생각하던 정신이상자에게 이들은 은행원으로 누릴 수 있는 미래를 내주었다.

싸우자는 마음이, 아니 반드시 죽여야 한다는 사명감이 차창 바깥에서 담배 연기가 되어 부서졌다. 하지만 박상준에게 이미 한 번 당했다. 그가 그리 녹록하게 목숨을 내놓을까? 무엇보다 그는 사람을 부리는 재주를 타고났다. 뇌물이든 여자든 필요로 하는 것들을 적재적소에 배치해 사람들을 장기판의 말처럼 운용한다.

손창환은 어떤가? 은행을 그만두고 억울한 누명까지 썼다. 교도소를 다녀온 손창환을 사람들은 피했다. 함께 은행을 그만 두었던 직원들 역시 공유한 과거는 추억할지 몰라도 향후에 어떤 식으로든 손창환과 엮이는 것은 피했다. 흔히 말하는 영혼이 빠진 관계였다. 시간이 지나자 손창환이 사람들과 엮이는 것을 피했다. 택시를 몰며 알고 지낸 사람들에게는 손창환이 마음을 내주지 않았다. 피상적인 관계. 그로 인한 고립무원. 사람을 죽이겠다는 중차대한 순간에 상의할 사람 한 명이 없다.

고독하다. 고독해서 헛웃음이 난다. 어이없을 정도로 부박한 인생이다. 그때 전화가 울린다. 액정 창에 이명철이란 이름이 보였다.

"어이, 짝지. 어쩐 일인가?"

"창환아. 나 지금 교통사고가 났거든. 알잖아, 나 사고 나면 안 되는 거."

대답을 한다는 게 고개를 끄덕였다. 명철은 개인택시를 사려 한다. 벼룩의 간 같은 집안 재산을 몽땅 털어서 정년 없는 혼자만의 사업을 준비하던 중이다. 이런 가운데 인사 사고가 나거나 그와 비슷한 상황에 휘말리면 명철은 개인택시를 천국에서나 몰 수 있다.

"어쩌다가?"

목소리가 저절로 불퉁해진다.

"일단 자세한 건 나중에 이야기할 테니까 그때까지 택시 좀

나 대신 몰고 있어. 택시 문 열어뒀어. 키는 늘 두던 데 짱박아 뒀다."

명철에게 택시가 서 있는 곳의 위치를 들었다. 신천역 인근이었다. 10분이면 갈 수 있다고 말한 뒤 전화를 끊었다.

몰두하던 박상준이 아닌 다른 일이어서인지 오랜만에 의욕이 솟았다. 손창환의 차는 올림픽선수촌아파트와 도로 인근 애매한 자리에 적당히 주차했다. 불법 주차 과태료나 아파트 단지 내 불법 주차 스티커를 붙이지 않는 곳이다.

버스를 타고 신천역 인근까지 20분 만에 다다랐다. 명철이 타던 택시는 신천 재래시장에서 약간 벗어난 어느 주택의 모퉁이에 주차되어 있었다. 카드형 보조키는 햇빛 가리개 사이에 끼워져 있었다. 택시를 몰고 올림픽선수촌아파트로 돌아왔다. 본의 아니게 올림픽선수촌아파트 인근을 내 집처럼 쓰고 있었다. 103동 인근에 시동을 켠 채 1층 현관을 살폈다. 현관과 주차장을 번갈아 보는데 박상준의 차가 지하 주차장에서 올라왔다.

월요일은 여지없구만.

주차장을 빠져나가는 박상준의 차를 보며 혼잣말했다. 따라갈까 하다 조금 시차를 두고 쫓기로 했다. 어차피 남부터미널역 인근 사무실로 갈 게 뻔했다. 점심시간까지는 사무실에서 복지부동할 것이고.

번뜩 그런 생각도 스쳐 갔다. 공식이든 비공식이든 벌써 3주 가까이 살폈다. 그동안 완전범죄를 꿈꾸었지만 언감생심 어떻게 해야 죽일 수 있을지조차 알 수 없었다.

"그냥 여차하면 죽이는 거야. 깊이 생각하지 말자고. 쑤시든지 때리든지. 암."

혼잣말을 하며 택시에서 내렸다. 주변의 눈치를 보다 쓰레기통 옆에서 담배를 빼 물었다.

"아저씨. 아저씨!"

다급한 목소리가 손창환에게 다가왔다. 7년을 택시 기사로 살아왔던 수동성이 얼른 담배를 던지며 고개까지 숙이게 만든다.

"아저씨. 얼른!"

낯……익은 여자였다. 비싸 보이는 붉은색 코트에 어울리지 않는 레깅스와 운동화를 신었다. 여자가 택시에 타자 손창환도 반사적으로 택시에 올랐다.

"저 차 쫓아요, 어서!"

여자가 명령한다. 어…… 어. 생각은 아닌데 하면서도 몸이 반응해버렸다. 여자가 쫓으라고 말한 차에 시선이 고정되었다. 입이 쩍 벌어졌다. 뒷자리에 앉은 여자와 쫓으라는 차, 룸미러 너머와 전면 유리 너머, 제기랄, 똥을 밟고 말았다. 쫓아야 하는 것은 박상준의 차였고, 차를 쫓으라 말한 사람은 박상준의 딸이었다.

정수리에 땀이 흐르고 핸들을 쥔 손에 잔뜩 힘이 들어갔다. 100여 미터 앞에서 달려가던 박상준의 차가 남부순환로에 올랐다. 평소와 다름없는 출근길이었다. 그에 반해 룸미러 뒤로 비치는 박상준 딸은 다급한 모양새였다.

"무…… 무슨 일 있습니까?"

"아시면서 물으시네요."

"네……? 제가 알다니, 뭘 안단 말입니까?"

뜨악한 표정과 달리 굽실거리는 말투가 돼버렸다.

"아저씨, 저 사람 죽이려는 거잖아요."

"아니, 무슨 그런 험한 말씀을……."

변명할 거리라도 찾고 싶었다. 그런데 입이 굳게 다물어지고 만다. 아침부터 완전히 허를 찔렸다. 안이하게 생각했던 화요일 이었건만.

"벌써 3주 가까이 저희 근처에서 맴도셨는걸요. 저 아저씨도 이미 알고 있어요."

"알고 있다니?"

"당신의 존재를 눈치채고 있다는 말입니다."

이렇게 된 바에야. 한 걸음 나가보기로 했다.

"당신, 박상준 딸이잖아. 아냐?"

생각으로는 겁박하는 듯한 목소리를 내려고 했지만 그저 새되고 말았다.

"바보 같은 아저씨네요. 기사 아저씨, 박상준한테 당한 거 있죠? 그래서 복수하려는 거잖아요. 그럴 거 같았으면 흥신소 같은 데서 가족관계증명서라도 떼보지 그랬어요. 내가 딸인지 아닌지."

아뿔싸!

거기까지는 생각지도 못했다. 뒷자리에 앉은 여자에게 제대로 얻어맞은 느낌이었다. 주의가 산만해진 탓인지 양재역에서 좌회전을 하는 박상준의 차를 놓칠 뻔했다. 급하게 차선을 바꿔 좌회전했다.

"조심하세요, 당신의 존재를 박상준도 알고 있단 말이에요."

"저, 죄송합니다만 일단 차를 쫓겠습니다. 무슨 일이 벌어지고 있는 건지 차근차근 설명해주실 수 있겠습니까?"

"먼저 차부터 쫓으세요. 아저씨는 택시 기사잖아요!"

똑 부러지는 여자의 말에 꼴깍 침을 삼키고 말았다. 박상준의 딸이라고 해서 너무 얕보았다. 세월이 그만큼 지났으니 박상준의 딸이라면 족히 20대 후반은 되었어야 옳았다. 그제야 박상준의 가족을 처음 보았을 때 느꼈던 위화감의 정체를 깨달았다.

무언가 일이 벌어지고 있다. 어쩌면 뒷좌석에 탄 여자 역시 박상준이 만든 피해자가 아닐까? 생각이 거기까지 미치자 마음이 다급해졌다. 더 이상 피해자가 생겨나서는 안 된다.

"일단 차를 쫓는 데만 온 신경을 쏟아주세요. 나머지는 시간 되는 대로 설명할게요. 어서."

여자가 재촉했다. 박상준의 차를 말 그대로 쫓았다. 그러는 사이 확신과 의심이 반목했다. 도대체 내가 뭐하는 걸까. 내가 생각한 대로 저 여자는 박상준이 만든 피해자일까?

박상준의 차는 그리 오래 달리지 않고 멈추었다. 양재화훼단지로 접어들었다.

"여기는……."

"어머니 가게가 있어요."

"가게?"

몰랐다. 사람을 죽이겠다고 조사까지 하면서 이리도 허술했다니. 여자의 한마디 한마디가 뼈저리게 후회하게 만들었다.

"아마 아저씨는 짐작도 못 하실 거예요. 이곳 화훼단지 거래 규모가 얼마나 되는지."

당연히 짐작도 못 한다. 가만 그럼…….

"박상준이 이번에 사기나 횡령, 배임을 하려는 곳이 여기입니까?" 룸미러로 여자와 눈이 마주쳤다. "당신 엄마의 재산을 노리고?"

여자는 룸미러 반대편에서 입술을 깨물더니 고개를 끄덕였다.

"100억 대는 되겠군요."

여자가 의식적으로 손창환과 눈을 맞추려 들지 않았다. 얼핏 여자에게서 콧소리가 난 듯했다.

"200…억?"

"최소 1,000억 원대는 되겠죠."

맙소사!

"박상준 사무실의 장부를 뒤졌어요. 보통 관급 공사는 몇백

억 원대 규모는 잘 없죠. 100만 원대부터 10억 사이까지 다양
한데 한 해에 30여 건 이상을 서울 각 구에서 수주를 하더군
요. 여지없이 10퍼센트는 뇌물로 쓰였고요."

말해놓고 움찔했다. 숨겨야 했던 것이 아닐까. 그러나 박상준
이 만든 피해자라는 막연한 생각과 함께 손창환의 억울함, 여
자의 절박함이 손창환을 방심하게 만들었다.

"증거가 있는 거죠?"

여자가 물었다.

이번에는 손창환이 룸미러를 보며 고개를 끄덕였다.

여자와 이야기를 주고받는 사이 박상준의 차는 화훼단지 지
상 주차장에 멈추었다. 곧바로 박상준이 나올 줄 알았는데 움
직임이 없었다. 간간히 배기구에서 가스가 뿜어져 나왔다. 시동
을 끄지 않은 것이다.

"오늘 거래를 하려는 거예요. 어머니가 가진 모든 재산과 몇
몇 상인들의 재산을 합쳐서 화훼단지를 최신식으로 바꾸려고
해요."

"알아듣기 쉽게 설명해줘요."

의도한 것은 아닌데 목소리가 높아졌다.

"대한민국 화훼 시장 규모는 2조 원이 넘어요. 그중에서 양재
화훼단지가 가진 지분은 10퍼센트 정도, 2,000억 원이 넘죠. 이
런 통계도 2000년대 초반에 주먹구구로 작성된 겁니다. 상인들
스스로 화훼 산업을 수면 위로 끌어올려 선진화시키는 데 부담

을 가지고 있어요. 보통 꽃을 판다, 하면 감성적이고 아름답게 포장되죠. 돈도 막 쓰고. 이를 산업이다, 라고 해버리면 무언가 매끈하지 못하거나 더럽게 느껴지잖아요."

꽃, 산업. 두 단어가 가진 뉘앙스가 확연히 다르다는 사실에 공감했다. 특히 기분에 이끌려 사랑하는 사람에게 꽃을 사주는 소비의 관점과 갖가지 자본주의의 때를 탔을 산업과 생산으로 화훼를 보는 관점은 다를 수밖에 없다. 대한민국이 OECD 어쩌고 하면서 첨단을 달린다지만 모든 산업이 그런 것은 아니다. 특히 대한민국에서 농업은 생산과 산업을 최첨단으로 연계시키는 데에 어려움을 겪고 있다.

"박상준은 양재동 화훼 관련 산업을 현대식으로 바꾸겠다고 했어요. 생산에서 판매까지를 일원화해서 유통비를 줄이고, 소비와 수출을 소셜커머스를 통해 일원화시킨다고 했어요. 화훼 단지를 요커들이 찾아오는 관광 상품과 연계시키겠다고 복안도 짰고요."

그럴싸했다. 저도 모르게 고개를 끄덕이고 있다.

"바보같이! 그러니 아저씨도 사기나 당하죠. 아닌가요?" 여자가 타박했다. "빛 좋은 개살구예요. 선결되어야 하는 것이 화훼 단지를 새롭게 건설하는 것인데 여기에는 저희 어머니와 함께 이곳에서 수십 년을 일해오신 몇몇 분들의 전 재산이 들어가야 해요."

"전 재산?"

"다섯 분이 150억 원씩을 분담하기로 했어요. 오늘 조인식을 하는 날이고요."

150억 원을 다섯 명이 책임진다면 750억 원이 된다. 이들이 전부는 아닐 것이다. 최소 1,000억 원이라던 말은 그래서인가.

"어머니의 전 재산이 박상준이 만든 유령 조합으로 사라질 거예요."

룸미러로 볼 뿐이었지만 여자의 눈에는 눈물이 그렁거렸다. 제기랄, 박상준. 과거에는 그냥 나쁜 놈이었지만 지금은 악질 중에 악질을 넘어 대한민국에서 손꼽힐 만한 악당으로 변했다.

"내가 먼저 죽인다."

"네?"

손창환이 혼잣말했다. 그러자 깜짝 놀란 듯 여자가 되물었다.

"내가 먼저 죽인다고요. 내가 먼저!"

혼잣말이, 감정이 섞인 울분으로 변한다.

"당신, 정말로 박상준을 죽이려던 거였어요? 고발하려는 게 아니라?"

택시를 탄 뒤 처음으로 여자가 손창환을 보며 놀란다.

고발과 살인. 여자의 목적과 손창환의 목적이 교차점을 지나간다. 합치할 수 있을까?

"이름이 뭡니까?"

"신문정입니다. 외국에서 자랐던 터라 보통은 사람들이 엠제이라고 불러요."

"엠제이라. 그렇군요. 그러면 지난 일요일에 박상준과 함께 교회를 갔던 여자분이 어머니이시겠군요."

엠제이가 고개를 끄덕였다.

"당신은 당신의 어머니가 함정에 빠진 거라고 굳게 믿는 거군요."

위화감에 위화감이 더해졌다. 교회를 가던 세 사람의 모습은 영락없는 행복한 가정이었다. 그것이 코스튬 플레이, 위장에 불과했다니.

"누구보다 행복하게 보였어요."

비난하듯 손창환이 말했다.

"그래야만 했으니까요. 아버지가 돌아가신 이후로 어머니가 저에게 소개한 첫 번째 남자였어요. 얼마나 기뻤는지 모릅니다. 제가 미국에서 돌아왔을 때 두 분은 이미 동거를 하고 계셨고요. 걱정 끼쳐드리기 싫었어요. 그런데 아무리 봐도 사기 결혼이라는 생각밖에 들지 않았거든요."

"사기라……. 미국에서는?"

"아. 지난여름에 돌아왔어요. 이제 6개월 좀 넘었겠네요. 그런데 왜 아저씨는 박상준을 죽이려는 거죠?"

"그 사람, 저뿐 아니라 함께 일했던 직원 열 명의 인생을 망쳤습니다. 이제 당신 어머니까지 합쳐진다면 제가 아는 사람만 열한 명째가 되네요."

"저까지 열두 명이겠지요."

손창환이 일부러 포함시키지 않은 숫자였다. 영국까지 다녀왔다더니 머리 회전이 빠른 아가씨다.

"저기 어머니가 오시네요."

앞 유리 오른편으로 엠제이 어머니가 보였다. 엠제이의 눈이 잠시 방황하다 멀리서 걸어오는 어머니에게 고정된다.

"어떡할까요?"

손창환은 엠제이로 인해 자신이 택시 기사인지 박상준을 죽이려던 건지 헷갈렸다. 하지만 엠제이의 의중은 묻고 싶었다. 아니 알고 싶었다. 고민하나 싶던 엠제이가 입술을 꽉 깨물었다.

"이왕 이렇게 돼버린 거. 저를 납치한 걸로 하시죠?"

"납치?"

"네, 납치."

몸이 움찔하며 소름이 돋았다. 대답을 원했는데 대답보다 빨리 다음 단계에 대한 결단을 말한다. 문득 엠제이를 적으로 둔다면 무서울 거란 생각이 들었다. 빤히 손창환을 노려보던 엠제이가 스마트폰을 건넨다.

"납치하세요. 나를 납치하라고요! 딱 세 문장만 말하세요. 네 딸을 납치했다. 거래 조건은 두 시간 후에 말하겠다. 경찰에 연락할 시에는 딸의 목숨은 없다."

"딱 세 문장? 네 딸을 납치했다. 거래 조건은 두 시간 후에 말하겠다. 경찰에 연락할 시에는 딸의 목숨은 없다?"

스마트폰을 건네던 엠제이가 고개를 끄덕인다. 그러더니 '사랑하는 엄마'라고 검색한 번호를 재빨리 눌렀다. 귓속말로 속삭였다.

"떨어도 괜찮으니 그냥 말하세요, 속 시원히."

'속 시원히'라는 엠제이의 말이 마음에 와 닿았다. 신호음이 울리자 엠제이의 어머니가 전화를 받았다.

"여보세요? 어쩐 일이야, 딸?"

"잘 들어. 네 딸을 납치했다."

"무슨 소리…… 누구예요?"

"잘 들으라고!"

빽 고함을 내질렀다. 속 시원하게.

세 문장을 말했다. 납치, 두 시간, 경찰…….

박상준의 차로 향하던 여인이 전화기를 든 채 바닥에 주저앉았다. 순간 차 문이 열리며 박상준이 뛰어나왔다. 박상준이 엠제이의 어머니를 부축한다. 두 사람이 곧바로 차에 올랐다. 출발하는가 싶었는데 차는 요지부동 움직이지 않았다.

관자놀이로 땀이 흘렀다. 크게 숨을 내쉬었다. 바르르 손이 떨렸다. 스마트폰을 빼앗으며 엠제이가 전화를 끊었다.

정적. 사이를 비집고 미세한 입김이 손창환을 건드렸다. 전율이 일었다. 음향을 제거한 채 차 안에서 영화를 보는 듯했다. 급작스레 목이 말랐다. 꿀꺽 침을 삼키며 박상준의 차를 지켜보았다. 그때 엠제이의 스마트폰에서 이글스의 〈호텔 캘리포니아〉가 흘러나왔다. 납치를 한다고 큰소리친 마당에 '우리는 스스로 만들어낸 감옥의 죄수나 마찬가지'라니!

이번에도 엠제이가 귓속말로 재빠르게 속삭였다.

"아저씨, 이렇게 말하세요. 딸을 바꿔주마. 그러나 한 번만 더 전화를 하면 딸의 목숨은 없다. 그리고 절 바꿔주세요."

잘 훈련된 군견처럼 손창환은 전화를 받아 다짜고짜 말했다. 그러나 이번에는 창작이 조금 덧붙었다.

"딸을 납치한 것을 못 믿나 보군. 딸을 바꿔주지. 대신 한 번만 더 전화하면 딸의 목숨은 없어. 두 시간 후에 전화할 테니 그때까지 기다려!"

재빨리 엠제이에게 스마트폰을 건넸다.

"살려줘, 엄마. 여기 어디 야산 같은데…… 아야! 살려주세요, 아저씨."

엠제이는 고함을 지르며 연기하더니 전화를 종료한다. 엠제이가 손창환만큼 필사적이라는 느낌이 들었다. 그녀를 납치하는 것이 살인을 위한 예비 단계라면 적절한 예방주사였다. 자연스레 묻게 된다.

"이제 어쩌지?"

"어쩌기는요. 박상준의 코를 납작하게 만들어줄 납치극을 한 판 벌여야죠."

"납치극? 두 시간 안에?"

이미 엠제이에게 보기 좋게 당했고, 그녀의 의도대로 어머니를 우롱해놓고도 말 하나하나에 놀란다. 상황을 지배하고 싶어서인지, 아니라면 엠제이에게 눌리기 싫어서인지 위압적인 말투로 변했다.

"두 시간이면 충분하지 않을까요? 너무 기다리게 하거나 생각할 시간을 준다면 박상준도 분명히 다른 식의 대응을 준비할 거예요."

"무엇이 진실인지."

엉겁결에 얼버무렸다.

"진실은 상황에 따라 변해요. 아저씨와 나, 다르지만 같은 목적이 있잖아요. 그러려면 가공된 진실도 필요한 거예요. 말 돌리지 않을게요. 난 어머니의 재산을 지켜야 해요. 그건 내 재산이기도 하고요. 게다가 난 아저씨처럼 택시를 몰지도 못한다구요."

엠제이의 말이 묵직한 직구가 되어 가슴에 박혔다. 진실을 말했던 손창환은 거짓을 폭로한 내부고발자가 되어 왕따를 당했고, 열 명의 인생을 구렁텅이에 처박은 박상준은 억울한 모함을 당한 선량한 은행원으로 승승장구했다.

진실은 변한다. 가공된 진실에 의해.

"내가, 무엇을 하면 될까?"

갑자기 진지해졌다. 에두르고 포장할 필요를 느끼지 못한 탓에 손창환의 말이 반말로 변했다.

"납치해야죠, 나를. 대신 저 차를 주시할 필요는 있겠죠?"

뒷자리에 앉은 엠제이가 손가락으로 박상준의 차를 가리켰다. 손창환 역시 같은 생각이었다. 박상준의 차와 손창환의 택시 사이에 침묵이 가로놓였다. 얼마 지나지 않아 박상준의 차가 침묵을 깨뜨렸다.

주차장을 빠져나간 박상준의 차는 곧바로 남부순환로에 올랐다. 왔던 방향을 그대로 되짚어 간다. 박상준의 차가 멀어지지 않도록 손창환 역시 액셀러레이터를 꾹 밟았다. 아까만 해도 똥을 밟았다고 생각했다. 액셀러레이터보다 더 깊이 발을 담그고 말았다.

차를 몰며 물었다.

"오늘이 확실히 거래일이었던 거야?"

박상준이 이리도 쉽게 거래를 포기할까? 현금만 750억 원이다.

"엄마가 아무리 그놈한테 빠졌다지만 하나뿐인 딸이에요, 저는. 엄마가 거래를 틀어버리면 박상준도 어쩌지 못해요."

엠제이의 얼굴에서 간절함이 느껴졌다. 언제인가 보았다. 저 간절함. 박상준에게 대학을 가겠다며 추천서를 써달라던 허진복의 눈빛이 저랬다.

"그런데 아저씨 진짜 납치범 같아요. 어느 순간부터 정말 그렇게 행동하시는데요."

"내가?"

어이없어 룸미러로 얼굴을 보았다. 손창환의 얼굴은 핼쑥했다. 퀭한 눈빛이 마치 범죄자를 보는 듯했다. 물론 범죄자의 눈빛이 있다면 말이다.

"박상준과는 많이 다를걸."

그 말에 엠제이가 혀를 쏙 내밀었다. 트레비 분수에 동전을 던질 때 오드리 햅번도 저런 미소를 지었다. 헬쑥했던 얼굴과 달리 룸미러의 손창환은 웃고 있었다. 룸미러의 자신과 눈이 마주치며 흠칫 놀랐다. 살인은 개뿔, 오드리 햅번에게 본젤라또를 건네주는 그레고리 펙처럼 들떠 있지 않은가.

"어떻게 할 거지? 납치야. 이미 벌어진 일반적인 범죄와 달리 납치는 앞으로 벌어질 일이라 경찰도 민감해. 얼마 못 가 대번에 들킬 거라고."

잔뜩 눈에 힘을 주며 물었다.

"아저씨 아이큐가 몇이죠?"

"120 조금 넘을걸. 그래 봐야 30년도 더 된 기록이야."

"전 139. 저랑 아저씨랑 합치면 250이 넘는데 납치 하나 성공시키지 못할까요?"

"그렇게 따지면 경찰 100명만 모여도 아이큐가 1만이 넘어."

"하지만 그들이 신경 써야 할 건 100개도 넘을걸요."

"그래서 우리 둘보다 못하다?"

엠제이가 고개를 끄덕인다. 거의 동시에 박상준의 차가 올림픽공원 남1문 사거리에 다다랐다. 직진하거나 좌회전하거나 한동안은 올림픽선수촌아파트 단지다.

박상준이 몰던 차가 조금씩 속도를 낮추더니 후면 브레이크

등에 불이 들어왔다. 자연스레 손창환도 속도를 낮추었다.

"자, 파이팅이에요."

"파이팅?"

엠제이가 꺼낸 의외의 말이 왠지 묵직하게 다가왔다. 나는 살인을 하려던 건가, 아니라면 납치를 하려던 건가. 그런데 파이팅이라니.

은행원 손창환
1997년 2월 10일 저녁

"어이, 손!"

낮지만 명료하게 박상준이 손창환을 불렀다. 보나마나 뻔하다. 담배 한 대 피울 거니까 나가서 자판기 커피나 한잔하자고. 일이 산더미였다. 계급이 깡패라고 거스를 수가 없다. 손창환은 평행원 중에서도 말단 주임, 입행 동기이지만 박상준은 벌써 2년차 대리이다. 출발은 같았을지 몰라도 꼴찌와 선두인 마라토너만큼 간극이 벌어졌다.

C시는 최근 청사를 새로 지었다. 지방자치제의 후폭풍이다. 선거로 시장을 뽑을 거라는 예상이 지배적이었다. 그런 까닭에 현직이거나 유력 정치인들이 선심성 정책을 마구 꺼냈다. 손창환이 슬쩍 뒤돌아보니 박상준은 이미 2층 층계참으로 나가는

중이었다.

담배를 피우지 않는 손창환에게 이런 시간은 곤혹이었다. 더욱이 오늘은 설을 지난 첫날이라 모든 직원이 모여 현금 정사 작업을 진행해야만 한다. 눈치가 보일 수밖에 없다. 은행 벽면에 걸린 시계가 18시를 가리켰다.

처음 은행에 들어왔던 손창환은 짓궂은 고참 여직원이 "오늘 현금 정사해야 한다"는 말에 고개를 들지 못했다. 옆에 있던 출납 선배가 다그치듯 물었다. "오늘 뭐 한다고?"

"현금 사정이요."

"다시 한 번!"

출납 주임이 다그쳤다. 고개를 푹 숙인 손창환이 다시 말했다.

"현금 사정이요."

순간 주변에 있던 여직원과 출납 주임까지 배를 잡고 깔깔거렸다. 대담한 여직원이 농담을 덧댄다.

"정사는 같이 하는 거, 사정은 혼자 하는 거. 오늘 니 혼자 다해라, 알긋나?"

그 말에 웃음소리가 더욱 커졌다.

신입 행원 중에서도 특히 고졸 신입 행원들에게 선배들이 잘 거는 장난이었다. '정사'와 '사정'이라는 말 자체가 지닌 뉘앙스는 다분히 노골적이다. 다만 은행에서 사용하는 정사라는 단어는 '지폐를 자세히 조사해 옳고 그름을 가려낸다'는 뜻으로 사용권과 폐권을 구분하는 작업을 이른다.

"창환 씨, 못해도 오늘 5,000만 원은 정사해줘야 된다. 오늘 영업 끝. 나갈 때 문 닫고."

출납인 허진복이 문을 나서려는 손창환에게 말했다. 응, 하고 동기인 허진복에게 고개를 끄덕이며 객장 문을 닫았다.

최근 들어 여직원들의 눈치가 날카로웠다.

C시 시 금고는 경상은행에서 몇 명 없는 계약직 여직원을 두고 있었다. 노조와 여직원들이 동의했기에 가능했다.

일하는 시간대가 유동적이고 계약직이다 보니 길어야 3개월 만에 그만두기 일쑤였다. 상대적 박탈감 때문이라고 손창환은 분석했다. 똑같이 일하는 20대 중후반 여직원이 평균 2,500만 원 정도를 연봉으로 받지만 계약직 여직원은 그 절반에 불과했으니 생활하기가 빠듯했으리라.

문제는 이번에 계약직으로 뽑힌 이정미였다. 어디서였는지, 또 누가 그랬는지 모르지만 이정미가 몇 번이나 중절 수술을 하고 문란한 생활을 한 탓에 여러 직장에서 잘렸다는 말이 나돌았다. 실로 악의적인 소문이었다. 한 발 더 나아가 그런 소문을 손창환이 냈단다. 급기야 이정미는 말없이 사표를 냈고, 창구에 앉은 여직원들은 손창환에게 의심의 눈빛을 보냈다.

"자, 담배."

2층 계단참에 다다르자 박상준 대리가 담배를 내밀었다. 피우지 않는다는 것을 알면서도 저런 장난을 친다. 그래야 마음이 덜 무겁다나. 100원짜리 하나를 꺼내 밀크커피 두 잔을 자판기에서 뽑았다. 개폐구를 열어 먼저 나온 밀크커피를 건넸다.

"얼마나 정사하라고 하디?"

박상준이 인상을 쓰며 물었다.

"5,000만 원이요."

"하여튼 능력도 없는 출납이 직원들 싸잡아서 정사시킨다고. 말세다, 말세."

박상준은 허진복을 향해 과장되게 비난했다. 설이 지나면 응당 현금을 정사하는 일은 관례다.

은행은 은행 지점마다 지급준비금이 존재한다. 지역을 관리하는 한국은행이 각 은행별로 적정한 금액을 배분하면 상대적으로 시중은행에 비해 지점이 많은 지방은행이나 새마을금고, 신용협동조합은 다시 이를 지점 크기와 수신고 규모에 따라 배분한다. 쉽게 말해 은행 각 지점마다 현금을 보유할 수 있는 한도 금액을 설정해둔다는 뜻이다. 만일 특정 점포가 하루라도 현금 보유 한도를 초과하면 은행별로 기준금리에 따라 마련된 당좌대출이율로 한국은행에 이자를 내야 한다. 일종의 페널티인 셈이다. 반면 점포가 현금 보유 한도 관리를 잘해 늘 한도금액 아래로 현금을 보유한다면 한국은행이 이자를 준다. 관리기준이 이러하기에 한국은행은 설정된 지급준비금 평균 자료를 만든다. 주고받는 이자를 세밀히 산정해, 시중은행과 지방은행, 새마을금고와 신용협동조합에 이자를 주지도 또 받지도 않을 지급준비금을 설정하는 것이다.

다만 이러한 지급준비금 보유 한도, 즉 은행 각 지점의 현금 보유액이 급격히 늘어나는 때가 1년에 두 번 있다. 바로 설과 추석이다. 신권도 두 번의 시기에 1년 필요량의 50퍼센트가량이 소모된다. 설에는 한국 고유의 세배 문화로 인해 막대한 현금이 인출된다. 설이 지나면 돈을 찾아갔던 예금주의 아들과 그 아들들의 통장으로 다시 입금되기 바쁘다. 이로 인해 은행들은 막대한 현금을 보유하게 된다. 어쩔 수 없이 은행 직원들은 현금 정사 작업을 통해 사용권과 폐권을 분리하고 둘을 따로 명기해 다음 날 한국은행에 불입한다.

C시 시 금고 직원은 지점장인 김정만과 박상준 대리를 포함해 모두 열두 명이다. 창구 직원이 아닌 시 금고 전담 직원인 손창환이 5,000만 원 정도를 정사해야 한다면 어림잡아 8억 원 가까이 현금이 남아돈다는 뜻이다. C시 시 금고의 지급준비금이 2억 5,000만 원이니, 오늘 시 금고의 하루 시재금은 10억 원이 넘을 것이다.

"니가 5,000이면 나보고 1억 하라는 소리네, 그치?"

박상준이 결국 혀를 찬다.

마음이 약한 손창환은 결국 참지 못하고 "제가 더 할게요." 하고 말해버렸다.

"그래, 우리 손 주임이 1억 정도 해야지. 안 하면 보자, 니가 나중에 단란주점에서 술 한 잔 살래?"

약아빠진 박상준. 이번에는 손창환도 대답하지 않았다. 어찌

저리 빈틈이 보인다 싶으면 물이든 두부든 찔러보려는 걸까?

"에이. 손 주임 술 안 사려나 보네. 기분 나빠서 한 대 더 피워야겠다."

이런 식이다. 계급이 깡패라지만 깡패에 더해진 수완까지, 아무리 생각해도 박상준은 손창환의 머리 위에서 놀고 있다.

박상준에게 묻고 싶었다. 아니 반드시 물어야 하는 게 하나 있었다. 회사를 그만둔 계약직 이정미에 관한 것이었다.

얼마 전 손창환은 수도과에서 9급 공무원으로 근무하는 친구에게 이정미를 소개시켰다. 한 달쯤 둘은 사이좋게 지내는 듯했다. 이정미를 보기 위해 친구가 자주 2층에 있는 시 금고 별실에 들락거리는 모습에서 어렴풋이 짐작했다.

시 금고 별실은 시 고지서 집계 업무만을 담당하는 곳이었다. 이곳에는 고지서를 자기력인 MICR과 광학인 OCR로 인식하는 특수한 기계가 설치되어 있었다. 각기 5,000만 원과 1억 2,000만 원이 넘는 고가의 기계였다. 이정미는 손창환을 위시한 시 금고 담당 직원 세 명이 자리에 없어도 이 기계를 지키는 일까지 덤으로 해야만 한다. 시 금고 직원이 자리에 없다는 말은 이정미가 늘 혼자 있다는 뜻으로 바뀐다. 이럴 때는 문을 잠가두어도 뭐라 하지 않는다. 물론 친구가 들락거리는 게 거슬리기는 했지만.

두어 번 손창환이 박상준에게 수도과에 근무하는 친구와 이정미가 잘되어가는 것 같다고 말했다. 그때 박상준이 물었다.

시 금고 별실 문 잠가두고 있디?

네. 정말 별 뜻 없이 대답했다.

얼마 지나지 않아 이정미가 임신을 했다는 소문이 났다. 남자관계도 문란하다는 말까지 돌았다. 친구에게 조심스레 물었다. 혹시 이정미가 임신했느냐고? 친구는 그 말을 다르게 알아들었다. 이정미가 임신을 했던 거냐고. 이정미와 친구는 석 달이 지나지 않아 크게 싸우고 헤어졌다. 손창환은 친구와도 버름해지고 말았다. 그런데 이 모든 소문을 손창환이 냈단다.

악의적인 소문을 낸 것은 누구였을까?

"대리님. 저 하나 물어볼 게 있습니다."

"뭔데?"

귀찮다는 듯 창환의 얼굴을 향해 박상준이 담배 연기를 내뿜었다. 그의 손에는 두 개비째 담배가 반쯤 남았다.

"혹시 박 대리님이 이정미 임신했다는 거짓말을 퍼뜨린 겁니까?"

"어. 내가 회계과 사람들하고 세무과 사람들한테 했는데, 왜?"

어이가 없어야 정상인데 두려움이 엄습한다.

"왜요? 제 친구랑 사귀는 줄 몰랐습니까?"

"어차피 네 친구랑 금고 별실에서도 그렇고 그럴 정도면 가시나 그거, 갈보나 마찬가지 아니겠나? 그리고 시 금고 계약직들, 다 3개월 못 가서 그만두는데 좋게 보내줄 필요도 없잖아. 세무과뿐 아니라 과장들 접대할 때 정미 가시나 불러서 데리고 가면 어떻겠노? 삼삼하니 다들 좋아할 텐데. 여관에서 몸 접대도 하게 시키고."

"말이 됩니까, 그게?"

손창환은 저도 모르게 목소리가 높아졌다.

"뭐꼬, 너 지금 대드는 거냐?"

박상준이 아니꼽다는 듯 노려보았다. 그러더니 라이터를 얼굴에 던졌다.

"하여튼 이래서 개랑 고졸 행원 들은 잘해주면 안 된다니까. 새끼야, 담배에 불이나 붙여봐라. 그러면 봐줄게."

어이없다는 표정이던 박상준이 담배를 하나 더 꺼내 입에 물었다. 그때 갑자기 연수를 받던 날이 떠올랐다. 연수 마지막 밤, 고졸 행원들에게 '얼차려'를 주던 박상준은 잔혹했다. 특히 손창환에게.

얼굴로 날아든 라이터를 가랑이에서 얼른 쥐었다. 생각과 합체한 몸이 반사적으로 불을 붙이고 말았다. 불을 붙이며 스스로에게 물었다.

이건 비겁한 건가? 아니라면 처세술인가?

손창환이 은행에 입행한 지도 6년이 지나간다. 10여 일이 지나 3월이 되면 정식 발령 일자도 만으로 6년이 넘는다. 그동안 누구보다 열심히 일했다. 하지만 지방은행이 가진 한계에 대해서도 뼈저리게 실감하는 중이다.

손창환은 고등학교를 졸업하고 곧장 은행에 들어왔다. 다만 과정이 일반적이지 않았다. 손창환이 입행하던 1992년까지 은행을 들어오는 방법은 보통 두 가지였다. 상업고등학교와 대학 졸업 예정자에게 학교장이나 대학 이사장이 각 학교별로 분배된 입행 원서를 추천하는 방식이었다.

손창환은 이 두 가지 조건에 부합하지 않았다. 그는 인문계 고등학교 졸업 예정자였고, 일반적인 경우 지방은행에서 그를 채용해야 할 하등의 이유가 없었다. 손창환은 가정환경이 좋지 않았다. 아버지는 교통사고로 오랫동안 식물인간이었으며 생계를 위해 어머니가 오래전부터 홀앗이를 하듯 직장에 다녔다. 손창환은 절박했다. 아버지의 병원비를 대기도 벅찬 상황이라는 것을 누구보다 잘 알았다. 손창환이 자신의 미래만을 위해 1년에 몇백만 원이나 되는 공납금을 내며 대학에 가는 것은 몽상에 가까웠다. 돈을 벌어야만 했다. 그래서 지역에 있던 경상은행 본점을 찾아갔다. 누군가 인사부를 가보라기에 인사부로 갔다. 젊은 직원에게 사정을 설명하고 은행 입사 원서를 받고 싶다고 했다. 그러자 인사부 직원이 정정해준다. 은행은 '입행'이라는 단어를 쓴다고. 그러며 넌지시 부장실을 바라보았다.

겁날 게 없었던 손창환은 성큼성큼 인사부장실 문을 두드렸다.

"뭐꼬?"

억센 경상도 사투리로 부장이 손창환을 바라보았다.

"은행에 들어오고 싶어서요."

"고3이가? 학교별로 입행 원서는 다 하달했는데?"

의뭉스러운 눈으로 부장이 손창환을 바라보았다. 왜 그랬는지는 모르겠지만 반드시 은행에 들어가야 한다고 결심했던 터라 괜스레 절박해졌다. 손창환은 부장에게 사연을 설명했다. 마지막에는 두 주먹을 꼭 쥐고 말했다. 반드시 경상은행에 들어오고 싶습니다.

"선례가 없는데?"

부장이 손창환을 노려보았다.

"상고생도 들어오는 은행 아닙니까? 왜 인문계생은 못 들어옵니까?"

따지듯 물었다.

"당돌하네. 어쨌든 선례도 없고 너거 학교에서 성적 좀 되면 대학이나 가라. 7년 뒤에 보자."

부장이 매몰차게 거절했다.

"안 되는 겁니까?"

"안 된다."

거듭 부장이 거절한다. 그러더니 바깥을 향해 소리쳤다.

"뭐꼬, 여기가 아무나 들어오는 데가? 야 내쫓아라."

부장의 일갈에 직원들이 들어왔다. 슬쩍 눈치를 보던 직원이 손창환을 바깥으로 잡아끌었다.

처음 손창환에게 넌지시 부장실을 가리켰던 직원이 손창환을 어딘가로 데려갔다. 탕비실이었다. 태어나 처음 보는 단어였다. 그 단어에도 압도당했다. 믹스커피를 한 잔 건네더니 직원이 말한다.

"마, 남자가 칼을 뽑았으면 뭐라도 부러뜨려야지. 가서 학교 선생님하고도 상담하고 또 와봐라. 그러면 무슨 일이 생길지 우째 아노?"

직원의 말에 마음이 누그러졌다.

손창환은 학교 선생님과 상담했다. 담임에게도, 또 진학 담당에게도, 손창환을 가장 잘 이해해주던 국어 선생님에게도 상황을 의논했다.

일주일쯤 지나 다시 경상은행을 찾아갔다. 지난주는 아무렇지 않게 경상은행 인사부까지 진입했는데 이번에는 경비가 제지했다. 지난주는 운이 좋았다는 걸 그제야 실감했다. 경비가 잠시만, 하고 말하더니 인사부에 전화를 거는 듯했다. 고등학생이 은행 원서를 받으러 왔다는 말을 전하는 것 같았다. 13층 인사부로 가보란다. 경비에게 90도로 인사를 하고 엘리베이터에 올랐다.

인사부에 오르자 지난번 믹스커피를 타주었던 직원이 알은 체를 했다. 손창환도 넙죽 인사를 했다. 직원이 눈치껏 부장실을 가리켰다. 손창환은 이번에도 부장실 문을 대차게 두드렸다.

"누구요, 들어오소."

부장의 말에 문을 열자마자 허리를 꺾어 인사했다.

"뭐꼬, 또 니가?"

인사부장이 고개를 절레절레 저었다.

"마 딴 거는 됐고 니 학교 어데라 했노?"

"경상은행 본점이 있는 경상중앙고등학교입니다."

"그랬제? 가봐라. 느그 학교에 원서 보내놨다."

인사부장이 귀찮다는 듯 나가라는 손짓을 했다. 순간 손창환은 환호성을 내질렀다. 감사합니다, 감사합니다, 몇 번이나 인사하며 뒷걸음질 쳐서 인사부장실을 나왔다. 그러자 알은체를 했던 직원이 다가와 어깨동무를 했다.

"나도 너 같은 학생은 처음 본다. 학교로 이번 주 월요일에 원서 보냈다. 화이트 써서 지우고 하면 안 되니까 원서에 기입 잘해라. 그라고 가급적이면 입행 원서에 적는 공란, 그거 다 한자로 써라."

"한자요?"

손창환이 되물었다.

"그래, 한자. 이름, 주소, 뭐 그딴 거 안 있나. 그거 다 가급적 한자로 적어라."

예상외의 주문이었다.

꾸벅 인사를 하고 인사부를 나왔다.

학교로 돌아가자 담임선생님이 매를 들고 기다리고 있었다. 손창환에게 말했다.

"창환이, 니는 내한테 맞아야 될 이유가 네 가지 있다."

"예? 맞아야 될 이유요?"

"그래. 첫 번째, 대학을 포기한 죄. 두 번째, 인문계 고등학교에서 직장을 가서 학풍을 흐린 죄. 세 번째는 자율학습 땡땡이 치고 나간 죄. 네 번째는 선생님이 제자를 제대로 가르치지 못했다는 절망에 빠지게 만든 죄다. 손바닥 이리 내라."

무슨 말인지 제대로 이해하지는 못했다. 손바닥을 내밀자 오동나무를 깎아서 만들었다고 자랑하던 담임의 매로 가볍게 네대를 맞았다. 그런데 선생님의 눈가에 눈물이 맺혀 있었다. 말 없이 뒤돌아선 선생님이 교무실 책상 서랍을 뒤적이더니 서류 봉투를 꺼냈다.

"여러 번 연습해서 원서 기입해라. 틀리면 다시 쓰지도 못하겠더라."

나중에야 알았다. 입행 원서에 기입했던 한자가 입행 시험에도 상당수 반영되었다는 걸. 그리고 상업고 학생들에 비해 상대적으로 준비가 되지 않은 손창환에게 인사부 직원이 최소한의 팁을 주었다는 걸.

은행에 입행하자, 손창환을 알은체했던 인사부 직원이 가장 먼저 다가왔다.

"나, 전용문이라고 한다. 니 생각보다 재원이던데. 고졸 입행자 중에서 니가 시험 일등이다."

"예?"

놀라서 물었다.

"간단히 그리만 알아라. 그리고 내 후임으로도 니를 추천해 놓았으니까 별일 없으면 나중에 인사부로 발령 받을 끼다."

인사부라. 마음이 들떴다.

전용문의 예상은 깨끗이 빗나갔다. 발령 난 지점은 시 금고 였다. 손창환이 은행에 입행한 것과 달리 유례없던 입행에 대해 달갑게 보지 않던 수뇌부가 많았던 것이다.

시 금고 일은 힘들었다. 주산도 모르고 부기도 몰랐다. 고지 서를 500장씩 쌓아놓고 계산하는 법도 몰랐다. 입행을 환영하 는 첫 회식도 발령 났던 3월이 아닌 8월 말에야, 첫 출근을 하 고 6개월이 지나서야 열렸다. 은행 일에는 준비되지 않았던 손 창환이 밤 9시 이전에 업무를 마친 적이 없었기 때문이다.

6개월이 지난 뒤부터 업무에 적응했다. 주판도 계산기도 쓸 줄 알게 되었고 월말을 빼고는 점점 퇴근 시간도 빨라졌다. 한 해가 지나 군대를 가야 했다. 몇 해가 지났다. 군대를 제대하고 은행 복귀 서류를 쓰러 인사부에 들렀다. 그때 전용문이 점심 을 샀다. 점심을 먹으며 그가 말했다.

"미안타야. 네가 일하던 시 금고 거기, 실은 은행 내에서도 일 많기로 소문이 난 점포다. 아무도 안 가려고 한다. 지방은행이 다 보니 조금이라도 은행 인사에 대해 알거나 알력을 행사할 수 있으면 신입들은 다른 점포로 간다. 니 경상은행에서 학력 분류란에 어떻게 분류되어 있는지 모르제?"

학력 분류? 생각도 해본 적 없는 말이다.

"니 기타 학교로 분류되어 있다. 웬만큼 학교별로 조직화가 가능하다 싶으면 인사부에서도 관리를 한다. 그들이 은행 내부에서 세력을 만들어 인사나 기타 요직에서 전권을 휘두르지 못하도록 하기 위해서다. 그런데 빽도 없고 최종 학력도 인문계 고등학교로 들어온 행원은 니뿐이었다."

전용문이 잠시 숨을 골랐다.

"니 제대한 뒤는 시 금고 안 보내줘야 하는데……."

결국 전용문이 점심을 사려 했던 이유는 이 말 때문이었다. 기타 학교 출신에 배경도 없는 너는 군대를 다녀와도 또다시 C시 시 금고로 발령이 날 거라는 은의.

박상준이 개나 고졸 행원이나 하고 운운한 말에는 바로 이 뜻이 숨어 있었다. 기타 학교 출신에 빽도 없는 녀석!

"알고 있었습니까?"

손창환이 담배에 불을 붙여준 뒤 물었다.

"뭐? 니 기타 학교 출신이라는 거?"

"예."

"그거 모르는 사람도 있나? 나는 니랑 연수받을 때부터 알았다."

"허."

객장을 향해 걷다 깨달았다. 나는 박상준에게 꼬리가 잡혔다. 과거부터 지금까지. 어쩌면 은행을 다니는 내내.

그날 저녁부터 두 시간 가까이 정사 작업은 계속되었다. 8억 원 정도일 거라던 예상은 깨끗이 빗나갔다. 무려 13억 원에 가까운 돈을 정사해야만 했다. 여직원들이 사복으로 갈아입고 하나둘 퇴근했다. 아직 시 재정수입 잔무가 남았던 손창환과 객장 보안 잠금을 해야 하는 박상준은 마지막까지 남아 있었다. 박상준이 시 금고의 바깥 금고를 잠그려다 말고 안을 들여다보았다.

"저거 보이나?"

박상준이 가리킨 것은 금고 바깥에 쌓아둔 돈이다.

시청의 사무실을 빌려 쓰는 형편 때문에 C시 시 금고에 입점한 경상은행은 대형 금고를 들일 수 없었다. 그로 인해 금고 안에 넣어둘 수 있는 시재금은 딱 금고 안에 들어가는 돈만큼이었다.

C시 시 금고에 있던 금고는 700킬로그램짜리 국산 내화금고로 가로 1.2미터, 세로 1.8미터 크기였다. 금고 다이얼과 함께 외부 보안 회사의 잠금장치가 별도로 달려 있었다. 반면 내부 크기는 가로 0.9미터, 세로 1.5미터로 반드시 금고 안에 넣어두어야 하는 미발행 자기앞수표와 당좌수표, 가계수표, 계원 즉 텔러의 금고, 지점 인장들을 포함했을 때 수납 가능한 현금은 대략 5억 원 정도가 전부였다.

박상준이 조립식 패널로 허름하게 만든 외부 금고 바깥에서 바닥에 쌓아둔 돈을 보며 말했다.

"오늘 같은 날, 우리 시 금고 털기 딱 좋지 않나?"

박상준이 웃으며 물었다. 평소라면 모르겠습니다, 하고 말했을 테다. 그런데 아까 나누었던 대화가 마음에 걸렸다. 그래서 장단을 맞춰주었다.

"맞습니다. 여기는 은행 건물이 아니어서 창문에 보안장치도 없잖습니까. 옆 사회과를 통해서 조립식 패널을 뚫거나 바깥에서 창문을 절단기로 자르고 들어오면 되니까요. 도둑들 먹잇감입니다."

"새끼, 너 그러다가 여기 털겠다야. 무섭네. 조심해라. 여기 돈 없어지면 네가 도둑으로 몰릴지도 모른다."

박상준의 입은 웃고 있었지만 눈은 반대였다. 언제든 도둑으로 손창환을 경찰에 신고할 것처럼 섬뜩했다.

박상준이 키패드에 보안 카드를 가져다댔다. 객장이 잠겼다. 뚜뚜, 기계음에 이어 '문이 잠겼습니다'라는 녹음된 목소리가 들렸다. 박상준과 나눈 대화 탓인지 돈이 털렸습니다, 라는 말처럼 들렸다.

시 금고 별실에 오르는 손창환에게 박상준이 말했다.

"고생해라. 그리고 이정미 임신했다고 너 의심하는 박성백이, 정사하는 데도 안 내려오고 일하던데 가서 말해라. 내가 이정미 임신했다 그랬다고. 알았나?"

네, 하고 크게 대답하고 싶었다.

"아니요. 그런 거 말 안 합니다. 비겁하게."

"새끼, 비겁한 거는 아나 보네. 뭐 속으로는 내가 비겁한 놈이다 싶겠지만 살아봐라, 내가 비겁한 건지 아니면 잘 사는 건지. 간다."

헤어질 때까지 도둑이라는 말이 마음에 걸렸다. 물론 박상준의 말은 나중에 다른 방식으로 현화했다.

그날 밤, 시 금고 별실에는 시 재정 담당자인 박성백 계장과 주민아가 남아 있었다. 말했어야 했다. 그러나 손창환은 끝까지 입 밖으로 꺼내지 못했다. 알고는 있었다. 말하지 않은 손창환의 행동이 비겁하다는 것을. 무엇보다 그날 밤 박상준이 했던 말이 20년 뒤에 부메랑이 되어 날아올 줄 알았더라면 어떻게든 이정미의 일을 공론화시켜 박상준에게 엄벌을 가해야만 했다는 것을. 비록 이정미에 관련한 빌미를 손창환이 제공했다고 하더라도.

납치범 손창환
2017년 1월 31일 정오

박상준의 차는 다른 때와 달리 지하 주차장으로 향하지 않았다. 곧바로 103동 단지 곁 야외 주차장에 멈춘다. 손창환은 차가 보이는 선수촌아파트 단지 내 도로에 살며시 차를 주차했다.

"엄마가 충격을 받기는 받았나 보다. 이런."

"그걸 말이라고 하냐?"

엠제이는 짓궂은 장난을 친 어린아이 같았다. 차창 너머로 엠제이의 어머니를 부축한 박상준이 보였다. 충격이 컸는지 제대로 걷지도 못했다. 손창환이 뒷자리에 있는 엠제이를 보았다.

"아저씨가 나무랄 건 아니죠. 아저씨는 박상준 저 사람 죽이려던 거잖아요. 안 그래요? 단순히 처단한다거나 함정에 빠뜨린다는 게 아니라."

"무슨 소리야? 말 같은 소릴 해."

"참 나, 똥이 된장 못 알아볼까 봐서요. 아니다, 이런 말은 구리네. 선수가 선수 못 알아볼까?" 허, 새된 소리를 내더니 엠제이가 능청스럽게 웃는다. "내가 먼저 죽인다, 누가 그랬더라?"

어이없다. 영화에서나 볼 법한 캐릭터다. 10대 소년이 살인을 저지르고도 능청스럽게 웃던 〈원스 어폰 어 타임 인 아메리카〉라는 영화가 떠올랐다. 어릴 때 비디오로 보았을 때는 지루하기 그지없었다. 그저 춤추는 제니퍼 코넬리만 생각났다. 얼마 전 추억에 젖어 운전을 하다 말고 극장에서 조조 상영으로 보았다. 이번에는 로버트 드 니로의 웃는 얼굴만 남았다.

"엠제이 네 웃음은 오래 남겠네."

"그렇지 않을걸요."

엠제이가 받아친다. 그 말에 놀라 멀뚱하게 엠제이를 바라보았다.

"아니 제 말은…… 우리가 이 정도로 사고를 쳤으면 잡히거나 잠수겠죠."

잡히거나 잠수라. 그럴지도 모르겠다.

"일단 두 시간은 벌었으니 밥이나 먹으러 가요."

총으로 사람을 쏘고 무신경하게 식당으로 향하던 레옹이 떠올랐다. 물론 지금과 다른 상황인 것은 안다. 아무리 영화를 생각하며 주의를 돌리고 싶었지만 도저히 무리다. 엠제이의 뻔뻔함은 도를 넘었다.

"당신. 이렇게 중차대한 상황에 밥 먹자는 말이 나와?"

"배불러 봐요. 세상이 태평하게 보일 테니까. 그럴 때 작전 계획을 수립해야 돼요. 배고플 때 세운 작전 계획은 그 자체로 굶어 있을 거라고요."

무슨 뜻인지 모르겠다. 그런데 묘하게 설득당하는 기분이었다. 고개를 끄덕이는데 기시감이 일었다. 엠제이에게서 박상준이 느껴진다고 할까. 손창환을 향해 때론 손가락으로 때론 오른쪽, 왼쪽 하며 엠제이가 길을 가리켰다. 5분 정도가 지나 도착한 곳은 강동의 한 유명 중국 음식점이었다.

"가요!"

택시 뒷자리 문을 닫으며 엠제이가 말한다. 당최 종잡을 수 없다. 식당 구석 자리에 앉는데 화가 치밀었다.

"미쳤어? 아니면 최후의 만찬이야 뭐야?"

손창환이 낮게 으르렁댔다. 화가 났고 또 그럴 만했다. 박상준을 죽이겠다는 결심부터 오늘에 이르기까지 모든 상황은 손창환이 주도했다. 그런데 지금은 관자놀이에 권총을 조준당해 이리저리 끌려 다니는 범죄영화 속 인질 같았다. 말이 없는 엠제이의 팔을 확 잡아챘다. 그때 콧소리와 과장된 연기로 방송에서 이름깨나 날렸던 개그맨이 얼굴을 내민다. 그가 운영하는 식당이었던가 보다. 개그맨이 잠시 주저하더니 주문은요, 하고 물었다. 순간 엠제이의 눈에서 눈물이 그렁대더니 푹 고개를 숙인다. 어쩔 수 없이 메뉴판을 받아 들고 말했다. 조금 있다 주문할게요.

"뭐하는 거야 지금?"

"그러니까 왜 저를 납치해요?"

낮게 물었는데 크게 말한다. 깜짝 놀라 주위를 두리번거렸다. 다행히 손님이 많아 두 사람을 눈여겨보는 사람은 없었다.

"뭐지, 왜 그래 너?"

"일단 먹자구요, 네?"

애원하는 사람처럼 엠제이가 두 손을 모으고 손창환을 바라보았다.

"그럼 난 짬뽕. ……난 카드도 없는데."

실은 돈도 얼마 없다. 비싼 식당이라 은근히 계산이 걱정되었다.

"여기 삼선 누룽지랑 크림새우 잘해요. 같이 시키세요. 이걸로 계산하시고." 엠제이가 카드를 내민다. "어서요."

손창환이 카드를 집고 주변을 두리번거리자 개그맨이 다가왔다. 엠제이가 주문한 대로 시켰다. 탁월한 선택입네 하며 몇 마디를 건네더니 계산대로 옮겨 갔다. 얼마 지나지 않아 주문한 음식이 나왔다. 그동안 엠제이는 붉은색 코트에 손을 찔러 넣고 가만히 손창환을 주시했다.

쟤 뭐야, 생각이 스쳤다. 자는 둥 마는 둥 일어나 박상준을 기다렸다. 사태는 급변했다. 엠제이가 등장했고 손창환은 납치범으로 변했다. 식당에 앉은 탓인지 피로가 한꺼번에 몰려오며 집중력이 흐려졌다. 덩달아 배도 너무 고팠다. 생각해보니 주도권을 완전히 놓쳤다. 이래서는 안 된다. 엠제이를 배려하기보다 다음을 위해 게걸스럽게 먹었다.

"가요. 어서!"

"아직 반도 다 안 먹었는데."

"어서요."

다급한 엠제이의 말에 손창환이 벌떡 일어섰다. 엠제이가 내민 카드로 밥값을 계산했다. 개그맨의 아내인, 역시 과거에 유명했던 여자 개그맨이 "후식도 안 드시고"라며 묻는다. 손창환은 어색한 웃음으로 무마했다.

택시에 다시 올랐다. 문을 열어주며 엠제이를 옆자리에 태웠다. 택시에 올라 핸들을 잡으며 물었다.

"왜 그래, 도대체? 종잡을 수가 없잖아. 어차피 네가 납치당한 거라며? 그러면 좀 일관되게 행동해. 나한테 어떻게 행동할 거라는 설명과 내가 대응할 수 있는 여지도 좀 주고. 응?"

"미안해요. 그럴게요."

손창환이 다그치자 엠제이가 미안하다는 듯이 목을 움츠렸다.

"저 아저씨는 왜 여기까지 나와 있대? 장사나 하지!"

창 바깥에서 뚫어져라 손창환과 엠제이를 바라보다 인사를 넙죽하는 개그맨에게 일갈했다. 물론 들릴 리야 없다.

"어디로 갈까 이제?"

"길 건너."

엠제이가 턱짓으로 길 건너에 있는 올림픽공원 북문 방향을 가리켰다. 눈치껏 차를 돌려 불법 유턴을 했다. 그런 뒤 엠제이가 가리킨 곳으로 우회전을 해 차를 꺾었다.

"나도 이곳은 처음 와."

"난 가끔 산책하러 와요. 옆에는 한체대. 차를 몰고 쭉 들어가면 올림픽체조경기장을 지나쳐 공원 깊숙한 곳까지 갈 수 있어요. 적당한 데 세워요."

엠제이의 말에 손창환도 고개를 끄덕였다. 한체대 모서리를 경계로 공원 진입로 즈음에 트래픽 콘이 도로를 막고 있었다. 주차한 차를 제외하면 다니는 사람도, 심지어 도둑고양이조차 보이지 않는 무인 지대였다.

조금 더 도로를 살폈다. 겉보기에는 막다른 길처럼 되어 있지만 그저 트래픽 콘으로 막아놓은 게 전부였다. 언제든 차를 몰고 돌진하면 곧바로 올림픽공원 내부로 갈 수 있는 길이 있다는 사실에 놀랐다. 이런 곳이 공원에 버젓이 존재하다니, 보안과는 담을 쌓았다고 해도 틀리지 않을 것이다.

"40분 남았다."

엠제이가 시계를 보더니 툭 내뱉는다.

"어쩔 거야?"

"어쩌긴요. 당연히 저를 납치하셔야죠. 아마 어머니는 꽤 큰 돈을 현금으로 준비할 수 있을 거예요. 아마 50억 정도?"

"50억? 딸이라면서 간은 크네. 말이 돼, 그게?"

"그럼 박상준한테 그대로 사기당하는 게 나아요?"

"그건 아니지."

마치 조카에게 이혼을 만류하는 삼촌처럼 목소리를 높이게 된다. 미안. 그러고는 이렇게 덧붙이고. 아무리 봐도 범인으로는 낙제다. 할리우드 영화였다면 등장하자마자 총 맞아 죽어버린 한 컷짜리 엑스트라보다 존재감이 낮았을지 모른다.

"일단 50억을 부르세요. 현금으로. 엄마가 손수 운전하기도 하는 화훼 배달용 스타렉스가 있어요."

엠제이가 잠시 숨을 골랐다. 그런데 그녀의 눈가가 새빨갛게 물든다.

"그때는 그랬거든요. 엄마랑 나랑, 둘이서 전국에 있는 유명 화훼 재배 단지를 밤부터 돌아서 새벽이면 양재동에 가져다놓고 했어요. 진짜 행복했어요. 뭐랄까, 사람들은 그러잖아요. 동화 같은 어린 시절."

뜻밖의 이야기다. 적어도 손창환에게 어린 시절은 그리 행복하지 않았다.

"내 고등학교 1학년 입학할 때 말이야, 선생님께 그랬어. 저 대학 가지 않겠습니다."

"진짜요? 생각보다 반항아시네."

"반항아? 그건 아니고 좀 놀기는 했지. 롤러장에서."

"그게 그거지."

"하여튼 그때 선생님이 매를 들더니 그러더라고. '정신 나간 녀석아. 너 같은 놈이 크면은 사회 부적응자 된다. 정신 차리고 대학 가라.' 그런 뒤 스무 대를 맞았어. 핸들을 잡은 이 두 손바닥에."

"대학 갔어요?"

"아니. 직장에. 거기서 그 사람을 만났어."

"아, 박상준."

엠제이가 짐작한다. 그러나 손창환은 가타부타 대답하지 않았다. 만약 엠제이가 손창환에 대해 미리 알았더라면 대학 갔느냐는 질문은 하지 않았을 것이다.

"살다 보니 죽이고 싶은 사람이 생기더라고."

"이제 좀 진실해지셨네." 엠제이가 혀를 찬다. "어차피 우리는 한배를 탔다고요. 저는 인질이 되고, 아저씨는 납치범이 되는 거지만요. 어쨌든 필요한 행동을 취하는 겁니다. 50억을 요구하는 거예요. 그러면 아마 이 일을 치밀하게 준비했다고 판단할 겁니다. 즉흥적인 게 아니라."

엠제이가 눈을 부릅뜨며 고개를 끄덕인다.

"나는 돈은 필요 없어. 그렇지만……."

"뭐예요, 이왕이면 돈도 받고 일도 잘 마무리 지으면 좋잖아요."

엠제이의 얼굴이 또 뻔뻔하게 손창환을 응시한다. 이래서는 답이 없을 것 같았다. 뭐랄까, 다람쥐가 돌리는 쳇바퀴 속에 갇힌 듯했다. 이때 엠제이가 손창환의 가슴에 못을 박는 이야기를 꺼낸다.

"어차피 당신은 박상준을 죽이려는 거잖아요. 이것도 박상준을 죽이는 과정이라는 거 모르겠어요? 완전히 말살하는 거라고요. 단순히 죽이는 게 아니라."

"말살? 단순히 죽이는 게 아니라?"

말살이라는 단어가 가슴에 콕 박혀 왔다.

"어때요, 배부르니까 세상이 태평해졌죠? 이제는 대화가 되잖아요."

놀랐다. 무척이나 놀라 비명을 내지를 뻔했다. 태어나 박상준 같은 캐릭터도 처음 보았지만 엠제이 역시 마찬가지다. 엠제이가 또 그를 놀라게 한다.

"아저씨. 혼자 살아서 그래요. 최근에 섹스해본 적 있어요? 뭐 이상한 업소 같은 데 말고. 정상적인 관계에서."

슬쩍 눈치를 보는가 싶더니 엠제이가 말을 잇는다.

"요즘 애들은 썸을 탄다고 하면서도 키스 정도는 아무렇지 않게 생각해요. 그런데 여기에 알코올이 들어가고 분위기가 무르익으면 오르가즘은 마침표를 찍는 가장 좋은 칵테일이 되죠."

맙소사. 세상 살면서 단 한 번도 입에 담아본 적 없는 단어다. 저리도 천연덕스럽게 오르가즘이라는 말을 내뱉다니. 문득 룸미러에 비친 자신과 눈이 마주쳤다. 손창환은 잘래잘래 고개를 젓고 있었다.

"그런데 아저씨는. 지금껏 태어나서 섹스라고는, 아 정상적인 관계에서요. 해본 적이 없는 사람처럼 굴고 있잖아요. 뭐랄까. 완전히 인간관계가 무너진 사람 같다고나 할까?"

여전히 끝나지 않은 엠제이의 말이 자꾸만 가슴을 건드렸다.

"그러면 내가 엠제이에게 한번 하자고 하면……?"

룸미러로 엠제이를 보았다.

"에이. 동업자끼리는 아니죠."

말을 꺼내고 피해 나가는 본새가 용의주도하다.

"무작정 50억을 준비하라고 말하라는 거야?"

"일단 50억을 올림픽공원 주차장에 스타렉스로 준비시키라고 하세요."

"그래서 여기로 온 거야?"

약간은 짐작이 갔다. 엠제이가 보여준 이 도로는 말하자면 도주로이다. 길을 막아놓은 트래픽 콘 정도야 차로 밀어붙이면

부서지거나 날아갈 테니까.

"무엇보다 박상준이 생각할 시간을 주면 안 돼요. 지금 전화해서 50억을 준비하라고 하세요. 5만 원짜리 구권으로. 그런 뒤 돈을 실은 스타렉스를 체조경기장 옆에 8시 55분에 주차하라고 하시고요."

그때 전화벨이 울렸다. 손창환은 하마터면 운전석에서 펄쩍 뛰어오를 뻔했다. 액정 창을 보니 차를 맡긴 명철의 이름이 보였다.

"저 이 택시, 내 게 아니야. 가져다줘야 하거든. 일단 전화를 받을게."

엠제이에게 설명하고 전화를 받았다. 차를 회사 차고지로 가져다달라는 간략한 내용이었다. 전화를 끊자마자 숙제 검사를 해달라는 학생처럼 엠제이를 보게 된다.

"지금처럼 그렇게 전화하시면 되죠. 거기는 택시를 가져다달라는 거지만 우리는 50억을 가져다달라고 하면 되니까요."

엠제이가 지금부터 숙제를 검사하겠다는 표정으로 바뀐다. 침을 꿀꺽 삼키고 엠제이에게서 전화를 건네받았다. 통화 목록을 뒤져 '사랑하는 엄마'의 번호를 꾹 눌렀다. 신호가 울리기도 전에 "여보세요?" 하는 소리가 들렸다. 목소리에서 급박함이 느껴졌다. 다짜고짜 이렇게 말한다. "살려만 주세요."

"내일 8시 55분까지, 올림픽공원 체조 경기장 옆에…… 당신 스타렉스 있지? 거기에 50억을 현금으로 넣어서 주차시켜."

"8시…… 55분? 체조 경기장 옆? 50억이요? 그런 돈은……."

"돈 있는 거 알고 전화한 거야. 신권은 안 돼. 사용한 돈으로만 50억. 정확히 8시 55분이야. 경찰에 알린 게 의심되는 순간, 딸 목숨은 없어."

엠제이를 룸미러로 바라보았다. 숙제를 잘하고 있네, 하는 표정이다.

"돈 때문에 딸 죽인 엄마는 되지 말아. 죽을 때까지 눈에 남을 거니까."

"차…… 차는?"

"스타렉스 있잖아! 딸이랑 타고 다니던."

"없는데, 아니 없는 게 아니라."

갑자기 전화기 너머에서 횡설수설하는 느낌이 전해졌다.

"당신 승합차 있잖아!" 호통을 쳤다. "거기 뒷좌석에 현금을 실어. 다 합쳐봐야 5만 원짜리 100장 묶음 1,000개야. 알겠어?"

"네, 그러겠습니다."

사람은 모름지기 타인에게 조종을 당할 때가 있다. 엠제이로 인해 손창환이 물 위에 떠밀리는 낙엽이 되어 납치를 동조해버린 것처럼, 엠제이의 어머니는 납치범으로 인해 떠밀리며 일을 진행시킬 것이다. 전화기를 엠제이에게 건넸다.

"잘하네요. 100점."

"100점은 무슨. 네 손바닥에서 노는 느낌이구만."

"좋은 거죠. 2인 1조. 물아일체. 합심동체."

"말 같지도 않다."

갑자기 웃음이 났다. 저 순진해 보이는 아이가 납치를 의뢰할 정도라면, 박상준의 마수가 얼마나 끔찍했던 걸까.

"아, 그런데 먹는 둥 마는 둥 했더니만 지금 배가 고프다야. 일단 차를 가져다줘야 하는데."

"어차피 오늘부터 돈을 나누고 서로 찢어질 때까지는 함께 움직여야 하니까. 제가 운전할까요? 택시는 몰아본 적 없는데 재미있을 것 같아요."

"그래?"

엠제이랑 자리를 바꾸었다. 올림픽공원 북문 근처에 있는 도로를 빠져나와 방이동까지 내달렸다. 차고지에는 눈이 많다. 운전사도 마찬가지지만 경리인 김 양만 해도 그렇다. 눈썰미 좋고 싹싹해서 괜스레 눈에 들었다가는 상당히 복잡한 뒷일을 치러야 할 것이다. 그녀도, 또 손창환도.

엠제이에게 차고지에서 500미터쯤 떨어진 거주자 우선 주차장에 택시를 대라고 말했다. 그런 뒤 문자로 명철에게 위치를 전송했다.

"잠시만요, 이건 지워야죠."

엠제이는 택시 블랙박스를 조작해 내부 영상을 지웠다. 문득 그런 생각이 스쳐 갔다. 저게 필요한 건가.

"커피라도 좀 사다 줄래? 저쪽으로……." 손창환이 남쪽 모서리를 가리켰다. "직진하면 코너에 커피숍 있을 거야. 아메리카노

한 잔 부탁해."

엠제이가 뒤도 돌아보지 않은 채 손을 흔든다. 손창환은 데이터가 삭제된 메모리 카드를 블랙박스에서 빼냈다. 나머지는 명철이 알아서 하겠지. 택시 내부를 둘러보며 특별한 게 없나 마지막으로 확인했다. 빼낸 메모리 카드는 별생각 없이 지갑에 넣었다. 엠제이가 모서리에서 모습을 감추는 게 보였다. 그때 창환 씨, 하고 부른다. 김 양이다. 하필 이 순간에.

슬쩍 되돌아섰다.

"사귀는 분은 아니죠? 너무 어려 보이던데. 아닌가……."

김 양의 얼굴이 어두웠다. 그러고 보니 마지막으로 만날 때는 반대로 손창환이 말을 흐렸다. 손창환의 얼굴이 딱 저렇게 어두웠을까.

"그게, 저. 부탁을 받았어요. 그래서."

"뭘 하든 잘하세요. 조심하시고."

"참 밥 한번 먹자던 건 유효한 거죠?"

"아마도."

김 양이 고개를 숙인다. 둘 사이는 안 된다는 걸 알면서도 괜스레 붙잡고 싶어진다. 뒤돌아서는 그녀의 뒤통수에 말했다.

"꼭 한번 먹어요. 전화할게요."

살짝 허리를 숙이나 싶더니 김 양이 멀어져 간다. 관계라는 게 참, 모르겠다. 엠제이는 손창환을 꿰뚫어보았다. 엠제이가 섹스라고 대담하게 표현했지만 정상적인 사람 관계가 어느 순간 불가능해졌다.

김 양이 모서리를 돌아 사라지자 반대편에서 엠제이가 나타났다. 손에는 테이크아웃용 커피 잔이 들려 있다. 김 양이 걸어갔던 방향과는 반대로 걸었다. 엠제이에게 가까이.

"걸어갈까?"

"여기서 선수촌아파트까지 한 시간은 걸릴걸요. 하긴, 여기까지 와버렸는데 별다른 방법도 없죠. 택시나 버스만큼 확실히 들킬 곳도 없으니까. 걸어가요."

엠제이와 손창환은 가급적 큰길보다 소방 도로를 택했다. 납치라는 말을 떠올린 뒤부터, 또 돈을 준비하라고 명령한 뒤부터 모든 게 조심스러워졌다. 걸으면서 몇 가지를 물었다.

"오늘 밤은 어쩔 거야? 아무래도 같이 있어야 하지 않을까?"

"그래야겠지요. 아저씨 집에서 잘까 하는데, 괜찮죠?"

"난 부자가 아냐. 누추하다고. 그렇지만 혼자 사는 원룸이라도 하루 정도 마다하지 않는다면."

"영국에서는 거지처럼 살았는걸요. 괜찮아요."

"그런데 납치극이 이렇게 허술해도 괜찮아?"

"알 게 뭐예요. 지르고 보는 거죠. 저도 범죄 같은 거야 아는 게 없지만 누가 그러던데요. 비정형적이고 계획하지 않은 범죄일수록 들키지 않는다고요."

"그래?"

"모르죠, 나야."

참 종잡을 수 없는 아이다. 좋게 표현하면 톰 소여 같지만 방약무인하기 그지없다. 손창환의 자식이었다면 어린 시절부터 교육을 잘못시켰다고 단단히 후회했으리라.

차에 다다르자 엠제이가 크게 한숨을 내쉬었다. 한참을 걸었나 싶은데 겨우 40분 정도가 지났을 뿐이다. 어느새 시간은 오후 3시가 넘었다. 내일 아침 8시 55분으로 엠제이가 시간을 지정했다. 겨우 열다섯 시간이 넘게 남았을 따름이다. 손창환은 차를 마천동 방향으로 몰았다.

"전화 안 해봐도 될까? 경찰에 신고한 건 아닌지. 50억은 준비했는지."

"아마추어같이 왜 이래요? 아저씨는 나를 담보로 잡고 있다고요. 제 몸값이 50억도 안 될 것 같으세요?"

엠제이가 뾰로통한 표정으로 눈을 흘겼다.

"뭔가 생각이 있는 거구나, 아니라면 다른 준비를 해두었거나."

넌지시 넘겨짚었다. 부인하지 않는 엠제이를 보니 틀림없다는 확신이 들었다. 나는 그냥 도구에 불과하다. 손창환의 머릿속에 그 말이 번뜩 스쳤다.

"돌아갈 수 없겠지?"

손창환이 거듭 물었다.

"네버, 에버."

엠제이가 단호하게 대답했다.

"50억은 어떻게 하려고?"

일반적인 납치라면 가장 중차대한 문제다. 납치가 범죄로 완전해지기 힘든 이유는 이후 요구하는 몸값 때문이다. 목표로 한 누군가를 납치하기도 쉽지 않다. 박상준을 죽이겠다고 몇 주를 벼른 손창환만 보아도 알 수 있다. 엠제이에게 단번에 간파당했다. 박상준도 알고 있다고 말했다. 여기가 1차 범죄라면 몸값을 받아내고 도주하는 과정은 전혀 다른 2차 범죄 과정이다. 이 정도는 굳이 범죄에 대해 전문가가 아니어도 알 수 있다. 경찰이 개입할 확률은 상당히 높고 대한민국에서 경찰을 따돌리기는 불가능에 가깝다.

가만 그런데. 완전히 한 가지를 간과하고 있었다.

"참, 엠제이. 박상준이 내 존재를 알고 있다고 하지 않았나?"

"그럼요. 누군가 자기를 미행하는 거 같다고 했어요."

"그게 전부야? 내가 누구인지는 모른다고 하던가?"

"그것까지는 저도……."

박상준이 손창환이라는 사실을 알아차렸을까? 단순히 미행하는 존재가 있다는 것과 손창환을 인식했다는 것과는 다르지 않은가.

머리가 복잡했다. 대명천지 덜커덕 납치에 가담하는 바보가 몇이나 될까. 그런데 이 납치에는 허점이 한두 가지가 아니었다. 손창환은 마천동 인근에 차를 세웠다. 산을 막아 한쪽은 벽이었고 도로는 차가 거의 다니지 않았다.

"엠제이. 진지하게 좀 들어줬으면 해. 일단 두 가지 정도 문제가 있는 것 같아."

엠제이가 눈을 맞추는 것을 보고 손창환도 말을 이었다.

"자 먼저. 박상준이 나를 알아차렸다면 납치극은 완전히 들통날지도 몰라. 아니 성공했다고 해도 하루 이틀 안 가서 잡힐 거야. 대한민국 경찰이 그렇게 바보는 아니니까. 일단 신원이 확인되어버리면 잡히는 건 시간문제일걸. 일단 그 부분에서 확실한 전제가 우선되어야 해. 박상준이 나를 알아차렸는가 아닌가. 그것에 대해 정말로 들은 거 없어?"

"왜 그걸 신경 쓰는 거죠?"

그사이 차량 내부가 뜨거워졌다. 손창환은 차의 히터를 조금 낮추며 긴 이야기를 시작했다. 경상은행에서 시작된 박상준과 손창환의 관계. 그로 인해 벌어졌던 사건들과 인생을 망쳐버린 사람들에 대해. 손창환 역시 구렁텅이로 내몰려 알코올과 자포자기로 완전히 인생을 망가뜨리고 말았다는 것까지. 말도 안 되는, 그러나 억울하게 옥살이를 했던 대목에서는 박상준은 악마 같은 놈이라고 목소리를 높이고 말았다.

"힘들었겠네요."

"쉽지는 않았지."

"어떻게 하지도 않은 죄를 뒤집어쓸 수가 있어요? 억울하지도 않았어요?"

"난 그때 완전히 인생을 포기했을 때니까. 마지못해 살았기 때문에 이러든 저러든 상관없었어."

손창환은 호흡을 고르며 겨우 마음을 진정시켰다.

"어차피 아저씨가 저를 죽일 건 아니잖아요."

"무슨 소리야, 그게? 내가 너를 죽이다니?"

정말이지, 엠제이는 사람을 놀라게 하는 재주를 가졌다. 이 상황에 왜 손창환이 엠제이를 죽인다는 말인가. 중간 과정이 빠져버린, 말하자면 앞부분을 툭 떼어내고 결론만 말한다는 걸 이제는 조금 알겠다.

"내가 왜 엠제이를 죽인다는 거지? 좀 알아듣기 쉽게 말해 봐."

"우리가 모든 과정을 마치고 제가 50억을 받아냈다고 하자고요. 납치극은 끝. 그런데 경찰들이 아저씨를 납치범이라고 체포했다고 쳐요."

"그런데?"

"제가 아니라고 하면 되죠. 아저씨한테 납치당한 게 아니라고."

"나한테 납치당한 게 아니다?"

별것 아닌 말인데 묘하게 설득력이 있었다. 엠제이가 손창환이 납치범이 아니라고 주장한다면 납치범이 아닌 게 된다. 반대로 엠제이가 손창환이 납치범이라고 주장한다면 무혐의를 입증하는 데 상당한 고충을 겪을 게 뻔했다. 죄를 짓지 않았던, 그러나 비리 공무원의 진술과 박상준의 증인 진술로 인해 손창환은 죄를 뒤집어썼다. 쉽지 않은 싸움으로 변한다. 생각해보니 엠제이가 택시 블랙박스 메모리 카드를 삭제한 것은 용의주도했다. 서로 모르는 사이라고 주장하려면 그만큼 드러나는 증거도 없어야 한다.

"두 번째 질문이 있어. 돈을 받아낼 수 있을까?"

"그거야 뭐 복불복이죠."

"좋아. 그러면 50억을 얻어냈다고 치자고. 50억이 실린 스타렉스를 타고 도주하는 동안 잡히지 않을 방법이 있을까? 무엇보다, 아니 어차피 내가 너를 납치한 건 아니니까 너는 무사히 집으로 갈 거야. 그러면 엠제이는 50억에 대해 어떻게 하려고 그래? 들키지 않을 자신이 있어?"

"뭐예요, 그 복잡다단한 질문은? 두 가지 문제가 있다면서요. 한 가지는 박상준이 아저씨를 아느냐 모르느냐, 라고 쳐요. 두 번째 문제는 정확히 포인트가 뭐죠?"

"잘 생각해봐. 엠제이와 내가 납치극을 벌이고 돈을 받은 뒤 서로 헤어진다고 쳐. 나는 박상준에게 완전히 엿 먹인 게 되니까 나름 뿌듯할 거야. 엠제이는 어머니의 돈을 지켜낸 거라고. 그런데 분명히 들통나게 돼 있어. 엠제이 수중에 50억이 있다는 거. 그러면 박상준에게서 엠제이가 그 돈을 지켜낼 수 있을까? 오히려 더 쉬운 먹잇감으로 전락하는 거 아냐?"

"그게 그렇게 되나?"

"게다가 돈을 잃어버린 어머니가 가만있지 않을 거라고 보는

데. 신고라도 하면, 분명히 엠제이가 조사를 받을 거야. 참고인이든 용의자든 간에. 금세 드러날 거야."

"아, 거기까지는 생각해보지 않았는데. 뭐 그렇게 복잡해요? 질렀으면 된 거지. 납치극은 벌어졌고, 아저씨와 나는 성공시키면 되는 거예요. 나머지는 그때그때 긴밀하게, 오케이?"

납치극이 이리도 허술하다니. 그렇다면 최소한 납치극에 가깝게라도 꾸며야 하지 않을까.

"일단 전화기부터 바꾸자. 너 현금 얼마나 있어?"

"100만 원쯤?"

"오케이. 그 정도면 충분하겠다. 네 전화기는 끄고 일단 전화기부터 사러 가자."

분실 전화기를 전문으로 취급하는 업자가 떠올랐다. 다만 손창환이 아는 가게는 연신내 로데오거리였다. 서울을 완전히 가로질러야 한다. 곧 러시아워에 걸린다. 올림픽대로를 타고 한남대로를 건넜다. 마음이 급했다. 손창환은 시쳇말로 '칼치기'를 하듯 운전했다. 급기야 엠제이가 조수석 안전 손잡이까지 움켜쥔다. 44분 만에 연신내역에 도착했다. 가게는 로데오거리 인근에 전화 부스처럼 만들어놓았다. 인근 주차장에 차를 댄 뒤 분실 전화기 취급업자를 찾았다.

"전화기 파시게요?"

눈이 마주치자 업자가 묻는다.

"아니요, 오늘은 사려고요. 하나만. 하루만 쓰면 돼요. 다시 가져다줄게요."

"30만 원입니다."

남자가 꺼낸 건 낡은 스마트폰이었다. 고무 밴드로 명함을 묶
어놓았다. 30만 원이라면 과하다.

"너무 비싼데요. 하루만 딱 쓰면 된다니까요. 팔러 오면 2만
원 준다면서요?"

"척하면 척이지요. 어차피 남 전화 하루 쓰는 거, 구리디 구
린 일에 쓰실 텐데요?"

"여기요. 아저씨 참 말 많네."

엠제이가 척 30만 원을 건넨다.

"좋은 선택! 거래 끝."

업자는 부스의 창문을 드르륵 소리 나게 닫아버렸다. 주차장
으로 돌아가는데 엠제이가 배가 고프다며 투정했다. 엠제이와
손창환은 오늘이 역사적인 시작이자 마지막이다. 거하게 먹자
는 말에 엠제이도 싫지 않은 눈치였다. 눈에 들어온 일식당에
엠제이와 입장했다. 엠제이와 회전초밥을 무려 20만 원어치나
먹었다.

"매일 오늘만 같으면 좋겠다."

젓가락을 놓으며 말했다.

"아저씨 정말 돈 필요 없어요?"

"모르겠네. 솔직히 말해 난 박상준을 죽이면 경찰에 자수하
기보다 그냥 자살하려고 했거든. 워낙에 힘든 인생이었어. 10대

때부터 지금까지 무엇 하나 제대로 풀린 적이 없었으니까."

손창환의 말에 엠제이의 얼굴이 어두워졌다.

"내가 돈을 준다고 해도 미래를 안 바꾸실 거예요?"

"달콤하네. 거액을 받고 미래를 바꾼다니. 무슨 동화 속 이야기 같다야."

"30프로. 그 이상은 안 돼요."

"뭐야? 15억이나 준다는 거야? 그런데 이 순진한 아가씨야. 50억이면 몇 킬로그램이나 되는지 알아?"

젓가락을 든 엠제이가 허를 찔린 듯 입이 벌어졌다.

"100킬로그램이야. 차가 없으면 어떻게 하지도 못해."

"뭐 그럼 제가 30킬로그램 덜어주는 거네요. 70킬로그램 이하로는 안 돼요, 아무리 저를 꼬셔도 현금 다이어트는 거기까지."

단번에 얼굴의 표정이 바뀐 엠제이가 농담을 건넨다. 달콤한 제안이다. 손창환의 인생이 꼬인 것도 따지고 보면 돈 때문이었다. 은행에서 일한 것도, IMF를 거치며 엉망진창인 인생으로 전락한 것도 돈이 만든 함정이었다. 15억이라, 함정에서 단번에 벗어날 수 있는 실로 달콤한 금액이다.

"필요 없어."

"그래도 가져. 내가 준다잖아요."

"돈을 받아낼 방법은 확실히 있는 거고?"

숨겨왔던 질문이다.

손창환은 엠제이를 만난 뒤, 어느 순간부터인가 끊임없이 생각했다. 손창환에게는 급작스러웠던, 엠제이와 손창환의 만남은 어쩌면 치밀하게 계획되었던 것은 아닐까. 엠제이는 매우 영리하고 순간 대처도 빨랐다. 특히 뻔뻔할 정도로 대담하기도 했다. 납치 계획을 아무렇지 않게 즉흥적으로 떠올렸다는 건 납득하기 힘들었다. 그렇다면 결론도 뒤집어야 맞다. 손창환이 엠제이에게 전략적인 납치를 당한 것이다.

"아마도." 엠제이는 아무렇지 않은 표정으로 추가한 튀김에 젓가락을 얹었다. "진짜로 돈은 준다니까요!"

엠제이가 정말로 화가 났다는 듯, 아니라면 자신을 못 믿겠느냐는 눈으로 손창환을 쏘아보았다. 손창환이 엠제이의 등을 한 번 도닥였다. 손창환은 5분 전까지라면 진실이었을, 그러나 지금부터는 모든 상황을 곱씹어보기로 한 거짓말을 엠제이에게 말했다.

"그래, 믿을게. 오늘은 오늘만 잘 보내도록 하자."

킬러 PMC 조직
2015년 겨울

"당신 말만 듣고 우리가 오케이하면 된다는 거야?"

K의 눈에는 의심이 가득했다.

"보통은 내가 이런 소리는 잘 안 하는데."

이번에는 J였다. 죽이 잘 맞는 콤비였다. J는 남자에게 M16 총구로 가슴을 툭 찔렀다. 나무젓가락이나 이쑤시개라도 된다는 듯이.

"죽기에는 여기가 딱 좋아요. ……필리핀."

J가 담배를 문 채 느물거렸다.

"겁대가리 없는 새끼들, 돈이나 처받고 용병이나 하는 주제에."

남자는 M16 총구를 왼손으로 쥐더니 J의 뺨을 후려갈겼다.

J의 담배가 잡초더미 사이로 떨어졌다.

남자는 이번에 K를 향해 도발했다.

"이 새끼야, 너네 대장이었던 김진수가 추천만 안 했으면 여기 빈손으로 안 왔다, 이 새끼야. 용병들 열 명은 데리고 와서 개처럼 대했겠지, 사람처럼 대해주니까 어딜 기어오르려고!"

남자는 K와 J의 도발에도 전혀 주눅 들지 않았다. 오히려 필리핀 오지에서 용병을 상대로 무모한 객기를 부렸다. 이곳은 시체를 버리면 뼈마저도 먹어버리는 동물들이 득시글댄다. J는 적당히 느물거리다 겁을 준 뒤 지갑이라도 털어버릴 생각이었다. 예상은 완전히 빗나갔다.

"진수가 그러는데 너네 의리는 돈이라며? 지금 난 딱 너희 같은 놈들이 필요하거든. 좆같은 양심 타령, 정의 타령, 이런 거 말고 돈만 보고 나랑 같이 일해줄 사람."

"이 씨발, 네가 뭔데?"

반말하며 J가 총구를 들었다.

"에헤이, 조선말은 끝까지 들어보는 거라잖아."

K가 J를 만류했다. 주먹만 앞서는 J보다 K가 확실히 사리 판단에는 밝았다.

K와 J는 특전사 동기였다. 170센티미터 정도밖에 안 되는 키로 특전사를 자원한 J가 무모해 보였다. 고문관이 들어왔다는 생각에 K는 고개가 설레설레 저어졌다. 하긴 특전사 최저 조건은 164센티미터였을 것이다. 운동이라면 뭐든 다부지게 해냈던 K와 달리 J는 모든 것을 깡으로 버텨냈다. 몇 년이 지났을 때 J의 노력은 빛을 발해 J는 몸짱이 되었고, 대다수 작전에서 J는 K를 앞질렀다.

두 사람의 인생 희비가 쌍곡선을 그리게 된 것은 여자 문제였다. 최근에야 거의 사라졌다지만 부대 앞에는 으레 다방이나 여관을 가장한 성매매가 이루어지기 마련이었다. 꽃뱀이었던 조선족 여인의 농간에 K도 J도, 인생을 털렸다.

거기서 끝냈더라면 얼마나 좋았을까.

K와 J는 꽃뱀이 일하는 다방을 털기로 했다. 부대 내에 있는 각종 병기 서류를 조작했다. 총기 부품들을 여기저기 끼워 맞추고 누락시키며 새로 신청하기도 했다. 특전사 부대 내에서는 자체적으로 사용하지 않는 예비군용 M16을 집중적으로 분해해 폐기하며 부품만으로 네 대분의 총기를 만들어냈다.

6개월 만에 꽃뱀을 털었다. 알고 보니 조선족으로 가장한 성매매 조직이었다. 성매매특별법이 생기며 집창촌이 폐지되기 시작하자 성매매 조직은 새로운 전략을 짰다. 여성이 단골 남자 손님을 만들면, 여성들 뒤에 숨은 조직폭력배들이 성매매로 협박해 남자를 거지로 만드는 범죄 수법을 썼다. 거기에 K와 J가 순진하게 걸려든 것이었다. 그저 다방에서 커피를 한 잔 마시려다가.

성매매 조직을 일망타진한 것까지는 좋았으나 그런 중에 실탄이 발사됐다. 두목인 남자가 총상을 입었고 생명이 경각에 달했다. 이때 K가 작전을 세웠다. 자수에 이은 무조건적인 범죄 인정과 반성, 대신 두 사람이 성매매 조직에게 하루가 멀다 하고 협박을 받았다는 것으로 정상참작을 하게 만든다. 총기 발사는 K와 J가 목숨을 잃을 뻔하다 생겨난 우발이다. 요지는 반드시 변호사를 선임한 뒤 일을 처리한다는 것이었다. 문제는 총기였는데, 만든 총기는 숨겨두고 J가 두 사람이 군에서 사용하는 총기를 가져오기로 했다.

사건은 K의 예상대로 흘러갔다. 군 범죄 전문 변호사 선임 이후 모든 일이 진행된 것이 주요했다. 성매매 조직의 옹골찬 협박에 이어, 두 사람을 완전히 빈털터리로 만든 것까지 성매매 여성이 인정하며 분위기마저 우호적으로 바뀌었다. K와 J의 진술이 일관되었고 시종일관 눈물로 반성하는 두 사람에게 재판부는 이례적으로 온정을 베풀었다. K에게는 4년 6개월, J에게는

4년의 형이 언도되었다.

먼저 출소한 J에 이어, K가 출소했다. 막역지우였던 J를 찾아갔을 때 K는 절망하고 말았다. 출소한 지 단 6개월 만에 J는 패배자로 전락해 있었다. 취업은 고사하고, 꽃뱀 쪽 조직폭력배들이 무시로 J를 찾아와 괴롭혔던 것이다. J의 고향 집은 쑥대밭이 되었다. 다행이 부모님은 피신시켰지만 동네 사람들은 싸잡아 J에게 욕을 해댔다. 평화로운 농촌 마을에 희대의 범죄자가 난 것도 모자라 범죄 마을로 만들었다고.

"멍청아! 이렇게 당하도록 지금까지 뭐 한 거야?"

안와眼窩가 골절되어 눈도 제대로 뜨지 못하는 J를 향해 K가 물었다.

"어차피 나 혼자로는 역부족이었어. 우리가 만든 총기를 쓰고는 싶었는데, 보나마나 내가 사고를 치면 잡힐 게 뻔하잖아. 너도 또 엮일 거고. 그래서 네가 나올 때까지 기다린 거야. 저 새끼들 쏴서 죽여버리고 나도 죽어버리려고."

J의 말에 K의 코끝이 아려왔다. K라면 참지 못하고 어떻게든 해결하려 들었을 것이다.

"죽어도 같이 죽고 살아도 같이 살자."

K가 J를 안으며 말했다.

J는 숨겨두었던 총기류가 있는 외딴 창고까지 K를 안내했다. 조직폭력배들은 K와 J를 죽여버리기 위해 허세를 부렸다. 두 사람이 겁을 먹도록 쫓는다는 사실을 숨기지 않았고 심지어 창고

까지 뒤쫓아 들어왔던 것이다. 23대 2의 격투! 그러나 M16을 꺼낸 순간 전세는 단번에 역전됐다.

"한 놈만 살려준다. 너희끼리 싸워. 딱 한 놈, 마지막까지 살아남는 놈은! 반드시 살려준다."

K는 장난이 아니라는 뜻으로 두목 격인 녀석의 허벅지를 쏘았다. 두목 격을 뺀 22명이 겁을 집어먹고 창고 모서리까지 밀려났다.

창고 바깥으로 나와 자물쇠로 문을 걸어 잠갔다. K는 J에게 망을 보도록 한 뒤 삼겹살을 사 왔다.

두 사람은 거의 하루 동안 삼겹살을 굽고 소주를 마셨다. 지난 이야기도, 또 오늘의 이야기도 넘쳐흐를 정도로 많았다.

"문 열어주세요. 네?"

거친 목소리가 창고에서 들려왔다. 별도 모습을 잃어가던 새벽이었다. 자물쇠를 연 뒤 빈틈없이 창고를 경계했다. 문을 열고 나온 녀석은 갓 스물이 지난 막내였다. 훅 끼쳐온 피 냄새가 도살장을 연상케 했다.

K는 막내에게 기름통을 건넸다. 유사 휘발유였다. 휘발유보다 빨리, 잘 탄다. 막내는 기름통을 받아들고 창고 안으로 사라졌다.

"다 먹었지?"

K가 물었다. J는 고개를 끄덕였다.

K는 창고 안으로 찌꺼기만 남은 삼겹살과 쓰레기, 휴대용 버

너 등을 던져 넣었다. 막내가 창고에서 모습을 드러낸 것과 시차를 두며 창고가 활활 타올랐다.

눈을 뜨는 새벽과 붉은 화마가 대비되었다.

"아름답네."

J가 말했다.

K와 J에 더해 막내까지, 세 사람은 한 조가 되었다. 어차피 한국에서는 살 수 없었기에 필리핀까지 떠밀려 왔다. 돈을 위해서라면 남의 집 변소까지 뒤졌지만 세 사람의 운은 트이지 않았다. 어느 날 걸려 왔던 김진수의 전화 한 통이 J와 K, 막내 세 사람의 운명을 바꾸었다.

용병!

세 사람은 Private Military Company인 필리핀 민간 군사 기업에 취직했다. 허울만 좋을 뿐 실제로는 용병이나 킬러였다.

"세 사람이니까……."

J의 뺨을 후려친 남자가 다분히 연극 톤으로 말을 머뭇거렸다. 크지 않은 키, 가무잡잡한 피부, 더해져 불룩 나온 배. 나부대대한 얼굴까지. 어느 모로 보나 남자는 한국인이었다. 더불어 돈이면 이 세계에서 가장 높은 데 있다는 철칙을 깨우치고 있었다.

"45억이면 어때?"

순간 막내가 필리핀에서 부리는 어린 꼬마에게 명령했다. 가서 이동식 테이블이랑 의자 가져와.

테이블은 순식간에 꾸려졌다.

남자는 K와 J, 막내에게 약 2년의 준비 기간에 더해 총기류 반입을 지시했다. 총기류 반입에서 K와 J의 눈이 맞았다. 총기로 인해 협상 가격은 45억 원에서 60억 원으로 뛰었다.

"자, 잘 들어. 지금부터 구체적인 계획을 말해줄 테니까!"

은행원 손창환
1997년 2월 11일 아침

딸깍, 열쇠를 돌리자 곧바로 경보기가 작동했다. 삐, 삐, 울리는 소리를 잠재우려 카드 키를 가져다 댔다. '보안이 해제되었습니다'라는 안내 음성이 울리자 청소 아주머니가 사회과에서 모습을 드러냈다.

"10분만 일찍 오라니까."

그러고 싶었다. 매일매일이 전쟁이 아니라면.

어제도, 아니 오늘 새벽 4시가 넘어서야 퇴근했다. 7시 10분, 청소하는 아주머니의 동선에 맞추어 은행 문을 무장해제하는 일은 점점 불가능에 가까워졌다. 아주머니는 번개 같은 동작으로 청소를 마쳤다.

은행 문을 열고 나니 은근히 금고가 신경 쓰였다. 어제 직원들 전체가 모여 현금을 정사한 금액만 13억 원이 넘었다. 금고 공간이 부족해 나무 합판으로 가림막 수준으로 만들어놓은 금고실 내부 바닥에 돈을 그냥 두었다.

평소라면 손창환은 아무 거리낌 없이 문을 열어둔 채 시 금고 별실로 올라갔을 것이다. 어쩌지 잠시 가누어보는데 문을 덜컹 열렸다.

"어이, 손 주사! 시청 직원들 뒤치다꺼리에 뒷돈까지 찔러주는 사람인데, 우째 내가 너를 믿겠노, 그자?"

하. 저절로 감정이 뻗어 나왔다.

세무과장 목 날리기 사건 때문인가?

신호탄은 1995년 6월 27일이었다. 기초단체장과 기초의원을 선출하며 지방자치제도가 전격 실시되었다. 과거 중앙 집권적인, 노골적으로 말해 중앙에서 수익을 독점하다시피 했던 여러 사업들도 지방자치화되었다. 바꾸어 말해 뇌물과 협잡, 비리 역시 지방자치화된다는 것을 의미했다.

지방자치제도는 여러 유의미한 변화를 가져왔다. 청소과는 전국 규모의 용역 업체가 아니라 지역 신생 업체에 청소 용역을 주기 시작했다. 하청 금액은 매년 100억 원이 넘었다. 특별회계로 운용되는 교통, 상·하수 등은 일괄로 입찰하던 고지서 발행 업체가 은밀히 변경되었다. C시의 상·하수도 규모는 계약직 검침원 100여 명에 매월 걷는 세수를 포함, 평균 3,700억 원대의 사업 규모였다. 계약직 검침원에 대한 채용, 퇴사는 물론 매월 3,000만 원 규모인 고지서 발행 사업은 상·하수국장 재량이었다.

변화의 시작은 비리의 시작을 의미했다. 청소과는 겉으로 지역 업체에 용역 하청을 입찰했지만, 실제로는 청소과장 족벌들 명의의 회사에 계약이 집중되었다. 수도과 역시 계약직 검침원 자리를 사고판다는 소문이 나돌았다. 거기서 그치지 않고 아파트 고지서만 발행해본 영세 업체가 수도과 고지서 발행 업체로 지정되었다.

시간이 지나며 비리나 비위에 관한 소문들은 점점 잦아들었다. 다만 수도과는 고지서 발행 업체가 대형 사고를 치고 말았다. 엉터리 고지서가 발행되어 시민들의 상·하수도 요금이 10억 원 정도가 과징수되었던 것이다.

뒤처리를 도맡은 것은 결국 손창환이었다. 검침 금액을 유닉스에서 다시 윈도우로 변환하는 과정에서 오류가 난 것을 찾아냈고, 버그가 난 영세 업체의 프로그램을 수정해주기까지 했다.

검침에서 시세 수입까지 이루어지는 일련의 과정은 보통 90일이 걸린다. 이런 탓에 전산화 이전, 검침원들이 수기로 작성한 실제 검침이 날아가고 말았다. 과징수된 10억 원을 처리할 방법이 사라졌다는 뜻이었다. 하루라도 빨리 손창환에게 뒤처리를 맡겼어야만 됐던 일이다.

수도과가 과징수 금액 처리로 골머리를 앓던 시기, 누구도 주목하지 않았던 청소과 계장이 세무과장으로 영전하는 반전의 인사가 일어난다. 그야말로 반전이었다. 세무과는 회계과와 더불어 시청 각 주무실과의 꽃이라고 할 수 있다. 이어서 국장까지 진급하는 즉 선출직이 아닌 시 공무원 최고위직인 부시장까지 내다볼 수 있는 요직 중 요직이었다. 이는 지방자치, 즉 비리의 지방자치가 끌어낸 결과였다.

청소과 용역 업체는 광역 동별로 모두 열여섯 업체 정도에 일감이 몰아졌다. 10여 곳이 청소과 과장과 관련된 곳이었다면 나머지 여섯 곳이 계장과 관련된 업체였다. 연 평균 계약 6억 원에서 8억 원 사이, 이중 30퍼센트 정도가 계장의 비밀 계좌로 입금되었다.

청소과 계장은 대머리에 서글서글한 인상으로 손창환을 손 주사라 부르며 자주 술자리에 불렀다. 때로 멍청해보이기까지 하던 청소과 계장은 올해 초, 세무과장으로 영전했다. 그는 인생 마지막 한 방을 준비하며 청소과에서 걷어냈던 비리 금액을 국장급 이상 시청 고위직에 뿌렸다고 한다. 최소 10억 원이 넘는 금액으로 짐작되었다.

새로 부임했던 박상준에게 시청 주무실과 요직들에 관한 소문 정도로 손창환이 이런 내용을 설명했다.

"다시 처음부터 찬찬히 이야기해봐." 박상준의 눈이 번뜩였다. "청소과 만년 계장이, 네 말대로라면 알코올의존증 환자가, 어떻게 세무과 과장까지 될 수 있었는지 말이야."

이때만 해도 박상준의 성향을 정확히 파악하지 못했던 1996년 말이었다.

3개월이 지나지 않아 지역신문인 경상일보에 청소과 비리에 관한 기사가 일면으로 떴다. '특종'이라는 단어가 지면을 장식했다.

세무과장, 과거 청소과 계장도 노련했다. 그가 지금까지 오른 자리가 알까기를 해서 오른 자리가 아니라는 듯 방어했다. 이 말은 세무과장이 걸려들었을 경우 붙잡혀 갈 사람이 한둘이 아니라는 말로도 해석 가능했다.

사건은 엉뚱하게 진화했다. 잘릴 거라 생각했던 세무과장은 자리를 보전한 반면 수도과장의 목이 위태로워진 것이다. 수도과에서 발행하는 고지서 때문이었다.

"이야, 세상 참 알다가도 모를 일이네."

박상준은 어이없다는 듯 혀를 찼다. 이번에도 시청 계단참에 있는 휴게소에서였다.

"목이 날아갈 사람은 분명 세무과장인데 수도과로 불똥이 튀다니. 세무과장 대단하네."

박상준이 속삭였다. 그러며 묻는다.

"니는 수도과 고지서가 엉터리라는 거 알고 있었나?"

"과징수된 내용은 알고 있었습니다. 가장 간단한 방법을 찾아 해결했는데 나머지는 지점장님께 물어보십시오. 저는 그것까지는 모릅니다."

"윗물이 썩으모 아랫물도 썩는다 카더마는 손창환이 니, 완전 썩었네."

박상준은 마치 저주를 발하듯 신랄하게 손창환에게 퍼부었다.

비리에 관계된 정보 하나를 얻었다고 세무과장을 날리려 했던 건 당신 아닙니까. 속에서 꾹 차오르던 말을 결국은 삼켰다.

박상준이 퍼뜨린 것으로 보였던 '세무과장 목 날리기' 사건은 희한하게도 수도과로 불똥이 전이되었다. 그런 중에도 상하수도국장은 착실히 자기 자리를 방어했다. 몇몇 의혹이 불거질 때마다 아랫사람의 목을 날렸다.

대표적인 사람이 손 주사였다. 손 주사는 수도과에서만 잔뼈가 굵은 베테랑이었다. 그가 시청에 들어온 것은 C상고를 졸업한 1969년이었다. 당시 수도과에 취직하기 위해 필요한 것은 학교장 추천서와 주산 2급 자격증이었다고 한다.

손 주사는 특유의 친화력과 업무 및 관리 능력을 인정받아 30년 가까이 수도과에서만 일했다. 자금을 손보는 데도 탁월했다. 이 말에는 지난 30년 가까이 수도과의 모든 더러운 일까지 도맡았다는 뜻도 포함되었다. 상하수도국장이 상·하수 관련 제왕이라면 손 주사는 어둠의 왕이었다. 어느새 시 금고 통이 된 손창환에게 손 주사는 성이 같아 조카라며 장난을 쳤다.

손 주사와 처음 술을 마신 건 1992년 봄이었다. 그때만 해도 손창환은 은행과 시 금고의 유착 관계에 대해 전혀 알지 못하던 때였다. 손창환이 발령받은 전후 지점장이나 대리 중 한 명이 수도과 회식비를 전했던 모양이다. 그런 뒤 있은 술자리였다. 자리에는 손 주사와 손창환을 비롯해 지점장과 수도과장, 그

이외에 수도과 자금 담당 관련 몇 사람이 더 있었다. 손창환을 소개하는 자리이기도 했다. 한창 갈비를 굽던 식당 직원들을 손 주사가 모두 물렸다.

"이게 뭐요?"

갑자기 탁자 위에 봉투 하나를 탁 소리 나게 얹는다. 손 주사는 박력이 넘쳤다.

"어디 수도과를! 30만 원 처받고 회식하라면 감사합니다, 하고 좋아하는 그런 양아치들로 본 거요?"

순간 식당 안은 어둠에 휩싸인 지옥의 입구 같았다. 손창환이 입행 이후 맛본 두 번째 고난이었다. 갈비 타는 냄새만 현실이라는 걸 일깨웠다. 지점장이 겨우 분위기를 무마하며 넘어갔지만 손 주사는 그런 사람이었다. 뇌물을 받으면서도 당당하고 필요할 땐 더 달라고 판을 엎거나 조종하기도 하는.

청소과 비리가 세무과장으로 번진 것도 모자라 상하수도국장을 거쳐 어떻게 손 주사에게까지 다다랐는지는 모른다. 손 주사는 이런 폭풍이 지나가고 난 한 달 뒤 사직서를 썼다. 감사과는 제보를 받았다고 한다. 공무원의 비리 문제가 아니라 자격 미달로 채용된 공무원에 관한 건이었단다. 이에 손 주사가 해당됐다. 손 주사는 주산 2급 자격증이 없었다. 즉 채용 조건에 해당되지 않았다. 손 주사를 채용한 것은 1969년 당시 담당자의 과실이었다. 공소시효가 지나 누구도 책임이 없었기에 사직서를 쓰고 연금을 받는 선에서 마무리되었다.

손창환은 어렴풋이 깨달았다. 관공서도 어쩌면 조직폭력배의 구조와 크게 다르지 않을지도 모른다는 걸. 머리가 문제시되면 꼬리를 잘라 몸을 숨긴다. 상하수도국장은 모질게 힘든 사태를 버텨냈지만 결국 1년을 조금 더 버틴 뒤 사직서를 쓰게됐다. 어이없는 비리에 엮이면서다. 물론 이때만 해도 손 주사가 2001년 4·26 단체장 보궐선거부터 10년 가까이 선거에 모습을 드러내리라 생각하는 사람은 아무도 없었다. 손 주사는 시장보궐선거에서 이렇게 외쳤다. 과거를 반성합니다. 누구보다 썩어봤기에 이제는 썩지 않게 만들 자신이 있습니다!

눈알을 부라리는 박상준으로 인해 기억이 사라졌다. 눈으로담배 연기가 날아들었다.

"니도 돈 좀 받아 처묵었제?"

"아니오. 10원도 받은 거 없습니다."

사실이었다.

박상준의 '세무과장 날리기' 계략이 실패한 이후 손창환에대한 괴롭힘은 극에 달했다. 하인처럼 부리는 것도 모자라 각종 중상모략으로 손창환을 논란의 중심에 서게 하려 했다. 몇번이나 묻고 싶었다.

저한테 왜 이러세요?

일은 그렇게 끝나나 싶었을 때, 박상준이 손창환에게 이런말을 건넸다. 맞서는 둘이 안 되면 셋이 붙게 해야 되는구나. 하나 배웠네, 라고. 넌지시 손창환은 그 말의 의미를 깨달았다. 만

년 계장에 맞서던 세력, 둘의 싸움! 거기에 다른 팀을 끼워 넣어 혼전을 만든다.

두 시간 정도, 아침 업무에 몰두했다. 10시가 조금 못 된 시간에 박상준에게 전화가 걸려 왔다. 자금부에 가자고.

"오늘만 13억 본점 자금부에 가져다줘야 되는 거 알제?"

"네, 압니다."

별실에서 아래층 객장으로 내려왔다. 시 금고 객장으로 들어서자 박성백 계장이 돈을 포대에 담고 있었다. 13억 원이면 1만 원짜리 지폐로만 계산해도 무려 130킬로그램에 달한다. 포대 하나에 약 3억 원의 돈이 들어가니 다섯 개의 포대를 차로 실어 날라야만 한다.

박상준이 시 금고 옆 창으로 차를 주차하는 게 보였다. 박성백 계장과 손창환이 낑낑거리며 박상준의 차에 돈을 실었다. 트렁크에 세 포대, 뒷자리에 두 포대를 실었다. 차에 오르자 곧바로 경상은행 본점으로 출발했다. 시 금고에서 경상은행 본점까지는 40분 정도 거리였다.

"야, 느그는 은행 강도 해보고 싶은 마음 없나?"

"은행 강도요?"

박성백 계장이 어이없다는 듯 쓴웃음을 지었다.

영화처럼 은행을 터는 일이 얼마나 무모하고 바보 같은 짓인지 은행원들은 안다. 각 은행별로 지급준비금, 즉 현금 보유액은 얼마 되지 않는다. 은행원들이 쓰는 용어로 이를 시재금이라고 한다. 특히 은행은 시재금 관리를 위해 각종 첨단 장비들이 설치되어 있다. 시재금을 털겠다고 은행을 침입하는 일은 기름을 들고 불속으로 뛰어드는 것과 같다. 얼마 되지 않는 돈을 털었다고 해도 팔자를 고칠 정도는 되지 않으며 잡힐 확률은 100퍼센트에 가깝다. 또한 은행을 털면 특수 강도로 취급되어 형량도 높다. 물론 예외적인 날도 있다. 바로 어젯밤과 오늘 아침 같은 경우다. 일반인들이 이런 정보를 얻는 것은 불가능하지 않을까?

"저거 저거, 손창환이 저거, 또 쫄았다 봐라. 은행 강도라 카이."

박상준이 얼버무렸다.

"야, 들어가기 전에 라면이나 하나 묵고 가자. 내가 살게."

박상준은 시 금고로 가는 대신 경상은행 본점 옆에 있는 분식집으로 향했다.

이때는 몰랐다. 왜 박상준이 아침나절에 은행 본점 옆에 있는 분식집에서 라면을 먹자고 한 것인지.

라면을 먹고 차에 올랐다. 박상준은 담배를 피우며 무언가 살피는 듯했다. 박상준이 차를 출발시켰을 때 경상은행 로고가 찍힌 특수차량이 박상준이 운전하는 차와 나란히 달리고 있었다. 박상준이 운전석 창문을 내려 특수차량 운전자에게 알은체를 했다. 그러자 특수차량의 조수석 창문이 내려간다. 조수석에는 자금부 대리가 타고 있었다.

"한국은행 가요?"

박상준이 물었다.

"그렇죠."

자금부 대리가 웃으며 창문을 올리려 했다.

"저기 뒤에는 총도 가지고 타는교?"

"우리가 총이 어디 있어요? 그래 봐야 가스총이지. 자, 우리는 갑니다."

파란 신호로 바뀌자 특수차량이 속도를 높였다. 우회전을 해서 시청으로 가야 하는 터라 박상준도 차선을 바꾸었다. 그날 오전은 그렇게 끝났다. 손창환 역시 그날의 기억은 더 이상 필요 없는 휴지 조각으로 변했다.

납치범 손창환
2017년 2월 1일 새벽

"저 하천 알지?"

"아니요, 모르는데요."

순간 손창환의 가슴에 불안이 되살아났다. 지금껏 살아오며 불안은 늘 틀리지 않았다. 그리고 불행으로 변했다. 박상준을 상관으로 대할 때도, 또 엠제이가 택시를 탔을 때도 불안이 다가왔다. 어떻게 해야 불안이 불행으로 변하지 않을까. 한참 만에야 생각이 한 문장으로 변했다. 지배하느냐, 지배당하느냐의 문제가 아닐까.

도발이 필요했다. 그러나 엠제이를 조금 더 지켜보기로 했다. 어린아이의 짓궂은 장난을 내버려두는 것처럼.

"어라, 올림픽선수촌아파트 살면서 성내천을 몰라?"

"에이, 장난이죠. 제가 성내천을 모르겠어요? 그런데 내일 잘할 자신 있죠?" 엠제이가 급하게 말꼬리를 돌렸다. "계획은 단순해요."

"단순하다고?"

"네. 차 찾아서 차 몰기."

"뭐야 그게. 그 차에는 50억이나 실려 있을 거라고. 그런데 차 찾아서 차 몰기? 에이, 그건 아니지. 그럼 내가 차를 찾았다, 그러면 어디로 몰아?"

"그래서 일단 아저씨랑 나랑 구입해야 하는 게 있어요. 일단 집으로 가서 차를 탑시다."

왔던 길을 되돌았다. 엠제이와 특별한 일 없이 한 시간 가까이 산책을 했을 뿐인데 벌써 배가 꺼지는 느낌이었다. 엠제이보다 먼저 뛰어 차로 향했다. 차에 올랐을 때는 배가 쑥 꺼지는 느낌이 나며 트림이 나왔다. 별일이었다. 택시를 몰 때는 늘 더부룩했건만. 문득 행복하다 보니 몸도 괜찮아지나 하는 엉뚱한 생각이 들었다. 시동을 걸고 차를 엠제이 근처로 몰고 갔다.

"아저씨, 잠실 홈플러스."

엠제이가 마치 택시를 탄 것처럼 장난을 쳤다. 그녀의 장난이 기분을 달뜨게 했다. 절로 미소가 지어졌다. 하루뿐인 행복이라지만 그래, 오늘은 순간을 즐겨보자.

"네, 아가씨. 그리로 모시지요."

"어머, 저 아저씨 같은 말투는 뭐랴. 하던 대로 해요."

엠제이도 웃는다. 뭐가 좋은지 손창환도 모르겠다. 그냥 기분이 좋았다. 운전을 하며 물었다.

"납치를 해서는 아닌데 그냥 흥겹네. 내일 일이 잘 풀리려고 그러나?"

"오호. 좋은 징조. 그거 괜찮은 마음가짐인데요."

"그런데 홈플러스에는 왜?"

"살 게 있으니까 그러죠. 거기서 본 게 있거든요."

엠제이의 속을 모르겠다. 나이는 두 배쯤 먹었을 텐데 손창환이 살아온 인생이 야속하다는 생각이 들 정도였다. 엠제이는 곧바로 손창환을 부추겨 홈플러스로 향했다. 그녀가 간 곳은 아동용 장난감 코너였다.

"15억에 비하면 껌 값이죠?"

엠제이가 집어든 것은 아동용 무전기였다. '메이드 인 차이나'인데 반경 1.5킬로미터라는 영어가 보인다. 시식 코너를 지나치지 못하는 손창환에 비해 눈길도 주지 않는 엠제이를 보니 귀하게 자랐구나 하는 생각도 들었다.

계산을 하고 나오는데 엠제이가 플라스틱 포장을 뜯어 무전기를 건넸다. 손 안에 쏙 들어올 정도로 크기가 작았다. 곧바로 무전기를 켜보았다.

"미국에서는 몇 년이나 살았어?"

뒤따라오는 엠제이에게 무전기로 물었다.

"아버지가 거기 있어요. 10년 조금 못 살았겠죠?"

"아까는 죽었다고 하지 않았나?"

"어머니가 돈이 많잖아요. 들러붙는 남자가 한둘이 아니었어요. 개중에 저를 데리고 미국으로 교육을 시켜주겠다는 기자 출신…… 뭐랄까, 학원 원장인데 브로커랄까, 그런 분이 있었어요. 어머니는 본 척도 하지 않았는데, 아저씨가 저한테 잘했어요. 저도 아빠라고 불렀고."

영국 유학은 뭐고 미국에서 살았다는 건 뭘까. 앞뒤가 맞지 않았지만 지금 와서 검증할 방법은 없다. 일단 넘어가자.

다시 차에 올랐다. 손창환은 매섭게 엠제이를 노려보았다.

"자, 잘 들어. 아직은 장난 전화 정도로 끝낼 수 있어. 나는 박상준을 미워하고 죽이려고 했던 건 맞아. 그건 내 사정이지. 하지만 내가 뭘 믿고 너 같은 꼬맹이 말에 부화뇌동하며 납치극을 감행해야 하지? 난! 널! 믿을 수가 없어."

"낮에 그 상황을 보고서도요?"

운전대를 잡았던 손을 놓았다. 손창환은 세차게 엠제이의 뺨을 내리쳤다. 고개를 드는 엠제이를 향해 한 번 더 뺨을 후려쳤다.

"왜 그러세요?"

뺨을 부여잡고 손창환을 바라보는 엠제이의 눈에 눈물이 맺혔다.

"내가 너보다 인생을 두 배는 더 살았다. 심지어 교도소까지 다녀왔고. 그것도 박상준 때문에."

대차게, 또 감정적으로 옮겼던 행동이다. 엠제이의 바르르 떨리는 손이 손창환의 심장보다 덜 떨린다는 사실을 확인했다. 폭력도 용기가 필요한 법이구나, 절실히 깨달았다. 도대체 박상준은 어떻게 되었기에 아무렇지 않게 사람에 대한 폭력을 휘두를 수 있었던 걸까? 생각이 엉뚱한 방향으로 빠지려 했다.

'망할 놈의 바보 같은 손창환! 나는 이래서 박상준의 먹이가 되었던 것이다.'

"좋아. 대답을 하기 전에 하나 더 물어볼게. 박상준에게 강간이라도 당했나?"

"허, 씨발. 별걸 다 묻네."

"그럼 납치의 대가가 말 몇 마디로 해결될 거라고 생각한 거야? 아버지뻘 되는 사람에게 납치해주세요, 하면 해결될 줄 알았냐고?"

호통을 치려던 건 아닌데 목소리가 높아졌다. 무언가 꼬여간다 해도 실제로 납치를 행하는 것보다 꼬일까? 최대한 엠제이를 발가벗겨 아무것도 못 하게 만들어두어야 했다.

"졌어요. 본론으로 돌아가죠."

"본론? 살인?"

"아니요, 납치."

"좋아. 거래를 하나 제안하지. 네가 내게 납치를 제안했듯이. 내가 납치를 도와주는 대가로 너는 살인을 도와. 난…… 돈은 필요 없어."

"15억을 포기하겠다는 거예요?"

"미친년. 돈이면 다 된다고 생각한 거야? 거듭 말하지만 너는 부유하게만 살아서 그래. 자, 결정해. 살인을 도우면 납치도 돕는다. 그게 아니면 납치는 없던 일로."

본론을 꺼냈다. 마치 맹수가 된 듯한 느낌에 기분이 좋아졌다. 손창환은 엠제이가 샀던 무전기를 그녀의 가슴팍에 던져버렸다.

"진짜 안 할 거예요, 납치……?"

"미쳤니, 내가? 그래. 아까는 그렇다 치자. 네 엄마가 박상준에게 몇백억이나 되는 돈을 사기를 당한다고 하니 나도 놀랐던 건 맞아. 나도 남자니까, 내가 죽이려던 박상준에게 여자가 애원하는데 기사도 정신을 발휘했다고 치자고. 하지만 납치는 엄연히 다른 문제지. 내가 뭘 믿고?"

최대한 느물거리는 말투를 흉내 내려 했다.

"저는 아저씨에게 솔직히 말한걸요."

엠제이의 눈에 눈물이 맺혔다. 내 진실을 왜 알아주지 않느냐는 듯이. 마음이 흔들렸다.

"못 믿겠어. 아니 믿으려고 했지만 점점 믿을 수 없는 걸 어쩌나?"

솔직한 마음이었다. 올림픽선수촌아파트에 살면서 성내천을 모른다는 건 옆집 사람을 모르기보다 어려운 일이었다.

"왜요?"

"글쎄, 네 얘기는 영혼이 빠져 있는 것 같아. 그때그때 지어낸 거짓말 같고. 처음에는 어머니가 너를 안 이후 만난 첫 번째 남자가 박상준이라고 하지 않았나? 그런데 아버지라고 부르는 사람이 유학을 시켜줬다고?" 손창환은 홈플러스 주차장에서 나가고 들어오는 차를 바라보며 팔짱을 꼈다. "꼬맹이가 홈플러스에서 원하는 장난감을 사주지 않는다고 엄마나 아빠에게 떼쓰는 것 같아."

"제가 어떻게 하면 믿을 건데요? 옷이라도 벗을까요?"

엠제이는 비싸 보이던 붉은색 코트의 단추를 풀더니 안에 입고 있던 면 티셔츠를 벗으려 들었다.

"그만해. 내가 널 강간이라도 할 사람으로 보여?"

이번에는 정말 화가 났다. 손창환이 버럭 소리를 지르자 엠제이가 어깨를 움츠렸다.

"이야기를 흐리지 마. 나를 믿게 하라고 했지, 내가 네 몸을 보여달라고 했니? 왜 사람을 파렴치하게 몰아? 내가 박상준하고 같은 사람이야?"

엠제이가 입술을 질끈 깨무는 게 보였다. 무언가 단단히 각

오라도 하려는 모양이다. 순간 차 앞으로 지나가던 한 남자가 손창환과 엠제이를 뚫어져라 노려보았다. 어쩔 수 없이 차에 시동을 걸었다. 노려보던 남자가 고개를 갸우뚱하더니 자리를 피했다. 곧바로 주차장을 빠져나왔다.

한동안 차 안에는 침묵이 감돌았다. 어색해 라디오를 켜려는데 엠제이가 먼저 말을 꺼냈다. 차를 올림픽선수촌아파트로 몰았다.

"모르겠어요. 아무리 생각해도 아저씨를 설득할 방법을 찾지 못하겠어요. 아저씨가 오히려 저를 겁탈이라도 한다면 저는 받아들이려고 했거든요."

"그래서 너를 내려줄 생각이야."

손창환의 말에 엠제이는 완전히 풀이 죽었다. 쐐기를 박듯 엠제이에게 말했다.

"너네 집 앞에서. 그만 보채고 들어가, 이제."

"엄마 전 재산이 날아간다니까요. 아저씨 같으면 저는 아저씨를 도왔을 거라고요."

"나 같으면 납치를 계획하지는 않겠지."

"납치만 계획한 건 아니었다고요."

"납치만?"

엠제이의 말에 손창환은 호기심이 일었다.

"나를 택한 것은, 그래, 내가 어리숙한 초보 범죄자였기에 그렇다고 치자."

"범죄자도 아니죠. 아저씨가 실행에 옮길 거라는 보장은 없잖아요. 저는 실행에 옮기려고 아저씨를 부추겼고요."

엠제이의 목소리는 땅굴로 기어 들어가는 두더지 같았다. 아랑곳없이 엠제이를 빤히 바라보았다. 납치만 아니면 무엇을 계획했다는 거지? 손창환은 위화감을 넘어서는 모략의 냄새를 감지했다. 급하게 브레이크를 밟았다. 손창환은 차의 시동을 꺼버렸다. 뒤에서 따라오던 차가 놀랐는지 경적을 마구 울려댔다. 비상등을 켰다. 잠실역과 몽촌토성역 사이였다. 경적 소리는 마치 바이러스처럼 증식하기 시작했다. 어떤 차량은 엠제이가 있는 조수석으로 다가오더니 창문을 열고 맵짠 욕을 퍼부어댔다.

"네가 진실을 말하기 전까지는 이대로 꼼짝 않는다."

손창환이 맹세하듯 말했다.

"아……." 엠제이의 목소리에서 무언가 포기한 듯한 절망이 느껴졌다. "어디든 차를 주차해주세요. 올림픽공원 가까운 데로. 솔직하게 전부 말씀드릴게요."

손창환은 엠제이의 말에 가타부타 대꾸 없이 가만히 있었다. 얻어냈다고 해서 곧바로 움직인다면 여전히 우습게 볼 게 뻔했다. 그사이 경적 소리는 더욱 높아졌다. 이제는 손창환의 옆에서도 창문을 내린 남자가 욕을 해댔다.

"어서 가요. 이런 거, 못 견디겠어요. 네?"

엠제이가 손창환의 팔을 거세게 흔들었다. 못된 년. 본인이 견디기 힘든 건 어려워하면서 손창환은 아무렇게나 부리려 들다니. 손창환이 납치범으로 변하는 순간, 엠제이는 거짓부렁을 해댈 게 틀림없었다. 엠제이가 원하는 건 그저 50억 원이라는 돈이 전부일 것이다.

"전부 말할 거야?"

"전부 말할게요."

"맹세해?" 맹세 따위 의미 없다는 것은 안다. "목숨 걸고?"

"맹세할게요. 목숨 걸고. 그러니 어서 가요."

저 말의 의미를 엠제이는 알고 있을까?

시동을 걸었다. 차가 움직이자 경적 소리가 사라졌다. 손창환은 여전히 비상등을 켠 채 도로변으로 차선을 변경했다. 누군가 창밖으로 소리 질렀다.

"차 좀 좋은 거 몰아, 개새끼야."

순간 엠제이의 목이 움츠러드는 게 보였다. 천천히 달리다 알파문구를 발견하고 차를 세웠다. 차를 비상 주차하고 알파문구로 뛰었다. 손창환은 볼펜 몇 개와 무지 연습장을 사 왔다. 차에 오른 뒤 평화의 광장 앞에서 우회전을 했다. 2분 정도를 달리자 저 멀리에 올림픽선수촌아파트가 시야에 들어왔다. 옆으로는 한성백제박물관이 모습을 드러냈다. 좌회전을 하면 올림픽공원 내에 있는 각종 체육 시설로 이어진다. 좌회전을 하고 주차권을 뽑았다. 출입구 근처에서 주차할 곳을 찾다 생각을 바꾸었다. 이왕 이렇게 된 거, 체조 경기장 근처까지 가보기로 했다. 답사하는 셈 치고.

200여 미터쯤을 진입하자 체육관이 보이기 시작했다. 계단 위에 있어 차로 다가갈 수는 없었다. 먼저 보인 것은 역도 경기장이었다. 옆으로 핸드볼 경기장이 나란히 자리했다. 차를 더 몰고 들어가자 다리 아래로 역도 경기장으로 진입 가능한 길이 보였다. 어쩔까 고민하다 차를 꺾었다. 좌회전을 하고 들어간 곳은 주차장이었다. 우측으로 핸드볼 경기장이 보였다. 스멀스멀 차를 몰아 거기까지 다가갔다. 끄트머리는 차가 못 들어가게 철제 바리케이드로 막아놓았다. 올림픽공원에 이렇게 깊숙하게 들어온 것은 처음이었다. 잠시 고민하다 차에서 내렸다.

"저기가 체조 경기장이에요."

엠제이가 가리킨 곳은 북쪽이었다.

"체조 경기장까지 잠시 걸을까? 아니 아니다. 그 전에 할 게 있어. 차에 타."

손창환이 엠제이를 차에 태웠다.

"자, 부르는 대로 받아 적어. 차용증. 나 신문정은 손창환에게 현금 15억 원을 차용했습니다. 이를 증명합니다. 2016년 2월 1일……."

"1년 전 날짜인데, 진짜 써요?"

엠제이의 얼굴에 잔뜩 불만이 서려 있었다.

"그래. 어차피 법적 효력은 없어."

솔직하게는 모른다. 차용증이 법적 효력이 있는지 없는지. 다만 엠제이를 윽박지를 무언가는 필요하다 싶었다. 몇 번 손창환을 바라보다 한숨짓기를 반복하더니 그대로 따라 쓴다.

"주민등록번호 적고, 주소 적고, 마지막으로 이름 적은 뒤에 사인해."

손창환은 사인까지 마친 차용증을 보았다.

"하나 더."

"또 있어요?"

이번에는 확실히 반발하는 게 느껴졌다.

"검색해봐. 납치범의 형량이 얼마인가. 또 금품을 요구했을 경우는 형량에 가중치가 적용될걸. 엄연히 두 사건은 다른 거니까."

손창환이 연신내 로데오거리에서 사 왔던 스마트폰을 건넸다. 엠제이가 고무줄에 묶여 있던 명함을 손창환에게 건넸다. 구겨서 운전석 바닥에 버렸다. 전화기를 켠 엠제이가 5년, 700만 원 이하, 하고 말한다.

"금품을 요구했을 때는?"

"최소 7년에서 11년까지 형량이 가중된다고 몇 곳에서 검색되네요."

"그래. 나도 정확하게는 모르지만 판사 마음이겠지. 게다가 내가 빵에서 들은 이야기로는 금액에 따라서도 형이 높아진다고 했어. 우리가 요구한 돈은 무려 50억이야. 게다가 감금한 뒤 폭행이라도 한다면 형이 더 붙어. 나는 무기징역감일지도 몰라."

"에이, 그러지 마세요. 제가 납치를 제안한걸요."

"그러니까 각서를 받는 거잖아. 이거라도 없으면 나는 잘못하면 오리 알이 돼버려."

"이해했어요. 나머지 하나는 뭔데요?"

"신체 포기 각서."

"에? 말도 안 돼요, 신체 포기 각서라니. 내가 납치를 지시했다고 쓴 각서라면 몰라도."

"네가 주장하기에 따라 실은 각서도 무효가 돼. 납치를 당했으니 감금과 강압에 의해서 쓴 거라고 한다면 모든 게 도로아미타불이니까."

"아저씨같이 그런 단어 좀 쓰지 말아요. 오히려 아저씨가 이렇게 나오니까 쪼끔이지만 마음에 들려고 한단 말이에요."

"까불지 마라. 한 대 더 맞는다 그러다."

"싫어요, 그건. 어쨌든 신체 포기 각서를 쓰라고요?"

"그래."

신체 포기 각서, 하고 불렀다. 나 신문정은 손창환에게 빌린 돈 15억 원을 1년 뒤까지 갚지 못할 경우 모든 신체를 포기하겠습니다.

"……이에 각서를 씁니다."

"똑같이 주민등록번호, 주소, 이름 적고 뒤에 사인해."

"……뒤에 사인. 다 했어요. 이러면 이제 우리는 운명 공동체가 된 건가요?"

"운명 공동체?"

"살아도 같이 살고 죽어도 같이 죽는다. 그런 한배를 탄 운명 공동체."

"말 같지도 않다. 내려."

손창환은 엠제이가 차에서 내리는 것을 바라본 뒤 체조 경기장 방향으로 향했다. 핸드볼 경기장에서 200여 미터쯤 떨어져 있었다. 엠제이는 묵묵히 뒤따라왔다. 갑자기 달려오더니 손창환의 팔짱을 꼈다.

"뭐 하는 짓이야?"

싫지는 않았다. 그러나 께름칙했다.

"알 게 뭐예요? 애인인 줄 알거나 부녀 관계인 줄 알겠지 뭐."

미소 짓는 엠제이의 모습이 솔직히 예뻤다. 딸도 애인도 아닌 관계이지만 뭐 하루쯤은 어떠랴. 굳이 엠제이가 낀 팔짱을 이 런저런 구실로 막을 필요는 없을 것이다.

곧장 체조 경기장으로 걸어가 주변을 살폈다. 체조 경기장 역시 손창환이 진입했던 도로에서 좌회전을 해 근처까지 진입할 수 있었다. 핸드볼 경기장과 비슷하게 특정 부분까지만 차로 진입하게끔 허용했고 나머지는 진입 금지가 적힌 바리케이드로 막아놓았다.

손창환은 체조 경기장과 올림픽수영장 사이까지 다다랐다. 다운점퍼를 입었는데도 서늘한 바람이 척추를 쿡쿡 쑤시는 듯했다.

"이제 말해봐."

"뭘요?"

"전부 다."

"아……."

"잠적할 생각이었어요."

말머리를 자르고 꼬리만 말하는 버릇이 또 나왔다. 이제야 조금 엠제이에게 적응되어간다.

"처음부터 일목요연하게. 소설의 줄거리 말하듯이."

엠제이가 50억 원을 강탈해버리겠다고 다짐한 것은 박상준에게 양재화훼단지 개발 계획을 들었을 때였다. 처음 듣는 순간 사기라는 사실을 알아차렸다고 한다. 박상준이 화훼단지 개발 아이디어를 언급한 것은 1년 4개월 전이었다. 몇 번이나 어머니에게 사기라고 말했다. 박상준은 그저 어머니의 돈을 보고 덤비는 거라고. 엠제이가 아무리 설득해도 어머니는 철석같이 박상준을 믿었다. 박상준은 프레젠테이션 자료를 만들어 화훼단지 상인들을 설득했다. 엠제이의 어머니가 상인들을 소개하는 역할을 맡았다. 그즈음은 엠제이도 포기한 척했다. 어머니를 거스르지 않고 행복한 가족인 척했다.

'행복한 가족인 척'이라는 말에 지난주 교회를 가던 모습이 떠올랐다. 정말로 행복해 보였다.

"저는 상인들이 사기라는 사실을 알아차릴 거라고 여겼어요. 그런데 반대였어요. 상인들이 상인들을 설득하기 시작하더니 오히려 돈이 많다는 사람들까지 몰려들더라고요. 어쩔 수 없이 양재화훼단지에 지분이 많은 사람들만 우선적으로 추렸어요."

"그게 오늘 모인다던 다섯 사람? 150억씩 출자하기로 했다던?"

엠제이가 고개를 끄덕였다.

"아시다시피 박상준은 건설 회사를 해요. 거기서 발주를 할 수 있다고 하네요. 자세한 것까지는 저도 몰라요."

손창환이 아는 것도 어렴풋한 기억이 전부다. 발주가 가능하다면 종합 건설사 정도의 위치나 허가가 있다는 뜻이리라. 계속하라는 뜻으로 고개를 끄덕였다.

"일단 박상준이 화훼단지 개발도를 만들어 왔어요. 투시도, 조망도 같은 그런 거요. 꽤 그럴싸했어요. 심지어 옥상은 서울 사람들이 직접 꽃을 심고 재배할 수 있는 도심 속 농장으로 기획했더라고요. 제가 봐도 그건 괜찮았어요. 실제 건설에 드는 금액은 600억 정도라고 했어요. 거기서 최소 10퍼센트 이상은 하도급을 통해 챙길 수 있다고 어머니에게 말하더군요."

"사기잖아, 그건?"

"엄마도 똑같이 그렇게 말했어요. 그런데 박상준은 내가 하는 건설 회사의 정당한 수익이야, 하고 말하던데요. 뒷돈을 주지도 챙기지도 않을 거니까 수익은 많아질 거라고 당연히 그렇게 설명했어요. 어머니도 고개를 끄덕였고요."

"솔직히 10퍼센트는 거짓말이야. 건설업은 어떻게 짓느냐에 따라 50퍼센트 정도가 남기도 해. 무엇보다 이곳은 건설사가 땅을 매입하지 않아도 되잖아. 얼마나 부풀려서 건설비를 책정했을지는 나도 몰라."

"그렇게 되나? 화훼단지 사장님들이 박상준이 가져온 개발도를 보더니 술렁이기 시작하는 거예요. 화훼단지도 입점한 위치에 따라 매출이 다르거든요. 이때부터 치열한 물밑 싸움이 시작되던데요. 개발을 하자던 게 아니라 개발은 기정사실이 되었고, 어떻게든 사장님들도 좋은 자리를 차지하려 어머니를 구슬리기도 하고 선물하기도 하고 압박하기도 했어요."

그랬을 것이다. 이 정도 노른자 사업이라면 세상 어느 상인이 뒤로 밀려나려 하겠는가.

개발도를 상인에게 보인 이후, 양재화훼단지 재개발 사업은 일사천리로 진행되었다. 화훼단지 개발의 지분 금액은 급기야 1,500억 원까지 치솟았다. 재개발 사업에 원천 참여했던 대주주 다섯 명이 1,000억 원을 만드는 조건으로 70퍼센트의 권리지분을 갖고 나머지 참여 사업자들은 구좌당 1억 원씩 500억 원으로 30퍼센트의 지분을 나누어 갖는 조건으로 바뀌었다. 개발한 이후 남는 자금은 화훼단지를 위해 쓰기로 했단다.

"사업은 합리적으로 보이네. 그게 사기라는 전제 단서가 없다면 말이지."

"그렇죠. 어차피 사기인 게 빤하니까요. 제 옆에는 과거 피해자도 계시고."

그 말을 하며 엠제이가 몸을 부르르 떨었다.

"춥지?"

"네. 꽤나 춥네요."

"저는 엄마 돈이 인출되고 상인들이 자금을 모으는 날을 알아야 했기에 한동안 행복한 가족인 양 코스프레를 했죠. 아마 3주 전쯤이었을 거예요. 박상준과 엄마가 쉬쉬하기는 했지만 곧 돈을 모을 거라는 조짐이 보였거든요. 자연스레 저도 주변을 관찰하거나 감시하기 시작했고요. 그때 딱 아저씨가 보인 거예요."

범죄를 모의하던 두 사람의 안테나가 똑같은 주파수를 발했던 것일까? 우연이라고만 치부하기에는 부자연스러웠다.

"어느 날인가…… 열흘쯤 전이던가, 갑자기 박상준이 저와 엄마를 데리고 외식을 하자는 거예요. 멋진 식당을 예약했다면서."

갔을 리 없다. 열흘 전쯤이라면 손창환이 감시할 때였다.

"그런데 제가 싫다고 했어요. 그냥 집에서 닭이나 시켜 먹자고. 왠지 그날 박상준이 들떠 있더라고요. 며칠 남지 않았다 싶었죠. 엄마도 박상준도 개발 건에 대해서는 시시콜콜 저한테 이야기하지 않았거든요. 엄마에게 몇 번이나 넌지시 물었는데 대답은커녕 왜 그런 걸 묻는지 핀잔을 주더라고요. 그래서 작전을 좀 썼죠."

평소 어머니와 친했지만 화훼단지 개발에서 1억 원 소액 지분을 나누는 조건으로 전락한 여자 상인에게 엠제이는 전화를 걸었다. 박상준의 회사 비서인 것처럼 위장했다. 혹시 대주주로 지분 보유가 가능하겠느냐고 물었다. 그러며 넌지시 입금 날짜가 언제까지인지는 아시죠, 라고 되물었다.

"오늘이었던 거야? 1월 31일?"

"네."

"그래서?"

여기서부터 엠제이가 어떤 성격인지 드러날 거라 판단했다. 조금이라도 거짓말을 한다 싶으면 이 계획은 없던 것이 된다. 손창환은 엠제이의 눈을 똑바로 보았다.

"일단 아저씨를 어떻게든 꼬셔야 한다는 전제 하나."

"납치를 시키기 위해서? 아니라면 적당히 쓰고 버리려고?"

"으으응. 그런 거 아니에요." 엠제이가 마치 애인에게 교태를 부리는 듯한 목소리를 낸다. "분명 아저씨는 박상준에게 원한이 있는 걸로 보였거든요. 왜냐하면 제가 몇 번 후드를 입고 나갔는데 별로 저에게는 관심을 두지 않더라고요. 그런데 지난번 교회 갈 때는 교회까지 따라오셨잖아요."

"알고 있었어?"

"그럼요. 그렇게 대놓고 따라오는데 모르는 사람이 바보죠."

"박상준도 알았고?"

흠칫 놀라며 물었다.

"아니요. 그 아저씨는 뭔가 느낌이 이상하다는 거였지, 이렇게 아저씨가 매일 감시하고 있는 줄은 몰라요."

엠제이의 말에 저도 모르게 한숨을 내쉬었다.

"두 번째는 뭐였어? 나 말고 뭐가 필요했던 거지?"

"납치 주인공은 내가 된다. 그러려면 납치할 사람이 있어야 하는데 그건 아저씨를 어떻게든 설득하는 걸로. 그 다음은 뻔하잖아요. 어떻게 하면 잡히지 않고 돈을 가지고 도망갈 것인가?"

엠제이의 말에 고개를 끄덕였다.

"따라와봐요."

엠제이가 팔짱을 풀지 않은 채 걸어왔던 반대 방향으로 되돌았다.

손창환은 경기도 어디인가에서 시작해 마천동과 올림픽공원을 가로질러 한강으로 흘러가는 성내천을 보았다. 그 위로 다리 하나가 보였다. 다리를 건너면 엠제이와 낮에 갔던 막다른 길이 있다. 물론 트래픽 콘으로 임시적으로 막아놓은 곳이지만 그 길로 한국체육대학교와 올림픽공원이 나누어진다. 엠제이가 가려는 곳은 동쪽 방향인 만남의 광장과 올림픽공원역 방향이었다.

엠제이가 이끄는 대로 따랐다. 그런데 만남의 광장이 아니라 옆에 있는 소방 도로로 빠졌다. 길은 교묘하게 가려졌고 성내천과 보조를 맞추듯 낮아졌다. 길은 금세 성내천변과 나란히 천변을 산책하는 길로 바뀌었다.

"여기에 왜?"

"조금만 더 가면 돼요."

만남의 광장을 지나 올림픽공원역 인근에 와서 엠제이가 멈췄다. 딱 한 층 높이 겨울 삭풍을 이겨내는 나무들을 지나쳤다. 하천 범람을 막기 위해 다리 형태인 만남의 광장을 2층 높이로 만들면서 성내천변은 주차장이 딸린 산책로로 만들어두었다. 엠제이가 멈춘 곳은 거기를 지나친 다리 아래였다. 다리 아래에서 주차장은 끝났다. 엠제이 앞으로 SUV 차량 한 대가 보였다.

"내일 아저씨가 돈이 든 차를 몰고 이곳으로 오세요. 다리 아래에서 돈을 옮겨 싣는 거예요. 저와 차를 바꾸어 타고 이곳을 빠져나가는 거죠. 아저씨와 제가 돈을 여기 싣는 데는 빠르면 1분 안에도 가능할 거예요."

차를 바꾸어 탄다? 무언가 허술하기도 하지만 그녀 나름대로 열심히 준비했다는 걸 알 수 있었다. 여기에 손창환이 아이디어를 더하면 어떻게 되지 않을까?

"걸어가자."

"엥? 어디까지요?"

"내 원룸까지."

"멀지 않아요?"

"걷다 보면 땀도 나고 너랑 이야기도 더 하며 친해지겠지."

천변 길을 왔던 반대로 올라왔다. 마냥 손창환을 따라 걷는 엠제이에 비해 손창환은 성내천을 확인하며 걸었다. 몇몇 지점들이 손창환의 머릿속에 각인되었다. 따지고 보니 성내천이 아니었다면 엠제이를 의심하고 경계하던 것은 무마되었을지도 몰랐다.

올림픽선수촌아파트를 가로질렀다. 산책로가 나 있었기 때문이다. 아파트를 가로지르는 내내 엠제이는 손창환의 팔을 꼭 붙들었다. 곁에 있는 성내천에는 여전히 무신경해 보였다. 30분이 지났을 때 송파소방서를 지나치게 되었다. 소방서를 보았을 뿐인데도 엠제이의 발걸음에서 주저하는 게 느껴졌다.

10여 분을 더 걷자 성내천 끄트머리에 다다랐다. 복개되고 개발되어 더는 흐르는 개울물을 찾을 수 없는 사거리였다. 정확히 표현하자면 성내천이 서울로 진입하는 시작점이었다. 북쪽은 은빛노인요양전문기관과 성결교회 사이로 도로가 6차선으로 늘어났다. 하천을 낀 소방 도로가 양쪽으로 서쪽을 차지했다. 남쪽으로는 완만하게 회전하는 도로를 차지한 섬 같은 횡단보도 중간 인도가 보였다. 동쪽으로는 낡은 우방아파트가 불빛을 발하고 있었다.

여기가 끝인가.

정확하게는 약 10도 정도씩 틀어져 북서쪽이라고 말해야 할지 모르는 도로는 5분도 채 지나지 않아 서하남IC에 다다른다. 남쪽으로는 거여동과 위례, 송파 택지개발지구를 지나 성남으로 향한다. 8호선 복정역 인근에서는 송파IC로 빠질 수도 있다. 동쪽, 정확하게는 약간 기울어 동남쪽으로 향하면 천마산을 오를 수 있다. 물론 차를 몰고 더 들어가면 캐슬렉스 골프 컨트리에 이른다. 동쪽은 올림픽공원을 지나며 서울로 진입하는 도로다.

승부처는 여기, 성내천 시작점이다!

"아저씨. 저 지쳤어요. 얼른 집에 가서 씻고 싶어요."

"그래, 가자."

생각에 빠진 손창환을 엠제이가 깨운다. 손창환이 바라보던 성내천 시작 지점에서 원룸이 있는 마천동 571번지까지는 남자 걸음으로 20분이 조금 못 된다. 지쳤다는 엠제이를 부축하며 재빨리 걸었다. 멀어지지 않고 따라오는 것으로 보아 체력이 약하지는 않은 듯했다.

엠제이는 곧바로 화장실로 들어갔다. 좁은 데다 청소를 하지 않아 괜스레 부끄러웠다. 보일러 도는 소리가 났다. 샤워를 하는 모양이다. 손창환은 옷가지를 뒤져 제일 깨끗해 보이는 티셔츠와 체육복을 화장실 문 앞에 두었다.

"잠깐 나갔다 올게."

대답을 듣지 않고 바깥으로 나왔다.

곧바로 뛰듯이 걸어 성내천 시작 지점으로 향했다. 4차선 도로와 건물을 뚫어지게 다시 보았다.

밤을 품은 하천수가 검게 반짝였다.

지난 시간들을 복기했다. 손창환이 박상준을 만난 것이 대략 3주 전, 그날까지는 패배자로 살았다. 박상준을 택시에 태운 후 삶의 방향이 완전히 달라졌다. 그를 죽이기로 결심했다. 3주

내내 그를 관찰했다. 난생처음 사무실을 터는 모험도 감행했다. 무기로 사용할 수 있는 것들을 적절히 구입했다. 원수에게 복수하는, 고리타분하지만 인간 본연의 감정에서 희망이 고양되었다. 오랜만에 살아가는 게 행복했다. 허망하게도 엠제이의 등장으로 손창환의 계획은 물거품이 될 위기에 처했다.

납치!

엠제이는 마치 반전 영화의 '끝판왕'처럼 등장했다. 동시에 손창환이 3주간 노력했던 하나하나를 무력화시켰다. 다만 그녀의 계획은 허점이 많았다. 납치 계획의 끝은 결과적으로 돈을 훔쳐 오는 게 아니었다. 허술한 계획에서 피해자는 엠제이였고, 가해자는 손창환이었다. 박상준과 손창환의 관계처럼. 납치로 인해 피해를 보는 사람은 손창환이었지 엠제이가 아니었다.

문득 그런 생각이 스쳐 갔다.

내가 죽거나, 박상준이 죽거나.

이유는 알 수 없었다. 박상준의 계획이 엠제이의 말대로 수포로 돌아가게만 된다면 상당한 타격을 입힐 수 있으리라. 다만 목적이 빗나간다. 손창환은 박상준을 죽이려던 거였다. 바퀴벌레를 박멸하듯이.

"박상준은 세상에 있어서는 안 된다. 내가 먼저 죽인다. 누구보다."

성내천을 바라보며 낮게 읊조렸다. 시작은 올림픽공원이다. 아니 납치는 벌써 시작되었다. 납치의 목적도 하나다. 박상준을 파멸시켜 죽음에 이르게 하는 것!

손창환이 집으로 돌아왔을 때 엠제이는 바닥에 웅크려 잠들어 있었다. 컴퓨터를 켜 네이버 지도를 펼쳤다. 성내천부터 올림픽공원에 이르는 일대를 위성 지도로 살폈다. 올림픽공원과 한국체육대학이 인접한 소방 도로에서 차를 출발시키는 상상에 탈출 경로를 덧입혔다. 잘 빠져나간다면 서하남IC를 통해 고속도로에 차를 올릴 수 있다.

그런 뒤에는?

도망갈 곳이 없었다.

올림픽공원 북문 근처에서 재빨리 도망친다고 차를 몰았을 때 열에 아홉은 서하남IC로 빠지려 들지 않을까? 유턴을 해 서쪽으로 향한다 해도 지독한 교통 체증에 걸린다. 특히 납치 계획을 경찰이 알기라도 한다면 길을 막아서는 것쯤은 식은 죽먹기다. 막다른 길에 몰리는 것이다.

엠제이가 말한 납치 계획에 상상을 더했다. 차를 중간에서 바꾼다고 할 때 어디로 어떻게 도망칠 것인가?

머릿속이 복잡했다. 집으로 돌아왔을 때 엠제이는 새근새근 잠들어 있었다. 늘 혼자만 있던 공간이라 두 사람이 있다는 게 어색했다. 그렇지만 고단함이 결국 손창환을 이겼다. 잠들었다는 사실조차 알아차리지 못했다. 벌떡 눈을 떴을 때는 목 뒤가 아렸다. 책상에 그대로 앉아 잠이 든 모양이다. 컴퓨터 모니터의 기하학적인 무늬만 살아 있는 생명처럼 계속해서 움직였다.

새벽 2시 47분.

잠이 든 엠제이를 바라보다 바깥으로 나왔다. 담배를 물고 새벽길을 걸었다. 발걸음은 자연스레 성내천에 다다랐다.

납치 계획은 전면 수정하기로 했다. 올림픽공원이 시작이라면 끝도 올림픽공원이다.

은행원 손창환
1998년 12월 말

올해만큼 불편한 크리스마스는 태어나 처음이었다. 대동, 동남, 동화, 경기, 한미 등 다섯 개 은행이 퇴출되었다. 일곱 개 은행은 조건부 승인을 받았다. 그야말로 IMF 구제금융의 여파가 대한민국을 휘감기 시작했던 것이다. 이로 인해 연말이 다가왔을 때 은행 퇴출로 인한 직접적인 실업자 수만 150만 명에 달한다는 신문 보도가 흘러나왔다.

은행원에 대한 우스갯소리도 등장했다. 매년 여대생들이 바라는 직업군 20개를 소개하는데 19위가 바퀴벌레, 20위가 은행원이란다. 국민의 돈으로 자금은 운용하면서 방만하게 대출하고 부정과 부패를 일삼으며 경제를 파탄에 이르게 한 원인이 은행원이라고 생각하는 사람들도 많았다. 은행원에 대한 적개심을 그나마 에둘러 표현한 소문이었다.

은행이 퇴출되면서 자금이 묶이거나 대출이 거부되며 도산하는 업체가 줄을 이었다. 손창환의 어머니는 직접적인 타격을 받았다. 어머니는 생산직 계약 근로자라 여러 곳을 전전했다. 최근에는 C시 인근에 있는 에어컨 하청 업체에서 일을 하는 듯했다. 업체는 IMF 사태를 겪으며 최근 도산했다. 그 과정에서 대표가 자살했다. 대표는 자살하기 전 이혼을 했다. 그가 살릴 수 있는 모든 자산을 이혼한 부인의 친인척 명의로 돌렸다. 부도가 났을 경우 예상되는 적자는 100억 원 이상, 대표가 자살하기 전 챙긴 돈은 18억 원이었다. 빠져나갈 곳이 없다는 것을 알게 된 대표는 최선의 방책을 찾아냈다. 바로 이혼과 자살이었다. 이혼을 한 뒤 모든 재산의 법적 절차가 마무리된 다음 날 그는 자살했다.

대표가 자살한 다음 날, 어머니와 회사 여직원들이 손창환을 찾아왔다. 저녁 무렵이었다. 시청 주변에 있는 코끼리식당에서 갈치조림을 시켰다. 저녁 식사가 끝나갈 즈음 어머니가 조심스레 말을 꺼냈다.

"저기 물어볼 게 있어서 왔다."

어머니와 여직원들은 두서없이 이야기를 꺼냈다. 각자의 이야기가 논리정연하지 않거나 다른 곳으로 샌다 싶으면 서로가 서로를 보완했다. 자살한 대표에 대한 이야기가 끝났을 즈음 눈치를 보던 손창환이 물었다.

"엄마 친구들?"

"엄마랑 여기저기 옮겨 다니면서 10년 넘게 알고 지내는 사람들."

몰랐다. 어머니에게 저런 든든한 동료들이 있었을 줄은. C시뿐 아니라 대한민국에서 중소기업의 안정성은 그리 좋지 않다. 1998년 IMF 구제금융 사태가 있기 전에도, 100개의 기업이 창업하면 100개의 기업이 도산했다. 수요와 공급이 이렇게 맞추어졌던 것이다. 구제금융 사태 이후 이런 수치가 무의미할 정도로 중소기업은 줄도산을 겪는 중이었다. 균형이 깨진 결과, 가장 큰 피해를 입은 사람들은 도산한 업체에서 일하던 노동자였다. 어머니와 친구들은 벌써 10년이 넘게 그들을 받아주는 중소기업에서 노동자로 일하며 연대를 이어왔다. 누군가가 다니는 업체가 도산하면 다른 곳으로 연계해주고, 또 그 업체가 도산하면 다른 업체를 함께 알아오면서.

"우리 전부 다 지난 6월부터 11월까지 월급을 못 받았다. 주겠지, 주겠지, 하고 받겠지, 받겠지 하면서 오늘까지 왔다. 또 지금 같은 상황에서는 갈 데도 없꼬."

가장 나이 많아 보이는 여자가 말했다.

"잠시만요."

말해놓고 식당을 나왔다. 손창환은 평소 친분이 있는 법무사에게 전화를 걸었다. 사정을 설명했다. 돌아오는 법무사의 대답은 간단했다.

"답이 없다."

알아볼 만큼 알아보고 대표가 낸 결론이 고의 부도라면 법적으로도 건질 건 없다며 못 박았다.

식당으로 다시 돌아갔을 때 어머니와 친구들이 소주를 마시고 있었다. 흠칫 놀랐다. 손창환은 어머니가 소주를 마시는 걸 태어나 처음 보았던 것이다.

어머니도 사람이었구나. 바보 같은 사실 하나를 완전히 잊고 살았다. 어머니도 슬퍼하고 마음 아파하는 사람이라는 그 사실을.

지난 시절이 스쳐갔다. 아버지의 교통사고. 식물인간이 된 아버지. 신문 배달. 계속되는 아르바이트. 야간자율학습을 빠진다고 불량 학생으로 취급하던 중학교 선생님. 인문계 고등학교로 가지 않겠다고 손창환이 우겼다가 학교에 불려왔던 어머니. 나는 성적 중심의 이런 사회가 싫어. 손창환이 그렇게 말했을 때 어머니는 손창환에게 태어나 처음으로 매를 들었다. 엄마나 아빠처럼 살면 안 될 거 아이가. 어머니는 그렇게 말했을 뿐이었다. 고등학교에서 대학을 포기했을 때 어머니는 길게 한숨을 내쉬었다. 그리고 말했다. 미안하다.

손창환은 등이 보이는 어머니를 향해 식당 입구에서 낮게 혼잣말했다.

"엄마, 미안하다. 내가 엄마 삶을 하나도 몰랐네."

꾹 감정을 억누르고 어머니 곁으로 다가갔다. 손창환은 어머니와 친구들에게 소주를 두 손 모아 따랐다. 법무사가 설명한 이야기도 건넸다.

"지금은 은행 전산이 꺼져서 알아볼 수 있는 게 많지 않으니 내일 낮에 자세히 알아볼게요."

손창환은 어머니에게 10만 원 수표 두 장을 슬며시 건넸다.

"엄마, 난 또 일하러 들어가야 된다. 이거 가지고 아주머니들하고 술 마시라."

씁쓸한 마음을 추스르며 시 금고 별실에 들어섰다. 문을 여는 순간 담배 연기에 흠칫 놀랐다. 이곳에서 아무렇지 않게 담배를 피우는 사람이라면 딱 둘이 전부다. 대리 박상준, 아니라면 지점장.

"손 주사, 저거 에러네, 에러. 니는 일 안 하고 어데를 그리 싸돌아댕기노?"

술이 불콰해진 얼굴로 박상준이 물었다.

"어머니가 오셨어요."

"오, 우리 손 주사, 마마보이였나 보네."

한껏 비꼬다 담배 연기를 손창환의 얼굴에 내쏘았다.

"물어볼 게 있다고 하셔서요." 자세한 이야기는 뺐다. "그리고 집에 들어가면 늘 새벽이니까요."

"니가 이런 식으로 일하는데 늘 새벽 아이겠나?"

한 번 더 비틀어 말하며 손창환을 노려본다.

"아, 그랬나요? 몰랐네요."

손창환도 기분이 좋지 않았다. 아무리 부하 직원과 상관 사이라도, 또 그게 박상준처럼 비열하기 그지없다 해도 건드리지 말아야 하는 게 있다.

"대리님이라도 어머님이 찾아오면 함께 식사 정도는 하시겠죠. 매일 새벽에 퇴근을 한다고 해도."

"논리가 틀렸네. 일이 늦는 건 능력이 없어서다. 변명하지 마라. 그라고 나는 저녁 드시러 오실 어머니가 이 세상에 없다."

참 희한하게 말문을 막는다. 네 어머님과 내 일이 무슨 상관이기에 이리 비꼬느냐 소리치고 싶은 걸 꾹 참았다. 아니 그와 반대로, 어머니를 흠모하는 오이디푸스 콤플렉스라도 가졌느냐 따지고 싶었다. 그랬어야만 했다.

손창환은 그를 무시하고 세 시간 후에는 이틀 전 날짜로 바뀔 고지서들을 챙겼다. 12월은 자동차세 납기 마감이다. 매월 발행되는 상하수도세와 부정기적으로 발행되는 등록세와 취득세, 기타 잡세 들을 합하면 월말 하루에만 최소 5만 건 이상, 12월 전체로 볼 때 25만 건에 이를 것이다. 눈으로 어림짐작한 어제 고지서만 해도 1만 건에 달해 보였다.

고지서를 읽는 기계는 DP500이라는 유닉스 사에서 생산한 모델이다. 고지서 에러율은 평균적으로 10퍼센트였다. 오늘 업무량으로 보자면 1,000건 정도가 에러 처리될 것이다.

기계 운전 시간과 에러를 수기로 처리하여 하루 전일의 고지서를 전산 파일로 만들려면 쉬지 않고 일해도 세 시간은 넘게 걸린다. 이후 일보 입력 작업과 전표 정리, 기타 마무리 작업까지 하는 데 두 시간 이상 추가될 것이다.

고지서 수납 정리, 은행별 점포별 정리, 내일 가수금에 잡거 나 수표 처리할 작업까지 마친다면 아무리 빨라도, 즉 쉬지 않 고 일을 해도 새벽 2시 이전에는 퇴근하기 어렵다. 박상준과 입 씨름할 시간은 애당초 없었다.

"내가 니였으면 고지서 노려보고 엄마 이야기할 시간에 일했 겠다!"

박상준이 화를 냈다. 그런데 엄마 이야기에 발끈하고 말았다. 저도 모르게 손창환이 박상준을 머리로 들이받은 것이다. 술에 취한 박상준이 손창환의 돌격에 휘청거렸다. 허무하게도 한 번 휘청거렸을 뿐 박상준은 금세 중심을 잡았다.

"개새끼, 니도 사람이었네. 씨슥바리 같은 놈인 줄만 알았는 데. 그래, 이래야 남자지. 내 간다."

맞붙어 싸움이 일어날 줄 알았는데 박상준이 오히려 허탈하 게 끝을 낸다. 반면 화가 났던 몸은 가뜩이나 흥분했던지 열이 나고 손이 떨렸다. 의자에 푹 주저앉으며 얼굴을 감쌌다. 태어 나 이만큼 긴장하기는 처음이다. 그때 시 금고 별실의 문이 열 렸다. 박상준이 얼굴을 들이밀었다.

"어이, 손 주사. 니는 사람을 죽이면 어떻게 죽이겠노?"

흥분한 상황에 이은 허무한 결말. 더해지는 의문까지. 마치 귀신에 홀린 듯했다. 그때 박상준이 말했다.

"내가 한 놈의 중상모략으로 이번에 시청에서 탈출하는 데 실패했다. 그래서 오늘은 한잔했네. 내 평소 술 안 먹는 거 손 주사 니는 알잖아."

맞다. 체질적으로 술이 받지 않아 박상준은 술을 마시지 않았다. 다만 여자는 좋아했다. 누구보다도. 그때 엄청난 공포가 짓쳐 들었다. 설마 박상준이 오늘 일로 손창환을 죽이겠다는 걸까? 아마 감정을 숨기지 못하는 손창환의 얼굴에는 고스란히 공포가 드러났으리라.

"아이고, 또 손 주사 저거, 겁먹기는. 니 말고 오늘 내 물 먹인 새끼를 죽게 하려면 어떻게 하면 될까? 그런 바보 같은 생각이 들어서. 자, 그러면 나는 진짜로 간다."

박상준이 쾅 소리 나게 문을 닫았다.

사람을 죽인다고?

늘 산처럼 쌓이는 고지서들을 보며 공포라고 생각했다. 그런데 사람이 사람을 죽인다고? 벌벌 떨리던 몸에 격통이 더해졌다.

사람을 죽여? 박상준이?

납치범 손창환
2017년 2월 1일 새벽

올림픽공원이 시작이라면 끝도 올림픽공원이다. 올림픽공원을 향해 밀려가는 성내천을 보며 결심을 다졌다. 얼마나 담배를 피우며 생각에 빠졌던 것일까. 새벽 4시 반이 넘었다. 엠제이는 아침 8시 55분에 차를 가져오라 말했다. 4시간 남짓 남았다. 그사이에 손창환이 무엇을 해볼 수 있을까. 엠제이와 납치에 대한 여러 생각을 정리했지만 참담한 기분이었다. 그러려던 건 아닌데 아무 생각 없이 성내천만 바라보고 있게 된다.

살인범이 나쁜 걸까? 납치범이 나쁜 걸까?

크하하하하. 목소리가 천변에 부딪쳐 되돌아온다. 웃으려던 건 아닌데 성내천을 바라보며 하염없이 웃었다. 뭐랄까, 상황이 재미있다고 할까. 내일 죽을지 모르는데도 마치 중대한 선택의 기로에 서 있는 것 같은 느낌이었다. 선택지라고 생각한 두 개가 흉악 범죄 중에서도 으뜸가는 죄목이다. 입가에서는 웃음이 떠나지 않았다. 마치 최후의 만찬을 마친 예수처럼 역설적인 상황이었다.

현명하게 생각하자. 나이는 헛먹은 게 아니다. 여기서 발뺌을 하면 된다. 실제 선택지는 두 개가 아니라 세 개다. '범죄를 실행하지 않는다와 실행한다.' 갈림길에서 실행한다, 라고 버튼을 눌러야지만 살인과 납치, 새로운 선택지가 나타난다. 마치 사다리 게임을 하는 것처럼. 여기서 상황을 다시 한 번 통제한다면?

머릿속에서 번뜩 전혀 다른 선택지가 떠올랐다.

납치를 완전히 새롭게 꾸민다면?

고개를 들자 올림픽선수촌아파트가 멀지 않은 곳에서 보호

색을 띤 카멜레온처럼 어둠에 숨었다. 손창환은 주머니 속에 있는 전화기를 꺼냈다. 어제 장물업자에게서 매입했던 전화기다. 외워두었던 엠제이의 어머니 전화번호를 꾹 눌렀다. 신호가 두 번째 울릴 때 다급한 목소리가 들려왔다.

"문정이니?"

"돈은 찾았나?"

"돈……." 여인이 잠시 숨을 골랐다. "어제저녁까지 찾았던 돈은 39억이었어요. 나머지 11억은 오늘 8시 반까지 은행에서 지급해주기로 했고요. 8시 55분까지라고 해서요."

50억이든, 아니라면 39억이든 어차피 손창환과 관계없는 돈이다.

"계획을 변경한다. 6시까지 약속했던 체조경기장으로 돈을 실은 차를 가져와. 10분, 6시 10분까지 기다리겠다. 늦거나 경찰이 보이면 엠제이의 목숨은 없다."

전화를 끊으려는데 뒤에서 남자 목소리가 들렸다. 어라, 에런데.

박상준이다!

순간 재다이얼을 누르고 말았다.

"네……, 네네."

여인의 새된 목소리가 떨렸다.

"기다리라 그래. 바……."

……상준. 정신이 번뜩 돌아와 종료 버튼을 눌렀다. 저도 모

르게 긴 한숨이 새 나왔다. 상황을 통제하는 게 아니라 완전히 뒤엎을 뻔했다.

확실히 알겠다. 박상준의 목소리. 얼마 전 차에서 들었을 때만 해도 긴가민가했다. 엠제이의 어머니 뒤에는 분명 박상준이 있다. 그런데 의문이 생긴다.

에러라니.

불현듯 납치를 반드시 성사시켜야겠다는 강한 의욕이 손창환을 휘감았다. 살인에 대한 강렬한 의지도. 박상준을 파멸시키는 첫 번째 길이 납치라면, 성공시키겠다. 전화기를 쥔 손이 부르르 떨렸다.

재빨리 손창환은 두 곳에 더 전화를 걸었다. 짜증 난 목소리가 들렸지만 호통을 치며 무마시켰다. 몇 번이나 거듭 약속을 받은 뒤 전화를 끊었다.

손창환은 집으로 뛰었다. 숨이 턱에 차오르도록 멈추지 않고 달렸다. 원룸 새시 앞에서 무릎을 꿇을 정도로 숨을 몰아쉬었다. 방 안으로 들어가자 엠제이가 놀란 듯 눈을 비빈다.

"무슨 일이에요?"

"나가자."

"네?"

컴퓨터 옆에 놓아둔 USB 시계에서 붉은 빛이 반짝거렸다. 5시 6분. 벌떡 일어선 엠제이가 옷매무새를 만졌다.

"머리만 좀 감을게요."

"시간 없어."

손창환은 뉴욕 양키스 로고가 그려진 싸구려 야구 모자를 던졌다.

"어쩔 수 없죠."

"나 역시 마찬가지였어. 시간을 당겼다."

"네?"

모자를 쓰려던 엠제이의 눈이 손창환에게 고정된다.

"8시 55분에서 6시로 당겼어. 어머니, 전화 받으시더라. 조금 놀라기는 하셨을 거야."

"헐. 에러네, 그거."

"그렇지, 에러지."

약간은 위화감을 느끼며 대답했다.

"어떡하시려고요?"

"갈 데까지 가보는 거 아니었어?"

"그렇기는 해도."

"답은 이미 정해져 있어. 나는 납치범. 너는 납치 피해자. 시작했으니 끝을 보는 거지. 가자."

손창환은 처음으로 엠제이의 손을 잡았다. 주저하는 듯하던 엠제이가 손창환에 이끌려 바깥으로 나왔다. 발걸음이 느려지는 엠제이에게 손창환이 호되게 소리쳤다.

"네가 잃는 건 없잖아. 나도 살아야지. 네 말대로라면 네가 기획한 납치극의 30프로는 내 지분이잖아. 나도 납치범으로 인생 종 치기는 싫다고. 엠제이 네가 납치극을 기획했다면 최소한 내가 사는 그림은 그려줘야 하잖아. 네가 도망칠 그림 말고!"

"죄송합니다."

"아, 그리고 어머니가 준비된 돈이 39억 원이 전부라고 했어. 그거라도 상관없겠지? 어차피 어머니의 돈을 지키는 게 목적이 었지, 돈을 훔치는 게 목적은 아니었잖아."

"그렇긴 하죠."

"혹시 네가 돈이 필요해서 꾸민 꿍꿍이라고 해도 괜찮아. 내 몫은 필요 없으니까 다 가져. 그리고 시간 없어. 올림픽공원까 지 걸어야 하니까 서둘러."

알아들었다는 건지 엠제이가 애매하게 고개를 끄덕였다. 꾸 무럭거리는 그녀를 손창환이 대차게 이끌었다. 금세 성내천 산 책로에 다다랐다. 도로 아래로 걸어 내려갔다. 천변을 따라 올림 픽공원까지 거치적거리는 장애물 없이 곧바로 걸어갈 수 있다.

부쩍 말이 없어진 엠제이와 성내천변 산책로로 들어섰다.

"아저씨, 꼭 이렇게까지 해야만 하는 걸까요?"

"왜? 네가 시작한 일이잖아."

멈칫거리는 엠제이의 팔짱을 끼며 앞으로 이끌었다. 잔잔하 지만 멈추지 않는 물소리가 두 사람 사이에 끼어들었다.

"그렇긴 한데요……."

"되돌릴 수 없어. 흘러가는 저 물처럼. 무엇보다 넌 손해 볼 게 없고. 그러니 가자."

주저하는 엠제이에게 손창환이 흔들림 없이 말했다. 차마 나는 살인자가 될 거였으니 이러나저러나 마찬가지 아니었느냐는 자책이나 자위는 하기 싫었다.

손창환과 엠제이는 부지런히 걸었다. 새벽 시간에 산책을 나온 사람들이 드문드문 두 사람을 스쳐 갔다. 두 사람도 그랬지만 새벽 산책을 하는 사람들은 서로 눈을 맞추려 들지 않았다. 엠제이가 뒤처지려 할 때마다 손창환이 힘껏 이끌었다. 머릿속에서는 셈을 끝냈다. 적어도 30분 안에 올림픽공원으로 가야만 한다. 그러려면 숨이 찰 정도로 걷거나 뛰지 않으면 힘들다.

얼마 지나지 않아 엠제이가 쌕쌕거리며 현저히 뒤처지기 시작했다. 이것 역시 위화감을 느끼게 만든다.

"정신 차려. 난 목숨을 걸었어. 몰라?"

다가가 엠제이를 다그쳤다. 그녀의 표정이 멍했다. 생각했던 계획이 손창환으로 인해 틀어져서일까? 아니라면? 목까지 차오르는 생각을 애써 욱여넣었다.

어느덧 올림픽공원의 모습이 저 멀리서 눈에 들어왔다. 한밤일 때는 조명이 아름답게 비춰주는 곳인데 밤이 끝으로 몰린 지금은 오래된 무덤 같았다.

"밤은 매일 생명을 다해. 알아?"

손창환의 말에 엠제이가 모자를 고쳐 쓰며 "무슨 말이에요?" 하고 묻는다.

"글쎄다. 택시를 몰다 보니 그런 생각이 들더라고. 밤은 밤대로 하루를 살고 있다. 그래서 새벽이 올 때까지 죽을힘을 다해 버티다 생명을 다하는 거다, 뭐 그런……."

"오호. 멋진데요. 밤은 밤대로 죽을힘을 다해 버틴다니."

"내가 그랬으니까."

"아."

성큼성큼 올림픽공원으로 접어들었다. 하천을 타고 오르는 터라 다른 곳에 비해 진입도 수월했다. 주차되어 있는 SUV 차량을 확인했다. 그때 삑, 하고 경적이 울렸다. 동시에 비상등도 두번 깜빡거렸다. 화들짝 놀라자 엠제이가 큭큭거리며 웃어댔다.

"열쇠가 잘되나 확인한 거죠."

"잘했다. 안 가져왔으면 어쩌나 했어."

마음에도 없는 소리를 건넸다.

시간을 살폈다. 5시 47분. 늦지 않게 도착해서 다행이었다. 거의 동시였다. 전화가 울린다.

"어디야?"

다짜고짜 물었다.

"내가 오늘 이 일 해준 건 구린 데가 있어서야. 안 그랬으면 넘어갔을 텐데."

명철이 자진 납세하듯 묻지도 않은 말을 꺼낸다.

"눈치 깠어 인마. 그러니까 지금부터는 알아서 피해. 큰일이 날 거야. 네가 했던 구린 일 때문에."

"진짜야?"

"그래, 이 멍충아. 너 어쩌면 개인택시도 못 살 수도 있어. 그러니까 이번 일만 후딱 해치우고 빠져. 알았어?"

명철에게 자초지종을 묻고 대책을 세우거나 세세하게 파고들 시간이 없었다. 박상준의 계획에 말려들지 않으려면 지금은 기습하는 수밖에 없었다. 적진이라면 적진을 당황하게 만들고 그 짧은 사이 필사적으로 해결책을 모색해야만 한다. 과거와는 다르다. 손창환에게 나이는 계급장이었고, 무엇보다 공짜로 딴 계급장이 아니었다.

그때 손창환의 눈에 은회색 스타렉스 한 대가 주차하는 게 보였다. 체조 경기장과 수영장 사이 주차장이었다. 차에서 재빨리 뛰어내린 사람은 명철이었다. 몇 년을 매일 보았던 사이라 실루엣만으로도 알아차릴 수 있었다. 명철은 손창환이 주의를 준 때문인지 부리나케 스타렉스에서 멀어졌다. 멀어지는 명철과 반대로 은회색 스타렉스 한 대가 가까워지는 게 보였다.

"숨어."

같은 차종, 같은 색상이라는 게 가까워질수록 또렷해졌다.

손창환은 재빨리 전화를 걸었다. 신호가 울리자마자 상대가 전화를 받았다.

"잘 들어. 시동 켜놓고, 차에서 사라져. 근처에서 배회하지 말고. 그러면 엠제이는 안전하게 돌아간다. 알았어?"

"네…… . 네, 그럴게요."

엠제이의 어머니가 몰고 있는 차는 명철이 세워둔 차에서 일곱 대 떨어진 곳에 주차했다. 차에서 여인과 함께 박상준이 내렸다. 주저하는 듯하며 주변을 살피는 게 보였다.

"빨리 멀어져!"

손창환이 재촉하자 여인이 박상준의 손을 잡아끌었다.

전화를 끊자마자 손창환이 엠제이에게 물었다.

"돈을 택할래? 아니면 다른 차를 몰고 드라이브 할래?"

단어 선택에 유의했다. 손창환은 명철이 몰고 왔던 차와 엠제이의 어머니가 몰고 온 차를 손가락으로 가리켰다. 고민하는 듯하던 엠제이가 드라이브 할게요, 하고 대꾸한다.

"자, 여기서 반드시 유의해야 할 게 있어. 지금부터 러시아워야. 서울 시내로 진입하면 옴짝달싹 못 한다는 뜻이야. 내가 납치극의 무대를 옮기지 않은 건 이곳의 지형 때문이었어. 일단 차를 몰고 성내천이 끝나는 곳까지 가. 거기가 사통팔달이야. 차를 버리든, 아니라면 더 몰고 가든 그건 엠제이가 알아서 해."

어제 샀던 전화기를 엠제이에게 건넸다.

"전화는 켜지 않는 게 좋아. 전화를 걸 때는 꼭 필요한 일이 아니면 하지 않는 게 좋을 거고."

"알았어요."

"어제 우리가 봐두었던 막다른 길로 빠져나간다. 거기서부터 출발하는 거야. 그리고 잊지 마. 8시 55분. 다리 아래, 주차해둔 곳에서 만나. 알았어? 지금부터 세 시간만 치열하게 살아내. 오케이?"

다짐을 받듯 다시 물었다. 얼른 엠제이가 고개를 끄덕였다. 세 시간 뒤. 드라이브. 어떻게든 살아서.

"자, 먼저 가. 최대한 빨리 공원을 벗어나. 최대한 빨리!"

잠시 충격을 받은 모습이었던 엠제이가 명철이 몰고 왔던 차로 향한다. 운전석 문을 열려다 손창환을 향해 되돌아보았다. 손창환이 고개를 끄덕였다. 엠제이도 고개를 끄덕였다. 주변 조명이 약해 손창환이 오른 차의 옆면에 작게 적힌 '문정화훼'라는 글씨는 보이지 않았다. 엠제이가 차에 올라타는 순간 손창환도 차에 올라탔다. 엠제이가 차를 출발시킬 때 손창환도 차를 출발시켰다.

두 차는 쌍둥이처럼 움직였다. 엠제이와 손창환은 나란히 한국체육대학교 방향으로 차를 몰았다. 잠시 주저하는 듯하던 엠제이를 손창환이 앞질렀다. 엔진에 힘을 가하며 전방으로 질주하자 트래픽 콘이 거친 소리를 내며 튕겨 나갔다. 순간 룸미러에 비친 자동차 전조등이 눈에 들어왔다. 엠제이가 모는 차 뒤로도 세 대가 더 보였다. 손창환은 황급히 액셀러레이터를 지르밟았다.

창문을 내리고 엠제이에게 손짓했다. 좁은 차로에서 벗어나기 직전까지 계속해서 손짓했다. 엠제이에게는 보이겠지만 뒤에 따라오는 차들에게는 보이지 않을 것이다. 엠제이가 옆으로 붙는다 싶은 순간 소리쳤다.

"경찰이 붙었어. 알아서 도망쳐!"

창문을 내린 채 손창환을 응시하던 엠제이의 얼굴에 경악이
내비쳤다.

"알아서 도망치라고!"

엠제이가 대차게 고개를 끄덕였다. 그녀를 위해 기도했다. 아
니 손창환을 위해 기도했다. 어떻게든 막아라. 안 된다면 분산
이라도 시켜라. 부디.

베이징 악마
2014년 3월

새벽녘, 공항은 비교적 한산했다. 게이트를 나오자, 오른편 어
디인가에 무리 지은 사람들이 보였다. 수많은 스트로보가 삼각
대에 고정되었다. 먹잇감을 발견한 기자들이었다. 중국 배우와
열애설이 난 배우 C를 기다린다는 중국어가 주변에서 오갔다.
베이징이 아니라 톈진에서 비행기를 타길 잘했다.

남자는 피켓을 들고 있었다. 단번에 훑게 된다. 나부대대한
얼굴에 볼록 나온 배, 외모 관리는 꽝이었다. 그에 반해 치장한
옷들은 나쁘지 않았다. 베르사체 구두와 태그호이어 시계가 눈
에 띄었다. 양복까지는 알 수 없었다.

살짝 선글라스를 벗어 피켓을 보았다.

'아빠다, 지지배야!'

짧은 사이, 남자는 그녀를 향해 다가왔다.

"반갑소, 베이징 악마. 갑시다."

중국 내 사업가들 사이에서 해결사는 괜찮은 직업이다. 넓고 사람이 많은 만큼 똑똑한 사람도, 반대로 무식한 사람도 많다. 다만 논리의 경로나 인식의 공감대, 상식의 기본이 다른 나라와 다르다. 관광객이 많은 베이징이나 상하이 정도를 제외하면 횡단보도가 있으나 마나 한 것만 보아도 그렇다. 내가 손해를 입으면 '눈에는 눈, 이에는 이' 식으로 위해를 가하려는 일도 다반사다. 해결사가 좋은 직업인 이유다.

그녀는 해결사로서, 틈새시장 공략에 성공했다. 중국에 있는 공안과 연결된 갱들, 조선족 갱들은 토착 세력이었다. 이들은 이들의 일을 하기에도 버거웠다. 반면 한국인 사업가는 의지가지없었다. 공안과 연결이 되어도 이방인일 뿐이었고 조선족과 연결되어도 뿌리 깊은 증오를 넘어서지 못했다.

2000년대 이후 한국인을 대상으로 한 범죄가 늘었던 것도 틈새시장이 생겨난 이유였다. 수산물을 사러 상하이에 들렀던 지방의 유지는 2억 원 수표가 들었던 가방을 빼앗긴 것도 모자라 다리와 팔이 골절되어 빈민가 골목길에 버려졌다. 액세서리 공장을 하던 60대 남성은 부지를 대여해 12년을 경영했음에도 공장을 베트남으로 옮기겠다는 한마디에 보증금을 돌려받기는 커녕 압류에 이은 테러를 당했다.

한국인이 사건에 휘말린 사례는 비일비재했다. 한국인이 중국에서 사건이나 사고에 휘말리는 사례는 집계가 가능한 것만 한 해 1,000건 이상, 실제로는 그 네 배에 육박한다는 소문이 나돌았다.

남자는 공항에 주차한 일본제 차량으로 안내했다. 일단 낙제점. 차에 오르자 남자가 물었다.

"왜 중국에서 청부 살인을 합니까?"

"청부 살인이요? 전 그런 거 안 하는데요?"

말이 많은 남자인가. 문득 죽여버리고 싶다는 생각이 스쳤다. 그러나 이번에는 액수가 컸다. 중국에서 그녀는 악인들만 처단했다. 저 남자가 악인이라면 양심의 가책은 던다. 이토록 복잡한 사회에서 사적 처단은 필수 불가결하다. 다만 보통 사람으로 살 수 있다는 욕망이 그녀를 놓아주지 않았다.

"청부 살인, 그런 거 안 해? 어이, 베이징 악마. 까불지 마. 난 20년을 준비한 작업이야. 대한민국에서는 착하게 살아서는 잘 살 수 없다는 걸 깨달은 뒤부터 준비한 거니까. 그래서 그만큼 주겠다는 거고. 하이 리스크, 하이 리턴! 몰라? 각오 단단히 해 둬."

하이 리스크. 대한민국을 잠시 들었다 놓겠다고 말했다. 하이 리턴! 남자는, 100억 원을 약속했다. 다만 두 가지 조건이 있었다. 잠복과 뒤처리. 기간은 미니멈 1년, 맥시멈 3년. 100억 원을 받는 조건으로는 나쁘지 않았다. 맹점은 하나였다. 저 남자를 믿을 수 없다는 것! 결국 뒤처리에는 저 남자도 포함되어야 옳았다.

3년이라. 잠시 한숨이 났다. 옆자리를 흘금 바라보자 남자는 서울을 향해 차를 몰고 있었다. 오늘부터 까기로 한다. 1,095일에서 하루, 1,094일 남았다.

단단히 각오하기로 한다. 이 일과 관련된 모두를 죽여버리기로.

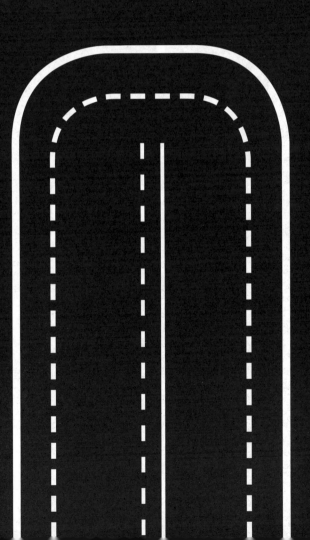

2부

너는 두 번 죽는다

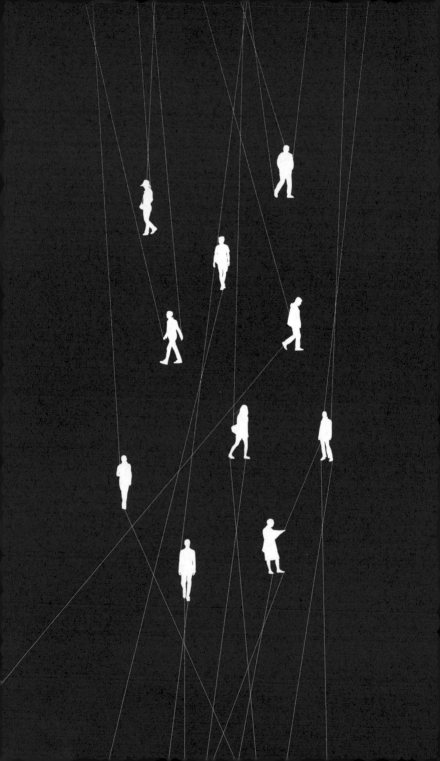

경감 백용준
2017년 2월 1일 새벽

악마 같은 새벽이었다. 설핏 잠이 들었던 백용준 경감은 전화 소리에 눈을 떴다. 긴장으로 온몸의 털이 곤두서는 느낌이었다.

"문정이니?"

순간 여인이 겁을 먹는 게 느껴졌다. 안심하라 손짓을 하기도 전에 남편이라는 작자가 곁으로 다가간다. 전화를 빼앗아서 받는 게 보통의 아빠 모습이다. 눈치를 보는 엄마에, 작위적인 아빠. 이래서야 경찰이 대기하며 기다렸던 의미가 없다.

"돈……. 어제저녁까지 찾았던 돈은 39억이었어요. 나머지 11억은 오늘 8시 반까지 은행에서 지급해주기로 했고요. 8시 55분까지라고 해서요."

소파에서 몸을 일으키자마자 전화가 끊어졌다. 재빨리 스마트폰을 건드렸다. 오전 4시 37분. 전화는 납치범에게서 걸려 온 것이 분명했다. 이왕 시간이 변경되었다면 적어도 현실적인 몸값밖에 인출하지 못했다 둘러대는 건 어땠을까? 이래저래 마음을 긁는 사건이다. 현금도 마찬가지, 마킹을 해서 어떻게든 현금에 대해 최소한의 장치라도 해두고 싶었다. 현금은 비닐로 싸여져 있었다. 벗겨내려 하자 박상준이 어떻게든 말린다. 납치범이 알아차릴 거란다.

격정적인 감정을 겨우 추스르며 백용준이 물었다.

"뭡니까?"

대화를 할 때는 스피커 모드로 바꾸라고 그렇게 타일렀다. 여인은 그러지 않았다. 무엇보다 예상이 빗나갔다는 게 통탄할 노릇이었다. 마루에 있던 형사팀들도 무슨 일이냐는 듯 여인을 바라보았다.

"녹음기 작동됐나?"

"지령실에 연락했습니다. 지금……."

연락을 취했던 박연오 경사가 백용준과 눈을 맞춘다.

스마트폰이 급격히 보급되며 경찰이 가진 몇몇 장비는 퇴물이나 다름없어졌다. 녹음만 해도 그렇다. 과거라면 전화기에 연결해서 부착된 레코더를 소리가 나지 않도록 조작해야만 했다. 지금은 스마트폰 녹음 기능만 누르면 된다. 음질도 과거와 비교조차 되지 않을 정도로 우수하다.

"선수촌아파트 인근이랍니다. 오차 범위 50미터 이내. 지령실에서 순찰차 출동시켰답니다."

선수촌아파트 근처? 박연오 역시 허를 찔린 표정이었다. 얼른 여인과 눈을 맞추었다. 할 말이 목구멍까지 차올랐지만 추측은 의미가 없다. 납치범이 전화를 걸었을 위치에 순찰차를 출동시킨다 한들 그것 역시 의미는 없다.

"6시까지 준비된 돈을 올림픽공원 체조 경기장 주변 주차장에 가져다 놓으랍니다."

"배포 한번 크구만. 대한민국 헌정 사상 납치 사건 단일 금액으로 기록이겠는데요."

업무에서는 누구보다 뛰어나지만 간혹 분위기 파악 못 하는 박연오다운 말이었다.

처음 신고 전화가 걸려 온 것은 어제 오후였다. 신고를 한 것은 동거를 하는 남자였다. 112 지령실로 신고 전화를 걸었고 비교적 차분한 목소리였다고 한다. 그에 반해 범인이 인질을 교환하는 대가로 요구한 금액은 무려 50억 원이었다.

지체 없이 송파경찰서 형사팀이 출동했다. 2팀을 맡고 있는 백용준 경감과 각종 기계를 설치할 박연오 경사가 가장 먼저 아파트에 도착했다. 올림픽선수촌아파트는 옥상이 연결된 구조라 다른 현관을 통해 1307호로 진입했다. 이후 택배원으로 분하거나 아파트 주민으로 위장한 형사들이 개별적으로 도착, 1307호를 수사 거점으로 삼았다.

지원팀에서 속속 가족에 대한 정보도 도착했다.

먼저 납치된 신문정은 스물다섯 살의 재원이었다. 어학연수로 영국을 다녀왔고 대학까지 마쳤다. 다만 졸업을 앞둔 지금까지 취업을 못 한 상태였다. 겉으로는 그저 그런 부잣집 아가씨였다.

남편인 박상준은 건설업자였다. 과거 동일 업종으로 부도를 낸 이력이 두 번 있었으나 별다른 제재는 받지 않았다. 겉으로 보기에는 특별한 문제 없는, 실패와 재기를 반복한 질곡의 인생을 사는 54세의 남자였다.

엄마이자 부인인 신미나는 가업인 화훼를 아버지에게 물려받았다. 외동딸이었던 탓에 마땅히 일을 대신할 가족도 없었다. 싫든 좋든 이 일을 20년 넘게 이어오며 49세가 되었다. 그녀가 겪은 가장 큰 인생의 고비는 가정이었다. 그녀가 딸이었을 때와, 엄마로 살아왔던 두 개의 가정.

세 사람은 겉으로 볼 때 화목한 가정이었을지 모른다. 사건이 접수된 뒤 형사2팀은 직접적인 납치 건을 맡았다. 2팀 인원을 제외한 송파경찰서 형사팀 중 직접 사건에 투입되지 않은 인력들은 세 사람에 대한 뒷조사를 광범위하게 진행하고 있었다. 사회면에서 접할 수 있는 납치 사건에 비추어 볼 때 특이한 점이 있었기 때문이다. 겉으로 화목한 가정, 그러나 이 가정에는 분명 균열이 존재하고 있었다. 백용준 경감도 균열의 의미를 당장에는 알아차리지 못했다.

보통 납치 사건은 네 가지로 구분한다.

첫 번째가 정치적 목적이다. 중앙정보부의 주도 하에 전격적으로 납치되었던 김대중 전 대통령 납치 사건이나 일본 적군파가 하네다 발 후쿠오카 행 비행기를 납치했던 요도호 사건이 대표적이다. 과거 북한 역시 상당한 납치를 감행했다. 정치적 목적으로 납치를 하는 경우 사회적 파장이 크며 테러로 이어지는 경우도 더러 있었다. 개방화, 선진화된 사회일수록 정치적 납치는 드물다. 그러나 실체적 통계가 힘든 공산권이나 아프리카 부족까지 확대할 경우 정치적 납치는 상당한 수치에 이를 것으로 예상되었다.

두 번째는 순수 몸값을 노린 기업형 납치이다. 소말리아 근해에서 납치되었던 삼호드림 같은 경우, 소말리아 해적들에게 인질에 대한 몸값으로 935만 달러가 넘는 돈을 지불한 것으로 확인되었다. 소말리아 해적들이 납치를 통해 버는 몸값만 해도 한 해 수십억 달러에 이르는 것으로 추정된다.

세 번째가 생계형 납치이다. 유아 및 부녀자 납치로 이어지는 경우가 많다. 생계형 납치의 경우 조직적이거나 치밀하지 못한 경우가 허다해 사건 발생 뒤 쉽게 전모가 드러나고 범인 체포역시 쉽게 이루어진다. 돈이 없으면 생계가 공포가 되는 자본주의의 허를 그대로 드러낸 납치라 볼 수 있다.

네 번째는 반사회적 납치 사건이다. 반사회적 납치의 경우 두 가지 정도로 다시 나눌 수 있다. 쾌락형 납치와 사회복수형 납치가 그것인데, 쾌락형 납치의 경우 범인이 추구하는 순수한 목적을 위해 납치를 벌인다. 주로 이상 성범죄와 이에 따른 이상 심리가 수반된다. 피해자는 대부분 사망한다. 사회복수형 납치는 범인이 비루한 삶의 원인을 국가나 사회에 돌리고 자신과 반대로 잘 먹고 잘사는 사람에게 복수를 감행하기 위해 납치를 한다. 이 경우 납치 대상이 무작위이고 몸값을 요구하지 않는 경우가 많다. 특정한 가혹 행위 이후 피해자를 죽인다는 점에서 일반 납치에 비해 가장 원초적이며 잔혹하다고 할 수 있다. 쾌락형의 경우 치밀하게 준비하고 잡히지 않길 원하며 다음 범행을 준비한다는 점에서 될 대로 되라는 식인 사회복수형 납치와 구별된다.

신문정, 닉네임 엠제이의 납치 사건은 여러모로 교과서적인 납치에 부합하지 않았다. 몇몇 부분에서 충분한 의혹이 일었다. 범인은 어떻게 신미나가 거액의 돈을 준비할 거란 사실을 알았을까? 집에서 살다시피 하며 교회를 갈 때 이외에는 바깥출입이 거의 없었다는 신문정은 어떻게 납치되었을까? 결론 내리려 하지 않았지만 백용준은 자작극이 아닌가 미심쩍었다.

누군가 그랬다. 이론이 틀리면 사실을 바꾸라고. 그래서 백용준은 납치 사건을 조금 비틀어보기로 했다. 거액을 요구했다는 점에서 생계형 납치나 반사회적 납치, 쾌락형 납치는 부정된다. 즉 목적이 뚜렷한 납치라는 뜻이다. 여기서 자작극에 대한 냄새가 물씬 풍겨난다. 만약 신문정이 자작 납치극을 벌인다면 왜일까?

납치 전화가 걸려 온 것은 신문정의 스마트폰이었다. 의혹이 짙어졌다. 다만 신미나는 생면부지의 남자 목소리로 전화가 걸려 왔다고 한다. 신문정에게 공범이 있을까? 조심스레 여러 형사가 돌아가며 신문정을 탐문했다. 탐문이 가로막힌 것은 전화

내역을 뒤져보면서였다. 신문정의 휴대전화는 지난 6개월 동안 통화 내역이 전무했다. 스마트폰 메신저가 대세라지만 이렇게까지 통화가 없는 것은 수사 이래 처음이었다. 정상적이지 않은 방법으로 통화 내역을 조회했던 박연오가 고개를 내저었다. 자작극은 아닌 것 같아요, 라며.

내부 자작설이 부정되자 수사 대상이 넓어졌다. 일반적이라 할 수 있었던, 용의 선상에 오른 인물은 화훼단지 개발에서 뒷전으로 밀린 화훼업자였다. 어제는 양재화훼단지를 둘러싼 개발 자금을 처음 모으는 날이었다는 첩보가 입수되었기 때문이다. 그러나 화훼단지 개발과 관련한 사람들은 금세 용의 선상에서 제외되었다. 이들은 대부분 알리바이가 명확했다. 무엇보다 화훼단지가 현대화될 경우, 재개발 아파트 정도로는 비교조차 되지 않는 엄청난 이익이 예상되었다. 수익의 정도 차이가 있을 뿐 손해 보는 업자가 없다는 뜻이었다. 긁어 부스럼 만들 바보는 없을 터였다.

납치범에 대한 수사가 지지부진해질 즈음 세 사람, 신미나와 신문정, 박상준에 대한 신상 정보가 백용준에게 전달되었다. 여기서 백용준은 놀라운 사실을 발견했다. 신미나와 신문정, 박상준은 겉으로는 가족이었으나 엄밀히 말해 법적인 가족이 아니었던 것이다. 순간 자작극에 대한 향기가 어디인가로 날아가 버렸다.

가족이 아닌데 50억 원이라는 돈을 준비한다고?

백용준은 형사2팀 막내인 최현정 경장에게 세 사람 신상에 대한 심도 있는 수사를 지시했다. 물론 수사는 극비에 부쳐졌다. 서류 정리라는 핑계를 대고 백용준은 송파서와 협약을 맺은 정신과 전문의를 찾아갔다. 전문의는 어차피 파리 날리고 있었는데 잘됐죠, 라며 흔쾌히 상담을 수락했다.

"하나 여쭐 게 있어서요."

"그러려고 오신 거니까." 몇 번 만난 적이 있던 전문의 김현철이 덧붙인다. "그런데 하나로 되시겠어요?"

머쓱해하며 백용준이 물었다.

"사건에 관해 자세히 말씀드릴 수는 없습니다만, 법적으로는 가족이 아니에요. 남들이 볼 때는 누가 봐도 행복한 가정이고요."

"구성원은요?"

"부부에 딸. 아버지는 쉰넷. 어머니는 마흔아홉. 딸은 스물다섯. 함구해주실 거라 보고요."

결국 핵심을 빼고 이야기할 수는 없는 걸까. 잠시 망설이다 백용준은 솔직하게 털어놓기로 결심했다.

"이 세 사람은 누가 봐도 가족 같아요. 그런데 법적인 가족이 아니에요. 남편과 딸⋯⋯."

이때 카카오톡이 울렸다. 박연오였다.

'신미나의 딸이 과거에 죽었답니다. 이름이 신문정이고요. 사망신고가 되어 있지 않습니다. 이웃 사람들 말로는 확실하다고

합니다. 세 사람이 동거한 것은 2년쯤 되었다고 하네요.'

잠시만요, 김현철에게 양해를 구하고 카카오톡을 보냈다.

'딸이 사망한 건 언제래?'

'탐문으로는 11년쯤 되었다고 하네요. 동사무소 박미숙 씨가 사망신고가 안 된 걸 확인해주었습니다.'

11년이라……. 엠제이가 가짜다? 이것이 핵심일까.

"어쨌든 이 세 사람은 가족이 아닙니다. 그렇지만 누가 봐도 가족처럼 살고 있어요. 이 셋 중 막대한 재산을 가진 사람도 어머니이고, 어머니에게는 11년 전에 실제로 딸이 사망한 일이 있었다고 하네요."

"뭐 그것까지는 이해가 가능합니다. 매일 매 맞고 살면서도 가정을 지키려는 아내를 일컬어 '매 맞는 아내 증후군'이라 부르기도 하거든요."

"그런데 딸이 납치되었답니다. 몸값으로 50억을 요구했고요. 이런 상황이라면, 아니 일반적인 사람이라면 경찰에 먼저 신고하고 어떻게든 몸값을 주지 않으려는 게 보통 사람들의 심리 아닐까요?"

결국은 말해버렸다.

"핵심이 이거군요. 입은 무겁게 하겠습니다." 김현철이 잠시 숨을 골랐다. "두 가지 측면에서 분석해볼 수 있을 겁니다. 왜 화류계 여성들 중에 그런 사람들이 꽤 있죠. 매일 얻어맞고 힘들게 일한 돈까지 남자 친구에게 다 빼앗기면서도 자신은 그 남자를 챙긴다, 라고 착각하는 여성들요. 이것은 하나의 병증입니다.

두 번째. 여자분, 어머니라고 하지요. 그 어머니는 남편과 딸을 챙기는 것을 병이라고 생각하지는 않을 겁니다. 여기서 한 발 나가보죠. 과거에 딸이 죽었다고 했지요? 이로 인해 가족이 해체되었거나 딸의 사망으로 인한 상실감은 어떤 말로도 설명할 수 없다는 걸 경험했을 겁니다. 딸이 납치된 것이 진짜든 가짜든, 어머니는 다시 가족이 해체될 위기에 처한 겁니다. 이런 경우 어머니는 가족의 해체를 결정할까요?"

"모르겠습니다."

백용준은 솔직히 대답했다.

"그 어머니는 이렇게 생각할지도 모릅니다. 돈 따위 없어도 된다. 다시 벌어도 된다. 그렇지만 새롭게 이룬 가정만은 어떻게든 지키고 싶다."

"정말 그럴까요?"

"이걸 확률로 따지기는 힘듭니다만, 그럴 확률이 높습니다. 먼저 그 어머니가 처한 가정은 진짜가 아니라고 했지요?"

"특이하게도 딸의 사망신고를 안 한 것 같답니다. 그 자리를 다른 딸이 대체하고 있고요. 파악한 바로는 그렇습니다. 그렇지만 주변 사람들 말로는 그렇게 단란해 보일 수 없었답니다."

"딸이 생겨버린 게…… 함정입니다. 만약에 어머니 역할을 하는 사람에게 상황을 적절히 말리거나 다른 식으로 대처할 수 있는 탈출구가 있었다면 지금 그 가정이 이루어져 있었을까요?"

"그렇겠네요."

생각해보지 않았던 문제다. 형사라는 직업 상, 눈에 보이는 것부터 건드리게 된다. 신미나를 말려줄 사람이 있었다면 어땠을까? 가만 그렇다면?

"이 가정을 만들자거나 가정을 이루게 한 사람은 누구일까요?"

"의도적으로 가족을 만들게끔 유도한 사람이 누구냐고 묻는 겁니까?"

"제 질문이 그렇게 되나요?"

"아마도 질문 속에 가시가 숨어 있는 것 같아요. 이 사기극을 만든 장본인이 누구냐, 그걸 묻고 싶은 거지요?"

사기극이라. 김현철의 말이 대담했다. 김현철은 아빠 역할을 하는 사람이 사기극의 주인공일 거라 말했다. 신미나의 딸과 같은 이름의 여인을 찾아내고, 딸 역할을 맡긴다. 딸은 딸대로 목적성을 가진 채 어린 시절을 보상해줄 엄마를 받아들인다. 납치극이 사기극의 마지막 장이라고 한다면, 딸은 그 마지막을 위한 보루이자 무기이지 않겠느냐며.

팔짱을 끼고 듣던 백용준이 김현철에게 말했다.

"물론 납치극이 사기라는 근거는 어디에도 없습니다."

"그렇겠지요. 아마도 경감님은 의혹이 앞서는 사건에서 스스로 마음을 다잡을 구실이 필요했을 테니까요. 그러니까 상담 받으러 오신 거고요."

상담이라. 생각해보지 않았다. 그렇지만 수사를 위해 본능적인 방어기제에서 비롯된 상담이라면 받아들이기로 했다.

잠시 백용준을 가누어보던 김현철이 계속해서 이야기를 이었다.

"말씀처럼 남편 역할을 한 사람이 가족을 몇 년이나 연기하고 사기극을 준비해왔다면 아무리 형사님이라고 해도 쉽게 꼬리를 밟을 수 있을까요?"

"어라, 이건 저에 대한 도전인데요."

"범죄자가 될걸 그랬나 봅니다. 제대로 도전해볼걸 그랬어요."

김현철이 노련하게 마지막을 농담으로 돌렸다.

"범죄자 수입으로는 올림픽공원 대로변에 이런 사무실 못 얻습니다. 행복하신 거예요."

백용준도 농담으로 응수했다. 웃으며 상담실에서 일어났다. 상담실을 나서는데 김현철이 말했다.

"납치 사건이라면 그것부터 해결하시는 게 우선이겠죠. 그리고 주치의로서 한 말씀 드리자면, 이제 떨쳐내셔야 해요."

잠시 되돌아서 고개를 끄덕였다.

백용준은 곧바로 납치 사건 본부가 꾸려진 올림픽선수촌아파트 1307호로 돌아왔다. 유죄가 확정되기 전까지 용의자의 무죄를 인정해주듯 납치 사건은 납치 사건으로 대해야 한다. 혼자만이 느낀 위화감 탓에 사건을 너무 에둘렀다. 납치 사건부터 해결하자. 결심을 굳히며 부부를 대했다. 그렇지만 남편은 '남편이라는 작자'라는 생각밖에 들지 않았다.

"어떻게 할까요?"

지난 시간을 되돌려놓으며 박상준이 물었다. 박상준의 물음 탓에 형사팀을 비롯해 부인의 눈까지 백용준에게 쏠렸다. 솔직히 말해 모르겠다. 형사 일에 몸담은 지 25년이 넘었다. 그러나 납치 사건은 처음이었다. 무엇보다 이토록 의심 가득한 상황 탓에 눈이 흐려져도 잔뜩 흐려졌다.

"자." 침을 꿀걱 삼키며 사람들을 둘러보았다. "여러분들의 생각도 들어봅시다. 아직 우리에게는 두 시간 가까운 여유가 있습니다. 가장 현명하고 빠른 결론을 내려봅시다. 그런 뒤 행동하기로 하고요."

은행원 이기동
2017년 2월 1일 7시 11분

벌써 마흔 후반에 다다른 이기동 차장은 점점 신규 업무가 힘에 부치는 걸 느꼈다. 지난해 나왔던 만능통장만 해도 그랬다. 그가 처음 은행에 들어왔던 때만 해도 통장 하나 만드는 데는 주민등록증과 도장 하나만 있으면 됐다. 그런데 만능통장

하나를 개설하는 데는 서류만 대여섯 장이 필요하다. 두 달이 지나도록 할당된 만능통장 목표를 달성하는 것은 요원했다. 제 기랄.

살아오면서 한 인간이 얼마나 많은 인간관계를 창조해낼 수 있을까? 과거 수많은 차장과 지점장 들이 그래왔듯이 부하 직원을 적당히 윽박지르고 미달된 실적도 내 탓이 아닌 부하 탓으로 돌려도 뭐라 할 사람이 있을까? 이제는 만능통장 하나 만들어줄 사람조차 사돈에 팔촌이 아는 사람까지 다 써먹어버린 인생인데.

아무리 세상이 변하고 첨단산업이 발전한다 해도 은행의 고유 업무는 변하지 않을 것이다. 바로 예금의 입출금이다. 더불어 수익 창출을 위한 대출업 역시 고유 업무로 변하지 않을 것이다. 이 둘은 은행이 가진 절대 명제라고 해도 틀리지 않다. 그러나 이에 수반되는 부가 업무도 만만치 않다. 사회가 복잡해지며 업무는 더욱 세분화되기 시작했다. 최근 들어 학습해야 하는 상품의 약관이나 개별 설명들은 마치 랩을 하는 아이돌처럼 느껴졌다. 딸아이나 소통 가능한 다른 세상의 이야기 같은.

지난 설에는 친구들과 굳이 이유도 없는 싸움을 했다. 고향인 C시에서 오랜만에 고등학교 동창들과 모인 자리였다. 안주는 손창환이었다. 손창환은 적어도 서른이 넘기 전까지 친구들 사이에서 아이돌이었다. 밥값에 술값에 여자에, 대학생들이 돈이 없어 하지 못하는 것들을 선뜻 현실화시켜주었다.

서른이 넘어 손창환은 망했다. 지금은 어디서 무엇을 하고 사는지도 모른다. 그날 왜 손창환이 씹기 좋은 안주가 되었던 걸까? 따지고 보면 그날 모였던 친구들 다섯 명 중에 손창환에게 만 원짜리 한 장이라도 빌려준 친구는 없었다. 힘들고 어려울 때 다들 바쁘다는 핑계로 그의 삶을 직시하거나 도우려는 하등의 친구도 존재하지 않았던 것이다. 손창환은, 필요할 땐 훌훌 풀어 잘 쓰지만 한 번이라도 사용하면 버려지는 두루마리 화장지 같은 존재였다. 이기동은 밤늦도록 가장 격렬히, 심지어 욕까지 섞어가며 자리에도 없는 손창환을 타박했다.

정신을 차렸을 때는 고향 집이었다. 집사람이 물었다. 손창환이 누구냐고. 몰라도 돼, 하고 대답했지만 마음 한 곳이 켕기는 것은 어쩔 수 없었다. 내가 창환이를 욕할 이유가 있었나? 되짚어 보면 마땅한 이유도 없는데. 왜 그랬을까? 문득 그런 생각이 스쳐 갔다. 고향 친구 누구나 스트레스를 풀 수 있는 씹기 좋은 존재가 딱 그였던 것은 아닐까.

최근 들어 쉽게 흥분하거나 술자리에서도 정신을 잃고 망나니처럼 놀기 일쑤였다. 갱년기 증상이라고만 치부하기에는 도가 지나치다는 것을 스스로도 안다. 하지만 아직까지는 어떻게 대처해야 할지 모르겠다. 늙었다. 은행 후문을 밀고 들어서는데 사례처럼 그 말이 걸린다. 나는 늙었다.

인정하기는 싫지만, 이제 늙어가고 있는 것이다.

"차장님, 오셨어요?"

3년차 정규직인 김새롬이 인사했다.

"일찍 출근했네?"

"그럼요, 날이 날이라."

"아, 그렇구나. 새롬 씨는 한국은행 처음 가보나?"

"그렇죠. 제가 갈 일이 없었으니까요."

객장에 있는 시계를 보았다. 7시 11분.

"청경은 왔나?"

"아직이요. 아마 7시 반쯤 오시지 않을까요?"

"하긴."

"참, 맥도날드에서 맥머핀 사 왔어요. 같이 드시죠?"

김새롬이 상담실을 가리켰다. 어, 대답하며 성큼성큼 상담실로 들어섰다. 먼저 자리에 앉자 김새롬이 커피를 데워 왔다.

"차장님. 식사 안 하셨죠?"

이미 음식을 차려놓고 물어보니 고개를 끄덕일 수밖에 없었다. 최근 들어 김새롬이 부쩍 살갑게 굴었다. 조카뻘 나이인데 엉뚱한 상상이 들 때가 더러 있었다. 간혹 점심을 먹으러 가거나 회식 자리에서 팔짱이라도 끼면 기분이 묘했다.

"아, 긴장돼요."

맥머핀을 오물거리며 김새롬이 말했다. 뭐가, 하고 묻자 꿀꺽 삼키더니 이야기를 이었다.

"한국은행 가는 거요. 저 축협 들어오고 처음이잖아요."

"그런가?"

축협, 축산업협동조합은 축협중앙회와 단위축협으로 나뉜다. 축협중앙회가 전국적인 규모를 가진 시중은행이라면 단위축협은 신협이나 새마을금고처럼 독립적인 법인체이다. 다만 전산과 기타 축협과 관련된 모든 업무를 공유하기에 일개 법인이면서 겉으로는 표가 나지 않는 축협으로 영업한다. 그렇다고 해도 모든 업무를 공유하는 것은 아니었다. 그래서 단위축협은 특정 지역들끼리 자매 점포처럼 업무 협약을 맺는다. 이를 통해 공통의 비용을 줄이고 직원을 순환시키기도 하며, 기타 목적이 부합하거나 필요한 경우 업무를 함께한다.

"송파구에 있는 축협 중에 저희랑 함께하는 데가 열두 곳이던가요?"

"응. 우리는 그렇지."

"그럼?"

"오늘은 송파구에 있는 마흔다섯 개 축협 전체가 이곳으로 올 거야. 이번 한국은행 자금 불입 당번이 우리거든."

맥머핀을 입으로 가져가던 김새롬의 입이 쩍 벌어졌다. 얼른 입을 가리는 게 귀여웠다.

"참 애인 있나? 아, 이상하게 생각하지는 말고. 새롬 씨 보면 남자들한테 인기가 많을 거 같아서."

"어라. 인기요? 그런데 왜 저는 느낄 수가 없지요?"

김새롬이 이마를 짚더니 인상을 쓰며 고개 젓는 시늉을 했다.

"하, 거참. 귀엽단 말이지."

이기동은 저도 모르게 본심을 말해버렸다. 말해놓고 꿈적 놀랐다.

"미안 미안. 절대 다른 뜻은 없어."

"알아요. 제가 한 귀여움 하죠, 하하하. 참 차장님, 우리가 오늘처럼 당번 하는 일이 자주 있나요?"

"아, 한국은행 불입? 자주 없지. 보통은 구내에 있는 축협들끼리나 타 은행끼리도 자금을 사고팔잖아. 기껏해야 설하고 추석 정도? 그때는 전 은행들이 자금이 모자랐다 넘쳐나니까. 1년 가도 다섯 번 있을까 말까니까, 5년에 한 번 정도 되려나?"

"아 참. 뒤늦은 대답이기는 합니다만, 남자 친구는 저도 5년째 없습니다. 유학 갔을 때 하도 지질한 놈이랑 사귀었더니 한동안 남자가 싫더라고요. 지금은 사귀고 싶은데 일이……."

"하긴, 요즘 업무가 좀 많아야지. 솔직히 나도 신규 상품 약관이랑 업무 매뉴얼 내려오면 외계어를 읽는 느낌이라니까."

"어머. 차장님도 그러셨군요. 실은 저도 그래요. 참, 차장님. 오늘 저녁에 시간 있으세요?"

사레에 걸릴 뻔했다. 대답 대신 김새롬을 빤히 바라보았다.

"그게, 저. 친구가 바를 개업했는데 편하게 이야기하고 갈 사람이 없더라고요. 아시다시피……."

"가족들이 동생 때문에 미국에 있다고 했지?"

얼른 김새롬이 하려던 말을 대신했다. 김새롬의 집은 꽤나 부유한 것 같았다. 잠실에 있는 대형 아파트에 혼자 산다고 들었다. 가족들은 전부 미국에서 거주, 축협 방이역점에 들어온 것도 집과 가까워서란다. 방이동 110번지에 있는 축협과 김새롬의 집은 걸어서 10분 정도 거리였다. 지점장과 김새롬의 아버지가 아는 사이라고도 하고.

"비싼 데야?"

"제가 살게요."

의도한 건 아닌데 의도한 것처럼 결말이 맺어졌다. 그때 후문이 열리는 소리가 들렸다. 청원경찰인 최재원이 출근한 모양이었다.

"그럼 저녁 시간 비워놓을게. 그러면 되나?"

얼른 대답했다. 괜스레 떨리는 감정을 숨기느라 얼굴이 붉어졌는지도 모르겠다.

"참, 오늘 저희 점포만 해도 한국은행 불입액이 13억입니다. 마흔 다섯 개 점포가 모이면 엄청난 액수겠네요."

"어. 어제 전화로 불입액을 대충 파악했는데 420억쯤 되던데. 대부분 5만 원 지폐일 거니까 예전처럼 차 몇 대가 움직여야 되는 거추장스러운 일은 없을 거야."

"으윽. 생각만 해도 끔찍하네요."

"통과의례라고 생각해. 한 번은 겪어야 될 일이잖아."

김새롬을 안심시켰다. 그렇다 해도 지금부터 송파구 관내에 있는 축협들이 계속해서 축협 방이역점을 드나들 것이다.

상담실 바깥으로 나서다 깜짝 놀라고 말았다. 청경이라고 생각했는데 창구 뒷문에 서 있는 건 축협 가락점에 있는 송 과장이었다.

"여어, 송 과장. 오랜만이네. 잘 지냈어?"

"차장님이 오늘 당번이신가 보네요."

송 과장이 꾸벅 인사했다. 뒤로는 가락점의 청경이 서 있었다. 현금을 담는 마대를 바닥에 두었다.

"전표 여기 있습니다."

"잠시만."

이기동은 재빨리 금고 문을 열었다. 인장을 꺼내 와 송 대리가 내민 전표에 축협 방이역점의 직인을 찍었다. 찍은 뒤 금액을 확인하니 무려 23억 5,000만 원이었다.

"세상 많이 변했죠? 5만 원권 없을 때 같으면 마대 하나로는 턱도 없었을 텐데요."

보통 현금을 담는 마대에는 과거 같으면 욱이고 욱여넣어 4억 원 정도를 넣을 수 있었다. 그런데 그 다섯 배에 이르는 금액이 자루 하나에 담긴다. 고액권이 생겼기 때문이다.

"돈은 확인 안 해도 되겠지?"

"그럼요. 언제 그거 다 확인합니까? 한국은행 맡겨야죠. 오늘은 차장님도 한국은행에 불입하기 바쁠 텐데요."

각각의 마대에는 각 점포의 이름과 함께 개별로 묶인 돈에는 점포의 이름과 취급자의 도장이 찍혀 있었다. 일일이 확인하지 않아도 되는 이유였다.

"수고했어요. 언제 만나서 소주나 한잔하자고."

의례적인 인사를 건네고 직인을 찍었던 전표를 건넸다. 그때 "저 왔습니다." 하고 청경인 최재원이 얼굴을 내비쳤다. 동시에 송 과장도 인사를 하며 사라졌다.

"차 가져왔어요. 아무래도 차에서 받아야겠죠?"

청경으로만 20년을 근무했던 최재원이라 노련했다.

"그럽시다."

"자, 그럼 새롬 씨는 직원들 출근하면 업무 시작하는 데까지 봐주고 바로 차로 오세요. 아, 현금은 청경이 나를 테니까 같이 움직여주고."

"넵."

조금 전과 달리 기합이 들어간 목소리로 김새롬이 대답했다.

최재원이 가락점에서 가져왔던 돈을 끙, 소리 내며 어깨에 짊어졌다. 이기동이 먼저 뒷문을 열어 바깥을 확인했다. 현금수송을 위해 개조된 차량이 보였다. 뒷문을 열어주자 최재원이 현금이 든 마대를 가장 깊숙한 곳에 밀어 넣었다. 곧바로 객장으로 돌아가 김새롬과 함께 13억 원이 든 마대를 가지고 나왔다.

이제 시작인 건가. 마흔다섯 개 점포가 지금부터 오기 시작한다면 8시 50분쯤에는 한국은행으로 출발할 수 있을 것이다.

"자, 최 청경. 오늘 하루는 새롬 씨와 고생 좀 합시다!"

기합을 넣어서 말했다. 최 청경은 마치 경찰이나 군인처럼 거수경례로 대답을 대신했다. 420억 원이라. 오늘 하루는 이기동 인생에서도 가장 비싼 하루가 될 것이다. 문득 저녁에 있을 자리까지 비싸지면 안 될 텐데, 하는 생각은 꿀꺽 침과 함께 삼켜 버렸다.

납치범 손창환
2017년 2월 1일 6시 35분

예상은 했다. 장사꾼이 수십 년을 벌어 모은 돈을 그리 쉽게 포기할 리가 없다. 그게 아무리 딸의 납치 요구액이라 해도. 경찰! 역시 예상은 했지만 뒤에 붙은 세 대의 상향등을 보자 뒷머리까지 뻐근해졌다.

액셀러레이터를 시르밟사 차가 튀어 나갔다. 주변을 살필 겨를은 없었다. 그저 직진해서 중앙선을 위반하자는 생각뿐이었다. 순간 빵, 경적이 울리며 검은 소나타 한 대가 급정거를 했다. 손창환이 모는 스타렉스를 아슬아슬하게 비키며 멈추는 게 보였다. 그 때문인지 뒤따르던 차들이 동시에 경적을 울리며 급하게 멈춰 서기 시작했다. 엠제이는 멈추어 선 차를 가로지르더니 재빨리 직진하기 시작했다. 엄제이가 빠져나간 방향으로 멈추어 선 차를 피하던 트럭 한 대가 두 사람이 빠져나온 곳으로 들입다 진입했다. 동시에 차량 파열음이 대차게 울려 퍼졌다. 멀리서 사이렌 소리가 겹겹이 엇박자를 이루며 들려왔다.

행운이다!

예상한 것은 아니었지만 손창환이 앞뒤 재지 않고 중앙선을 침범한 탓에 무려 10여 대의 차들이 도로를 가로막으며 멈추어 서버렸다. 뒤따르던 트럭은 이를 피하지 못하고 인도까지 침입했다. 멈추나 싶었는데 한체대 옆 소방 도로까지 튀어 들었다. 트럭은 급기야 뒤따르던 차량과 정면 추돌했다. 소방 도로는 완전히 막혔다. 실로 행운이 아닐 수 없었다. 이로 인해 몇 분은 벌 수 있을 것이다.

손창환은 100여 미터를 직진하다 삼성 SDS 건물을 끼고 우회전했다. 강동시장 방향으로 차를 몰다 첫 사거리가 나오자 다시 우회전했다. 5층짜리 동남아파트가 보였다. 곧바로 직진했다. 이대로 차를 몰면 올림픽공원을 끼고 있는 둔촌사거리 방향으로 진입하게 된다. 손창환이 노리던 대로 되었다. 안도의 한숨이 나왔다.

거침없이 차를 몰았다. 둔촌사거리가 나오자 곧바로 직진했다. 딱 2분이면 충분하다. 2분만 잡히지 말자.

2분만! 부디 2분만!

속으로 2분을 외치며 직진했다. 마치 기다렸다는 듯 파란불로 바뀌며 신호도 손창환과 보조를 맞추는 듯했다. 안도의 한숨이 터졌다. 대로와 소방 도로를 번갈아 네모나게 한 바퀴 돌았다. 신호도 제때 바뀌었다. 손창환은 정확히 신호를 맞추어 둔촌사거리에 진입했던 것이다. 물론 이것은 택시 기사로 오랫동안 일해왔던 경험 때문이었다. 여기서 400미터 정도만 직진하면 엠제이가 차를 숨겨둔 곳까지 진입할 수 있었다. 그것을 노렸다.

채 1분도 걸리지 않아 손창환은 둔촌다리 아래로 차를 진입시켰다. 본래 그 길은 자전거 전용 도로라 180도로 두 번이나 꺾이는 길이었다. 지금 시간이 가장 사람이 없는 시간이었다. 5시에서 6시 사이. 노림수가 이토록 쉽게 통할 거라 생각하지는 않았지만 현실로 이루어졌다. 하천 건너편에 있는 엠제이의 SUV와 손창환의 차가 보였다.

다리 아래에 차를 주차하고 시동을 꺼버렸다. 재게 차에서 내려 스타렉스의 뒷문을 열었다. 5만 원짜리 열 묶음, 그것을 다시 열 개로 비닐 포장한 5억 원 뭉치 일곱 개와 두 개가 빠져 있는 4억 원 뭉치가 보였다. 뭉치 하나당 10킬로그램, 손창환은 어깨에 두 개를 메고 하천 돌다리를 성큼성큼 건넜다. 손창환은 자신의 차 트렁크를 열었다. 두 뭉치를 던지듯 밀어 넣었다. 트렁크를 열어둔 채 다시 하천을 건넜다. 그렇게 세 번을 더 하자 트렁크에 39억 원이 옮겨졌다. 손창환은 차의 시동을 걸었다. 그런 뒤 천천히 차를 몰아 어제 보아두었던 핸드볼 경기장 주변으로 향했다. 빈자리가 보이는 곳에 차를 주차했다. 차에서 내리자마자 다시 둔촌다리로 향했다. 마음이 급해서인지 뛰는 시간이 그토록 느릴 수 없었다. 숨이 턱에 차오를 무렵 다리 아래에 도착했다.

잠시 숨을 고른 손창환은 엠제이가 준비한 SUV에 올랐다. 이제 이 차를 시험해볼 때였다. 손창환은 올림픽공원역이 있는 동문으로 유유히 차를 몰고 나왔다. 손창환은 룸미러로 계속해서 뒤를 살피며 올림픽공원을 지나쳤다. 방이역이 금세 보였다. 어디로 간다? 잠시 고민하다 익숙한 곳으로 움직이기로 결정했다. 손창환은 방이역 3번 출구에서 우회전했다. 걸 건너 현대아파트 베란다에 드문드문 밝혀진 형광등이 보였다. 100여 미터를 직진하자 사거리가 나왔다. 롯데리아가 보이자 갈증과 함께 허기가 몰려왔다. 과거에 세이커스 농구팀의 체육관이 있던 신축 빌라 단지 앞에서 잠시 차를 멈추었다.

큰 숨을 거듭 몰아쉬었다. 운전대에서 손을 놓자 손이 부르르 떨렸다. 비 오듯 땀이 흐르고 심장이 두방망이질 치고 있다는 것도 그제야 깨달았다. 삼거리인 이곳은 차가 드문 곳이었다. 룸미러와 백미러를 번갈아보며 뒤따라오는 순찰차나 의심스러운 차가 없는지 확인했다. 지금까지와는 다른 안도의 한숨이 새 나왔다.

"살았다, 살았어."

누가 죽이려던 것도 아닌데 손창환은 안도하는 탄식을 내뱉었다. 그렇다고 해서 계속 이곳에 머무를 수도 없었다.

"죽더라도 먹고 죽자."

갈증과 허기를 이기지 못했던지 혼잣말을 내뱉었다. 차를 몰아 손창환이 일했던 택시 회사로 방향을 틀었다. 그가 주차했던 삼거리에서 2분이면 갈 수 있는 거리였다. SK주유소에서 잠실 방향으로 틀었다 곧바로 우회전했다. 직진해서 200미터 정도만 가면 엠제이가 커피를 샀던 코너 카페에 도착할 수 있다. 택시 회사 담벼락 인근 빈자리에 주차했다.

시간을 보니 6시 9분. 겨우 9분 만에 손창환은 거사를 치른 것이다. 터벅터벅 걸어 안동식당으로 향했다. 이 시간이면 일을 마친 택시 기사도 집으로 들어가고 없을 시간이다. 익숙한 손놀림으로 새시 문을 밀었다. 신발을 벗고 자리에 앉는데 주방 안화장실에서 명철이 불쑥 모습을 드러냈다. 명철도 또 손창환도서로 놀라고 말았다.

"어쩐 일이야?"

명철이 묻는다.

"배가 고파서."

"차 가지고……."

"시끄러. 모르는 일로 하라고 했지?"

창환이 윽박지르자 명철은 슬쩍 고개를 내리깔았다. 그제야나이 든 여주인이 시래기를 들고 들어온다.

"어라, 두 사람. 오랜만이네."

"갈치조림 대 자로 하나 주세요. 오늘 제가 사려고요." 재빨리 명철이 여주인에게 주문한다. "아, 소주도 하나 주세요."

미리 주문해놓고는 뒤늦게 손창환에게 묻는다. 괜찮지?

손창환이 고개를 끄덕였다. 손창환이 미친 듯이 달려왔던

9분보다 늦은 11분 만에 갈치조림이 소주와 함께 나왔다. 이 시간이면 밤을 새는 여주인도 힘들 것이다. 소주를 보자마자 명철이 손창환에게 한 잔을 건넸다.

"미안해."

"뭐가?"

"택시 고장 났다고 거짓말했던 거."

짐작은 하고 있었다.

"예쁘장한 여자애가 시킨 거지?"

넘겨짚어 물었다.

"어허, 그게."

명철이 주저했다. 가만, 아니었다는 건가?

"나한테 30만 원을 주더라고. 너한테는 아무 피해도 안 간다기에. 하루만 더 택시를 몰고 있게 하라더라고."

"누가?"

"어떤 남자던데. 우리보다 몇 살 위 정도?"

"혹시……."

나쁜 예감은 언제나 틀리는 법이 없다.

"경상도 사투리 쓰지?"

"응. 얼굴이 시커먼 게 사기꾼 같더라. 그래도 그 사람이 그러던데."

숟가락으로 갈치조림을 뜨며 명철이 뜸을 들였다. 소주를 들이켜고 명철을 바라보았다.

"오래전 친구라고. 조금 놀래주려고 그런다고."

"나를 알아?"

"응. 손창환이라고 딱 그러던데."

"제기랄."

갈치조림과 함께 뜨던 밥을 우걱우걱 목구멍으로 쑤셔 넣었다. 일단 배를 채우지 않으면 아무 일도 못 할 것 같았기 때문이다.

"일은 마친 거지?"

"응."

"너 나한테 아직도 숨기는 거 있지?"

우걱우걱 쑤셔 넣던 숟가락을 칼처럼 명철에게로 딱 겨누었다.

"그게 말이야, 너 전화 끊고 한 시간쯤 지났나. 새벽에 경상도 사투리 쓰는 남자한테서 전화가 왔더라고. 창환이 네가 갈 만한 데가 어디인지 묻던데. 모른다고 하기는 했어."

"모른다고?"

"정말이야. 모른다고 했다고."

"씨발. 어떻게 된 거야."

창환은 숟가락을 놓았다.

"명철이 너 조심해. 그 새끼 살인자야. 이번에 나를 노리는 것 같고. 과거에 악연이 있어서 나를 쫓는 것 같아. 그러니 애먼 일에 말리기 싫으면 앞으로는 두 번 다시 그 사람과 통화하거나 만나지 마. 알았어?"

명철이 대답도 하기 전에 벌떡 일어섰다. 어떻게 된 거지? 멋지게 따돌렸다고 생각했는데. 바깥으로 나가려다 되돌았다.

"너, 차는?"

"차고지에."

"나 올림픽공원까지만 데려다주라. 어서!"

명철이 갈치조림과 손창환을 번갈아보았다.

"나 데려다준 뒤에 다시 먹으면 되잖아. 어머니한테 데워달라고 하고."

"그럴게."

눈치껏 이야기를 듣는 둥 마는 둥 하던 여주인이 얼른 대답했다. 똥을 지린 아이처럼 명철이 쭈뼛거리며 일어섰다. 그렇지만 명철은 재빨리 뛰어 택시를 몰고 왔다. 명철이 모는 택시 조수석에 올랐다. 얼마 가지 않아 택시 회사 담벼락에 순찰차가 서 있는 게 보였다. 순찰차는 SUV 주변을 서성거리고 있었다. 간발의 차이였다.

어떻게 된 거지? 이게 어떻게 된 일이지?

급작스러운 혼란 탓인지 한 잔 마신 소주가 속을 거북하게 만들었다.

"나는 괜찮은 거지?"

명철이 물었다.

"지금 이 순간부터 너는 내가 그만둔 뒤로 나를 만난 적도 없다고 우겨. 분명히 경찰이 찾아올 거야. 어떤 이야기를 듣던지, 어떤 경찰이나 다른 사람이 찾아와 이것저것 캐물어도 무조건 모른다고 해. 그래야만 돼."

"무조건?"

"그래. 무조건. 안 그러면 너, 정말 엉뚱한 일에 휘말리게 돼. 지금 나처럼."

"아까 살인자라고 했지? 그 정도로 나빠?"

"말로도 다 못 해. 정말로 나빠. 그러니까 무조건 모른다고 잡아떼. 어차피 너한테는 어떤 증거도 없으니까."

명철은 그 뒤로 올림픽공원 남문에 손창환을 내려줄 때까지 침묵했다. 조수석에서 내리는데 명철이 한 번 더 말한다.

"미안해. 나 때문에."

"됐어. 과거는 과거야. 돌아본다고 해서 바뀌지 않잖아. 지나간 거니까 잊어."

6시 반이 넘어가는 올림픽공원 남문 근처는 산책하는 사람들이 제법 있었다. 산책하는 사람들 틈에 끼어 남문을 통과했다. 사람들 틈에 끼어 그들이 걷는 방향으로 걸었다. 한성백제박물관 뒤로 산책로가 끝나자 몇몇 조형 작품이 보였다. 갈림길이었다. 좌측은 평화의 광장 조형물 쪽이었다. 우측은 공원 내부로 깊숙이 진입하는 길 같았다. 공원 내부로 향하는 사람들 틈에 섞였다. 계속해서 걷다 보니 벨로드롬이 나타났다. 그 옆으로 역도 경기장이 보였다. 정복을 입은 경찰도 보였다. 이례적이었다. 이 시간에 경찰이라면 분명 손창환과 엠제이를 찾고 있을 게 분명했다. 손창환은 벨로드롬이 있는 곳으로 몸을 돌렸다. 등 뒤에서 공포가 조여오는 느낌이었다.

벨로드롬은 손창환이 있던 서쪽에서는 2층이었고, 계단을 내려 동쪽으로 향하면 1층이 되는 구조였다. 얼른 계단을 내려가 1층으로 향했다. 그런 뒤 차를 주차해두었던 핸드볼 경기장 주변으로 뛰었다. 차 문을 열고 운전석에 앉았다. 짙은 선팅이 된 창문이 이리 고마울 수 없었다. 잠시 시동을 켜서 히터를 틀었다. 온기가 차 안에 돌기 시작하자 긴장이 풀어졌다.

안전하다. 이제 안전하다. 그렇다 해도 어떻게 된 일일까? 머릿속이 혼란스러웠다. 생각에 생각을 거듭했다. 생각은 지리멸렬했고 정답은 떠오르지 않았다. 번뜩 박상준과 엠제이가 번갈아 머릿속에 들어찼다. 곧 두 사람은 손창환을 쫓는 악마로 변했다. 손창환은 꿈인지도 모른 채 쫓기고 또 쫓겼다.

경감 백용준
2017년 2월 1일 새벽

"승합차에 잠복하는 건 어떨까요?"

박연오 경사가 복안이랍시고 내놓았다. 백용준 경감은 박연오만 알아볼 수 있도록 슬쩍 주먹을 들었다. 차에는 GPS 장치를 설치하는 것으로 신미나와 합의를 보았다.

범인이 이렇게 선수를 치고 들어올 거라 생각했던 사람은 없었을 것이다. 대저 납치라고 하면, 특히 몸값을 50억 원이나 요구할 정도라면 납치 시뮬레이션도 수차례 해보았을 것이다. 납치범 스스로 최적이라고 생각하는 시간과 반드시 실패하지 않으리라는 계획을 세운 채 시간과 장소를 요구하지 않았을까? 그랬는데……. 납치범은 이렇게 혼란을 야기하는 것조차 계획에 포함했던 것일까?

그때 전화가 걸려 왔다. 스마트폰을 보자 호랑이 정덕화라고 뜬다. 형사과장인 경정 정덕화였다. 이제 은퇴를 눈앞에 두고 있다.

"네."

"납치범이 시간을 바꿨다며?"

얼른 눈을 들어 집 안을 살폈다. 슬쩍 박연오가 일어나 화장실로 들어간다.

"네. 6시로."

"보자. 이제 겨우 40분 남았네. 어쩌려고?"

"박미숙이랑 똑같습니다."

순간 혀를 차는 소리가 들렸다. 모르겠다는 뜻을 알아챈 것이다.

박미숙은 백용준이 머리에 총을 맞았던 어느 사건 때문에 만나게 된 공무원이었다. 그 뒤로 특별한 경우마다 수사에 도

움을 받고는 했다. 물론 비공식적으로. 백용준은 박미숙이 꽤 마음에 들었다. 꽤나 대시하고 사귀자고 조르는데도 늘 웃기만 할 뿐 예스, 라는 대답을 하지 않았다. 싫으냐고, 그래서 앞으로 만나지 맙시다, 하고 으름장을 놓으면 픽 웃으며 그럴 수 있겠어요, 하고 되물었다. 결국 그녀에게 노예처럼 사로잡히고 말았다. 마치 마님을 사랑하는 마당쇠처럼.

"어쩌려고?"

전화기를 들고 신미나의 집에서 계단참으로 빠져나왔다.

"앞서 말씀드린 대로 사건이 의혹투성이입니다. 납치가 진짜라고 믿은 건 아니었는데 무언가 이상하게 흘러가네요. 그래서 제가 결정을 내리지 못하고 있습니다."

"기다려. 그 수밖에 없겠네. 어차피 납치범에 대해서는 윤곽하나 드러난 게 없잖은가."

"네."

"이건 우리가 무능력한 게 아니라 범인이 뛰어난 거야. 정말로 납치된 게 맞고 납치범이 존재한다면 납치 과정이 따라오겠지. 돈을 주고, 누군가는 돈을 훔쳐 가고."

과정에서 실수는 생겨나기 마련이다. 수사는 바로 범인이 만든 실수의 결과물이다.

"그렇죠."

"어쩔 수 없지. 그때까지 기다려보는 수밖에. 부모는 어쩌겠대? 돈 주겠대?"

"네, 그러겠답니다."

"내가 이런 소리 했다고 하지는 말고…… 돈 주자."

"책임은 제가 지는데요. 현장에 나와 있는 책임자도 저고."

살짝 떠보았다.

"그래? 그럼 자네가 알아서 해. 나 그럼 끊겠네."

이빨 빠진 호랑이인 줄 알았더니 완전히 능구렁이로 변해간다. 제길. 저도 모르게 푸념을 던지며 집으로 들어섰다.

"벌써 6시가 다 돼갑니다. 어떻게든 결정해야 하지 않을까요?"

남편 박상준이 말했다.

"일단 6시를 기점으로 동서남북 올림픽공원 출입로마다 순찰차를 배치하겠습니다."

"최소 15분 전에. 잠입용 순찰차를 20대 정도 투입시켜야 하지 않을까요?"

어차피 한정된 공원 안이다. 차량이 출입 가능한 곳에는 차단 장치와 함께 주차를 위한 첨단 장비들이 설치되어 납치범이 도망을 친다는 것은 요원해 보였다. 왜 납치범은 하고 많은 곳을 두고 올림픽공원처럼 잡히기 쉬운 곳에 돈을 가져다 달라고 했을까.

백용준은 생각을 떨치며 실내를 둘러보았다. 결정을 기다리는 박연오 경사, 보채는 아기 같은 남편 박상준, 누구보다 공포에 떨고 있는 신미나까지. 연극을 보는 듯했다. 박연오에게 고개를 끄덕여 보였다. 박연오는 전화기를 들고 후배 형사들과 바깥으로 나갔다.

형사들이 텅 비자 공허함 대신 긴장이 스멀스멀 들어찼다. 1307호, 선수촌아파트 신미나의 집에는 백용준과 박상준, 신미나만이 남게 되었다. 세 사람 사이에 팽팽한 긴장이 극에 달해 갔다. 누구 하나라도 까딱 움직였다가 총이라도 맞을 듯한 분위기였다.

"하나만 물읍시다."

백용준이 말을 꺼냈다. 박상준이 꿀꺽 침을 삼켰다. 신미나는 소파 모서리를 쥐어짜듯 꽉 붙들었다.

"신문정, 그러니까 엠제이가 정말로 납치된 걸까요? 아 곡해하시면 안 됩니다. 순수하게 형사로서 물어보는 겁니다. 여러 가지……."

"그러면 형사님은." 신미나가 재빨리 말을 잘랐다. "엠제이가 납치된 것이 아니라, 아니 뭐랄까. 제가 더 혼란스럽네요. 납치가 아니면 뭐라는 말씀입니까?"

신미나는 오랫동안을 장사치로 살아온 여장부답게 단번에 분위기를 반전시켰다. 물은 건 백용준인데 대답도 백용준이 하도록. 신미나에게서 눈길을 거둔 백용준이 박상준을 쏘아보았다. 대답은 당신이 해야 하지 않느냐는 뜻을 담았다. 백용준을 바라보던 박상준이 고개를 돌렸다. 몸을 움츠려 적에게서 자신을 보호하려는 고슴도치 같았다.

"이제부터는 시끄러워질 겁니다. 무려 50억을 요구한 납치입니다. 언론이나 방송에서도 물어뜯으려 들 거고요. 대비하셔야 할 겁니다."

넌지시 압박했다. 자백하려면 시끄러워지기 전에 하라고.

"물어뜯기 전에 해결하시면 되잖습니까?"

신미나가 되레 압박했다. 마치 백용준에게 책임을 묻는 듯한 말투였다.

"아마도 송파서 관내 경찰 대부분이 오늘 하루는 이 사건에 동원될 겁니다. 낙관적으로 드리는 말씀이 아니라 지금까지 납치극은 성공한 사례보다 실패한 사례가 압도적으로 많습니다. 언론이나 방송에서 다루어지는 미해결 사건이나 납치 성공은 사례가 많지 않기 때문에 더 크고 자극적으로 다루어지는 겁니다."

"그 말씀은 잡힐 확률이 더 높다는…… 아니 아니, 확률이 아니라 잡힐 거라 보시는 거지요? 우리에게 납치가 진짜냐고 묻는 그런 따위가 아니라."

신미나가 백용준을 노려보았다. 만약 납치가 진짜일 경우 반드시 책임을 묻겠다는 태도였다. 백용준은 지금껏 상상해왔던 사건의 이면에 대해 가늠해보았다. 납치에 대한 위화감, 그것은 틀리지 않았다. 다만 '왜'라는 물음에 대해 답할 어떤 근거도 찾아낼 수 없었다. 아니, 한나절 수사로는 '왜'에 대한 답을 찾기가 불가능했다는 게 더 맞을 것이다. 그러나 신미나의 당당한 태도에서 직감이 말을 건다. 저 여자는 아닐지도 모른다. 그렇다면……

백용준은 잠시 양해를 구한 뒤 현관 바깥으로 나왔다. 두어 층 계단을 내려와 전화가 들리지 않을 만한 곳에서 박연오 경사에게 전화를 걸었다.

"박 경사."

"네."

"너, 박상준 주변 한번 파봐."

"에헤이. 형님, 왜 이러세요. 지금 한창 신났단 말이에요."

신이 나다니. 박연오에게는 형사 일이 천직인 건지, 아니라면 정말 분위기 파악 못 하는 유전자를 타고 난 건지 알 길이 없었다. 백용준은 혀를 찼다.

"너 아니면 현정이 시킨다. 이거 완전 대박인데."

"아……"

대박이라는 백용준의 표현에 흔들리는 박연오의 마음이 전해졌다. 쐐기를 박을 차례다.

"그리고 현장 지휘를 네가 어떻게 하냐? 짬밥도 안 되면서. 정덕화 경정님 바로 나오실 거야."

전화기 너머에서는 탄식으로 바뀐 박연오의 '아' 소리가 길게 이어졌다. 간혹 어머니가 노총각으로 늙어가는 백용준을 보며 이런 말을 건넸다. 인금 나름이라고. 너는 여자들이 볼 때 남자로는 별로인가 보다며. 박연오를 보며 문득 그런 생각이 들었다. 선배 입장에서 볼 때는 참 별로인가 싶은데, 인금 나름으로 형사에는 딱 어울리는 사람인 것 같다는.

"거기보다는 내가 주는 일이 휘얼씬." 잠시 숨을 골랐다. "영화 같은 형사 일일걸. 분명히 이 사건, 드러난 게 전부가 아냐."

"그러니까 저에게 드러나지 않은 걸 수사해보라는 거죠? 단독으로?"

"그렇지. 단독으로."

"콜. 저 바로 들어갈게요."

"정 경정님 오시는 거까지 보고 들어와. 아니지, 형사2팀으로 바로 가. 경정님 오시면."

"콜!"

박연오의 목소리가 두 데시벨쯤 높아졌다.

곧바로 박연오에게 카카오톡으로 문자 메시지를 넣었다.

'박상준 과거부터 현재까지 샅샅이 파볼 것. 조금이라도 이상하다 싶으면 무조건 들이대고 볼 것.'

곧바로 답 문자가 울렸다.

ㅋㅋㅋ.

잽싸게 계단을 올랐다. 막내인 최현정 경장이 신문정의 주변을 캐고 있을 것이다. 박연오와 보조를 맞추어 박상준을 캐보는 것은 사건을 다른 관점으로 돌려놓을 게 분명했다. 그사이 백용준은 정덕화 경정과 손발을 맞추어 납치 사건에 집중하면 된다.

시계를 보았다. 아무리 올림픽공원이 엎어지면 코 닿을 거리라지만 범인이 새롭게 정한 6시에서 이제 겨우 30분이 남았을 따름이었다.

박상준과 신미나, 두 사람이 지켜보는 앞에서 정덕화 경정에게 전화를 걸었다.

"오셨어요?"

"서장님이랑 같이."

화들짝 놀랐다. 서장님이 함께라니. "왜요?" 묻고는 좌절했다.

"백 경감. 자네는 내가 싫은가 봐?"

서장의 목소리가 약간 거리감을 두고 들려왔다. 망했다. 스피커폰이었다니. "형…… 경정님." 말문이 꽉 막혔다. 과거에는 강력범에게 인정사정없고 강직해 호랑이란 별명이 어울렸던 사람인데, 지금은 늙은 능구렁이가 됐다.

"서장님이 함께 있는 이유는 너와 생각이 같아서야. 어떤 거같아?"

"아직은 단단합니다. 범인이 6시로 시간을 변경했습니다. 돈도 11억이 부족한 39억이 전부이고요."

에둘러 말했다. '단단합니다'가 핵심이었다.

"깨기가 힘들어 보여?"

"일단 박연오에게 곰을 맡겼고요, 최현정에게 여우를 맡겼습니다."

"오케이. 서장님이랑 나는 평화의 문 주차장에 있을 거야. 나머지는 어떻게……?"

"부인인 신미나 씨가 운전을 하겠답니다. 돈이 실린 차는 지금 주차장에서 형사들이 지키고 있습니다."

"아니요, 운전은 제가 하겠습니다. 이 사람, 오래 장사를 해서 여장부 같지만 심약한 여자입니다. 제, 여자라고요. 힘든 일 하게 만들기 싫습니다."

통화를 하는 사이에 박상준이 끼어들었다.

접수했다. 전화기 너머에서 정덕화가 '거참.' 하고 혀를 차는 소리가 들렸다. 박상준의 이야기를 들은 것이 분명했다. 시간을 살폈다. 5시 40분. 범인이 지정했던 체조 경기장과 수영장 사이 주차장까지는 넉넉잡아도 5분이면 충분했다.

올림픽공원에 차가 드나들 수 있는 출입문은 모두 열두 개였다. 이 모두에 위장용 순찰차 스무 대와 경광등을 끈 순찰차 서른 대가 길 건너와 골목, 올림픽공원 내 주차장 등에 산발적으로 잠입했다. 다만 올림픽공원은 관리소와 국민체육공단, 주차관리팀 등 협조를 요청해야 할 사업소가 적지 않았다. 특히 정덕화 경정과 서장이 보고 싶어 했던 CCTV 역시 한 곳에서 관리되고 있지 않았다. 그런 변수를 모두 인정해 인해전술을 펴기로 결론했다. 범인은 어차피 공원을 벗어나야 한다. 이를 벗어나는 것은 불가능에 가까웠다.

신미나가 아파트를 나갔다. 주변에는 밤새 잠복한 형사팀이 차 넉 대에 나누어 타고 있었다. 박상준이 끼어든 것과는 달리 신미나가 스타렉스를 몰고 박상준이 조수석에 앉았다. 백용준은 아파트 계단참에서 단지를 빠져나가는 신미나의 스타렉스를 보았다. 신미나의 스타렉스와 위장 순찰차는 조심스레 아파트를 빠져나갔다. 순찰차 꼬리가 사라지는 것을 지켜본 뒤 백용준은 아파트로 되돌아갔다.

딱 30분 뒤, 악몽이 덮쳤다. 백용준뿐만 아니라 송파서 전체에 암운이 드리울 만한 사건의 전개였다.

처음 혼란을 야기한 것은 승합차였다. 멀리서 번호가 식별되지 않는 똑같은 차량 두 대가 동시에 움직였다. 망원경으로 상황을 지켜보던 정덕화 경정은 경을 칠 뻔했다고 전했다. 두 대는 전혀 예상하지 않았던 방향으로 차를 몰았다. 북문으로 향하는가 싶었는데 정상적인 경로를 이탈했던 것이다.

"저기가 어디야?"

정덕화 경정이 평소 이곳을 관리하는 방이지구대 소장에게 소리쳤다.

"저기는 저도. 공원 관리인들에게 물어보시는 게……."

심인적으로 차단되어버린 막다른 길이었다!

나중에야 밝혀진 사실이지만, 전날 오후 이곳을 관리하는 대체 복무 요원에게 저 길이 어디냐고 묻자 막다른 길이라고 대답했다고 한다. 공원 안에서는 트래픽 콘으로 막아 나갈 일이 없고, 공원 바깥인 한체대에서는 들어올 일이 없으니 관리자나 지구대 역시 사각지대로 오랫동안 인식한 결과였다.

심인적인 막다른 길. 현금이 실린 승합차는 그곳으로 나갔다. 사람들이 막다른 길이라고 인식했고 주장했던 길을 뚫고서!

문제는 이어졌다. 승합차가 튀어 나간 방향은 평소 성남으로 진입하려는 차량과 함께 고속도로로 나가기 위한 차량들이 밤새 끊임없이 밀려드는 곳이었다. 첫 승합차가 아슬아슬하게 도로를 가로질렀다. 그로 인해 도로 위는 차들이 급정거하며 아수라장으로 변했다. 뒤쫓던 위장 순찰차들은 멈추어 선 차들로 인해 오도 가도 못 한 채 딱 서버렸다.

아수라장이 된 도로 위에서 세 번째 문제가 발생했다. 승합차 한 대가 관할인 송파서를 넘어 강동구로 사라져버린 것이었다. 다른 한 대의 승합차는 곧바로 좌회전한 뒤 성남 방향으로 차를 몰았다. 이때 정덕화 경정의 목소리가 무전을 타고 흘렀다.

"씨발, 망했다!"

동시에 백용준은 작전이 틀어졌다는 사실을 직감했다.

2분쯤 지났을까? 버려진 승합차가 발견되었다. 장소는 올림픽공원과 올림픽선수촌아파트에서조차 멀지 않은 마천터널 근처였다. 차 번호가 신미나의 차와 달랐다. 그러나 올림픽공원에서 급작스레 나타나 경찰의 추적을 따돌리려던 승합차라는 데는 이견이 없었다.

정덕화 경정의 격앙된 목소리가 울린 2분 뒤인 6시 4분, 버려진 승합차가 발견된 것과 같은 시각, 박연오에게서 다급한 무전이 타전되었다.

"승합차가 사라졌어요. 도로상에서 보이던 GPS 위치 추적 신호가 사라졌습니다!"

"씨발, 좆 됐다."

무전기를 켜고 있다는 사실도 잊은 채 백용준이 크게 소리 쳐버렸다.

"어디서 사라진 거야?"

"올림픽공원이요! 올림픽공원 정문에서요."

박연오의 말에 백용준은 급기야 입이 떡 벌어졌다.

"모든 순찰차, 올림픽공원 정문으로 출동한다. 어서!"

백용준이 다급하게 소리쳤다. 이때 스물일곱 대의 순찰차는 올림픽공원 북2문과 둔촌사거리 사이에 갇혀 있었고, 열네 대 는 마천터널 인근에서 검문을 벌이기 시작했다. 나머지 아홉 대의 순찰차는 남문과 국민체육진흥공단 인근에 박혀 있었다. 곧바로 차를 돌렸지만 아홉 대가 올림픽공원 정문에 도착하는 데는 가장 빠른 순찰차가 1분 48초, 가장 늦은 차는 무려 4분 52초가 걸렸다. 여전히 어두웠고 플래시를 든 경찰들이 인근을 샅샅이 수색했지만 살펴야 할 공원이 너무 넓었다. 이즈음 신미 나와 박상준도 아파트로 돌아왔다. 신미나의 승합차가 발견된 것은 36분 뒤인 6시 45분경이었다.

발견자의 떨리는 음성이 무전기를 타고 흘렀다. 승합차 발견. 승합차 발견.

"트렁크는? 트렁크는 비었나?"

말해놓고 아차 싶었다. 범인도 트렁크를 열었을 것이다. 지문이 남아 있다면 거기가 가장 정확하지 않을까? 운전대를 쥐었다고는 해도 운전을 하는 동안 뭉개졌을 확률이 높았다. 아, 안돼, 하는 생각보다 빨리 무전기에서 음성이 들려왔다.

"트렁크는 비었다. 깨끗이 비었다."

저도 모르게 자리를 박차고 일어났던 백용준은 이곳이 신미나의 집이라는 사실도 잊은 채 털썩 소파에 주저앉았다.

"39억 전부 사라졌답니다. 경찰들도 따돌렸고 차에 부착했던 GPS 장치도 무용지물이 됐어요. 알고 그랬는지 모르고 그랬는지는 모르겠지만 다리 아래, 지하 1층에 해당하는 지역에 차를 두었답니다. 그 바람에……."

신호가 끊어졌다는 뜻이었다.

신미나와 박상준이 약속이나 한 듯 벌떡 일어섰다. 두 사람은 오랫동안 합을 맞춘 배우처럼 서로를 끌어안았다. 잠시 흐느끼는 듯하던 신미나가 백용준을 노려보았다.

"빨리, 우리 딸 찾아내세요. 어서!"

"송파서 인력 전체가 인근 CCTV를 판독하고 있습니다. 단시간에는 힘들 겁니다. CCTV 판독하는 일은 시간과의 싸움이거든요. 그렇지만 분명히 잡힐 겁니다. 대한민국이란 나라에서 범인이 도망갈 곳은 없습니다."

단호하게 말했지만 회의감이 밀려들었다. 도대체 이 사건은 어떻게 해서 탱탱볼처럼 마음대로 튀어 다니는 걸까?

"서장이다. 위장 순찰차, 그리고 순찰차 모두 올림픽공원 인근부터 강동구 관내 협조를 얻어 수상한 차가 있는지 여부와 CCTV 판독할 수 있는 인원 전체는 주변 CCTV를 모두 탐문하고 파일을 얻어 판독에 나선다. 이상."

송파서장의 목소리가 침울하게 무전기에서 흘러나왔다. 올림픽공원을 드나든 차를 확인하는 데만 스물네 명의 인력이 투입되었다. 스물네 명의 인력이 새벽 5시 30분부터 6시 30분 사이에 출입한 차를 확인하고 이를 상황실에 알렸다. 이 시간에 출입한 차량은 모두 128대. 상황실은 차 번호를 조회해 긴급하게 차량의 움직임을 파악했다. 이 가운데에는 엠제이가 렌트했던 차량도 포함되어 있었다.

차량은 기아의 모하비였다. 멀리 떨어지지 않은 위례성대로 10길, 방이동 162번지 일대 담벼락에 주차되어 있었다. 방이역에 있던 교통 카메라로 인해 추적이 가능했다. 6시 45분, 기아의 모하비를 확인하기 위해 투입된 인력만 스무 명이 넘었다. 렌트 차량과 엠제이와의 연관성을 밝혀내는 데는 36시간이 지난 뒤라야 가능했다. 이렇게 무차별적으로 투입된 인원으로 인해 1시간 10분 뒤인 8시경에 벌어질 일을 예상한 사람은 아무도 없었다. 이미 송파서 인력은 지구대와 민원 업무에 투입된 최소 인원을 제외한 모든 인력이 39억 원을 강탈해 간 납치범에게 쏠린 때문이었다.

쓸쓸한 마음에 절로 담배를 물고 바깥으로 나가려다 흠칫했다. 선수촌아파트에는 신미나와 박상준을 관리, 정확히는 감시할 경찰이 없었다. 자연스레 박연오와 교대하게 된다. 문을 열고 들어오는 박연오에게 눈짓으로 신호를 보냈다. 잘 감시해.

담배를 물고 1층으로 내려왔다. 저도 모르게 담배를 잘근잘근 씹어댔다. 박연오를 태워 왔던 최현정이 잔뜩 기합이 들어간 채로 백용준을 기다리고 있었다. 차에 탄 뒤에야 애먼 담배에 불을 붙였다.

"어디로 갈까요?"

"일단 공원으로 가보자. 거기가 시작이었으니까."

속으로 든 생각은 억지로 욱여넣었다. 시작은 이곳 올림픽 선수촌아파트가 아니었을까. 납치였든, 배후에 숨은 다른 음모였든.

은행원 이기동
2017년 2월 1일 오전 8시

이기동은 바짝 날이 섰던 감정을 겨우 억눌렀다. 송파구 관내 45개 축협에서 축협 방이역점을 방문했다. 45개 점포가 한국은행에 불입하기 위해 가져온 돈은 무려 428억 원이었다. 모두 5만 원 현금 다발을 100장마다 띠지로, 100장 열 묶음마다 대속기 나일론 끈으로, 열 묶음을 다시 열 개로 비닐에 넣어 포장했다. 5만 원짜리 100장이 100묶음인 5억 원짜리 비닐 포장이 마대마다 두 개에서 다섯 개 사이, 현금으로 15억 원에서 25억 사이가 포장된 마대 마흔다섯 개가 현금수송용 차량에 실렸다. 1만 원짜리 권종도 포함되었지만 대부분 5만 원권이었다. 설 직후라 워낙 대규모로 현금을 한국은행에 불입하는 만큼 1천 원권과 5천 원권은 불입 대상에서 제외했다.

"다 됐죠?"

최재원이 짐칸 문을 양쪽에서 차례로 닫으며 물었다. 이기동은 최재원에게 고개를 끄덕였다.

"잠깐만 기다리세요. 한국은행에 불입할 입금전표 끊어서 지점장님께 결재 받아 올게요."

"그럼 저는 문 잠그고 운전석에 앉아 있겠습니다."

"그러세요."

최재원이 열쇠를 꽂아 트렁크 문을 잠갔다. 스타렉스를 개조한 현금수송용 차량은 운전석과 조수석까지 포함해 세 명이, 개조한 짐칸에 접이식 간이 의자를 내려 네 명이 앉을 수 있었다. 트렁크 문도 양쪽에서 열 수 있었다. 현금을 수송할 때는 수송 책임자와 행원 한 명, 그리고 청경 한 명이 함께 움직인다.

객장으로 들어가자 재빨리 김새롬이 뒤돌아보며 눈을 맞춘다. 텔러들의 책상 위에는 나무로 만든 시재 금고가 얹어져 있었다. 대출계 한 계장을 향해 소리쳤다.

"한 계장, 텔러들 시재 금고 좀 봐주고. 지점장님 오셨던가?"

한 계장에게서 고개를 돌려 김새롬을 바라보았다. 김새롬이 고개를 저었다.

"그러면."

이기동은 포스트잇에 메모를 했다.

- 지점장님 45개 지점, 428억 원입니다. 한국은행 입금전표
에 직인 찍어 가겠습니다.

본래는 이런 자리에 지점장이 동석을 해서 직인을 찍고 돈까지 확인하는 게 정석이었다. 그러나 세상일이 정석대로만 되지는 않는다. 관례라는 것이 생겨나는 이유다. 메모를 한 번 더 읽어본 뒤 직인을 찍었다.

"그럼 새롬 씨, 가볼까?"

"잠시만요."

김새롬이 재빨리 여직원 휴게실로 뛰어갔다. 되돌아 나오는데 최근에 유행하는 날렵한 오리털 패딩을 입었다. 축협 유니폼과 묘한 대조를 이루어 맵시가 돋보였다.

"예쁘네. 자, 그럼 갑시다."

문득 저녁 자리에 대한 생각이 스쳤다. 설마 내가……. 지난 20년 동안 축협에서 일하며 은행원들 사이에 벌어졌던 수많은 로맨스를 보았다. 개중에는 불륜도 있었고, 애절한 로맨스도 있었다. 같은 은행 직원들끼리 결혼하는 커플을 속칭 대체빵이라 부른다. 타 은행 직원과 결혼하는 커플을 교환빵이라 부른다. 같은 직원 사이에서 벌어지는 불륜을 교환 부도, 타 은행 사이

에서 벌어지는 불륜을 대체 부도라 불렀다. 속칭 부도빵이다. 2010년을 기점으로 수많은 불륜 로맨스에 대한 소문이 나돌았다. 과거 같았다면 소문만 나도 좌천성 인사가 단행되었다. 세월이 변했다. 지금은 소문 따위야 그러려니 한다. 법마저도 불륜이 없어졌는데. 그런 불륜 대열에 낀다는 것은 좋고도 나빴다.

한 번쯤은 어떨까.

젊은 아가씨와 로맨스를 나누는 상상에 젖는다 해서 나쁠 것도 없지 않은가. 부도빵 정도 된다고 해서 누가 뭐라 하겠는가.

"가시죠."

김새롬이 다가와 팔짱을 꼈다. 뒤에서 한 계장이 "오오오!" 감탄사를 터뜨렸다. 내심 부러운 것이다.

뒷문으로 나서자 찬바람이 횡, 몰아쳐 건물 사이에서 휘감겼다. 다른 차들이 휘청 흔들릴 정도인 데 반해 현금수송 차량은 굳건했다. 실린 무게가 느껴졌다. 428억 원, 대략 880킬로그램에 이를 것이다.

"옆자리에 앉으실 거죠?"

청경인 최재원이 운전석에서 말을 걸었다.

"가만, 어쩐다?"

"최 청경, 오늘은 새롬 씨 하고 뒤에 앉을게. 그래도 되겠죠? 짐칸과 운전석 사이 창문 열어놓고 갑시다."

옙, 최 청경이 기합이 들어간 목소리로 대답했다.

김새롬과 이기동은 돈이 잔뜩 쌓여 있는 짐칸을 비집고 겨우 간이 의자 두 개를 내렸다. 의자라고는 하지만 두 사람이 앉기에는 비좁은 자리였다. 의자를 내려놓고 나니 둘이 앉기에는 아무래도 무리라고 여겨졌다. 이기동이 김새롬을 바깥으로 내몰았다.

"새롬 씨가 조수석에 타. 나는 여기에 앉을 테니까."

"아니요, 그냥 같이 앉아서 가요."

함께 내렸던 터라 최 청경은 두 사람이 마주 선 모습이 보이지 않으리라. 잠시 옷깃을 붙드는가 싶더니 김새롬이 발그레하게 웃었다. 부도빵에 대한 상상이 슬쩍 끼어들었다. 나이 50이다 되어서 주책이다 싶었다. 아마도 어색한 웃음을 짓지 않았을까. 함께 뒷자리에 오르려는 찰나였다. 주차장에 있던 차에서 마스크를 쓴 세 사람이 내리는 게 보였다. 그들은 검은 막대기같은 것을 움켜쥐고 있었다. 부도빵에 머물렀던 생각이 흔들렸다. 동시에 김새롬의 눈길이 이기동에게 콕 박히더니 공포가 어리기 시작했다.

김새롬이 무얼 본 거지? 가만, 저게.

김새롬이 아까와는 다른 강도로 팔을 꽉 쥐었다.

번개처럼 다가온 세 사람 중 두 사람이 김새롬과 이기동을 거칠게 차 안으로 밀어 넣었다. 막대기처럼 생긴 것을 이기동의 머리에 가져다 댔다. 그제야 떠올랐다. M16! 총이었다. 전쟁에서나 쓰고 군대에서나 보는.

미쳤다. 이게 지금 뭐 하자는 거지? 설마?

다리가 얼어버려 두 사람이 밀치는데도 움직일 수가 없었다. 무춤 서버린 이기동과 달리 팔을 붙든 김새롬은 푹 주저앉았다. 본능적으로 운전석을 바라보았다. 이미 제압당한 최재원의 머리에 총구가 겨누어져 있었다.

기껏해야 10초. 아니 채 5초도 되지 않았다. 이기동과 김새롬, 최재원은 순식간에 제압당했다. 머리가 멍해졌다. 아내가 흥신소에 불륜 증거라도 찾아달라고 한 것일까. 나를 죽이려던 적이 있었던 건가. 자꾸만 생각은 엉뚱한 곳으로 팔을 뻗었다. 그때 부르르 떠는 손으로 김새롬이 이기동을 껴안았다. 정신을 차린 팔이 생각보다 먼저 김새롬을 껴안았다.

"우리, 은행 강도, 당한 거죠?"

김새롬이 귓가에 대고 속삭였다. 도망치고 싶던 생각이 '우리 오늘 밤 함께하는 거죠?'라는 망상으로 치달으려 했다. 그때 김새롬이 한 번 더 꽉 껴안았다.

"정신 차려야 해요. 차장님. 제발."

김새롬이 등을 꽉 꼬집었다. 정신이 번쩍 들었다. 그 순간 이기동은 20년 가까이 은행원으로 살아왔던 기지가 발휘됐다. 20년이다. 그동안 일주일에 한 번 사고 예방 교육을 받았거나 이제는 교육을 가르치는 본능이었다. 양복에 있는 호주머니에 손을 넣었다. 휴대폰을 더듬었다. 2G폰에 인터넷 창이 열리는, 그래서 딸이 할아버지 폰이라 부르는 폴더 폰으로 단추를 몇 번 눌렀다. 메시지 버튼. 또 메시지 버튼. 그리고 숫자, 119. 전송.

그런 뒤 파워 버튼을 꾹 눌러 전화를 껐다. 거의 동시에 총구가 관자놀이에 닿았다.

"휴대폰 꺼내, 둘 다. 여기서 섹스라도 할 거야? 웬만하면 떨어져."

총구가 관자놀이를 힘껏 밀었다. 등을 바투 감쌌던 김새롬의 손이 스르륵 풀렸다. 바들바들 떨고 있는 김새롬이 애처로웠다.

"괜찮을 거야. 괜찮을 거야."

이기동은 힘을 빼던 손으로 김새롬의 등을 쓰다듬어주었다. 곧바로 휴대전화를 꺼냈다. 실로 간발의 차였다. 이기동이 휴대전화를 강도들에게 건네자 김새롬도 스마트폰을 강도들에게 건넸다. 두 사람 중 덩치가 작은 강도가 스마트폰과 폴더폰의 배터리를 빼내 바닥에 버렸다.

"고개 숙여. 얼굴 들지 마. 죽는 수가 있어."

마스크 너머로 강도가 말한다. 고개를 숙이라는 강도의 말과 달리 이기동은 그제야 강도를 빤히 쳐다보았다. 두 사람 모두 검은색으로 된 점퍼와 건빵바지를 입었다. 모자에 새겨진 로고가 마치 경비 업체를 연상시켰다. 강도 세 사람은 아마도 은행과 계약을 맺은 경비 용역 업체 흉내를 낸 모양이었다. 총구가 관자놀이를 건드는 바람에 이기동은 어쩔 수 없이 고개를 숙였다.

차가 움직이고 있다는 사실은 그때에야 알았다. 옆자리에 앉은 김새롬의 무릎이 위험하게 흔들리며 이기동과 계속해서 부덮혔다. 흔들리는 그녀의 무릎을 왼손으로 꽉 쥐었다.

"새롬 씨. 우리는 살아 나갈 수 있을 거야."

이번에는 이기동이 속삭였다. 입술을 앙다문 김새롬이 눈을 마주쳤다. 그녀에게서 단호한 의지가 느껴졌다. 감각과 무감각, 의지와 행동, 현실과 비현실이 모두 따로 놀았다. 정신을 잃으면 끝난다. 한 번 더 그녀의 무릎을 꽉 쥐었다. 그런데도 계속해서 그녀의 무릎과 이기동의 무릎이 부딪혔다. 그제야 알았다. 미친 듯이 떨고 있는 것은 김새롬이 아니라 이기동이었다.

"괜찮아요. 괜찮을 거예요."

김새롬이 속삭였다. 마술처럼 이기동은 진정되었다. 슬쩍슬쩍 눈을 들어 두 사람을 보았다. 덩치가 작은 남자는 170센티미터 정도, 그러나 어깨가 다부졌고 근육으로 인해 목이 짧아 보였다. 귀가 문드러졌다. 격투기를 했거나 그에 버금가는 운동을 배웠을 것이다. 덩치가 큰 사람은 185센티미터는 넘어 보였다. 군살 하나 없었다. 군화를 신고 있었다. 광은 잘 냈지만 굽이 꽤 닳았다. 두 사람은 군인이거나 전직 군인이다.

"저들은 전문가야. 우리, 어쩌면 쉽지 않을 수도 있겠어."

김새롬의 손을 꽉 쥐며 말했다. 그때 키 작은 남자가 끼어들었다.

"당신 둘, 지금처럼만 있는다면 다른 조치는 취하지 않을 거야. 고함을 지르려 한다거나 무슨 낌새라도 보이면…… 뒷일은 장담 못 해."

키 작은 남자가 협박했다.

"차장님, 죽기 전에 혹시 하고 싶은 일 없으세요?"

김새롬이 슬쩍 물었다.

"글쎄. 연애?"

"피."

김새롬의 미간에 살짝 주름이 지더니 웃는 눈이 된다.

"죽기 전이라기보다는 꿈이지. 난 늙어가고 있거든. 역설적이지만 연애라는 건 내가 아직 죽지 않고 살아 있다는 걸 느끼게 해주니까."

"피. 말도 안 돼요."

이래서일까? 스톡홀름 증후군이나 그 비슷한 사례들이 특정 상황에 몰린 사람들 사이에서 나타난다는 건. 이기동은 이 공간, 그리고 이 이후, 기다리는 것은 아무것도 없다는 생각이 스쳤다. 온전히 이곳에는 이기동과 김새롬밖에 없다. 명백히 의도를 담아 김새롬과 맞잡은 손가락 사이에 깍지를 꼈다. 김새롬도 꽉 맞잡는 게 느껴졌다.

짐칸에 있는 유리 너머를 통해 어디로 향하는지 확인하고 싶었다. 차는 크게 속도를 내지 않고 안정적으로 달렸다. 잠실 일대를 벗어나지 않은 것은 확실했다.

어디로 가는 걸까. 이 차에는 428억 원이 실려 있다. 만약 이 돈을 강탈당한다면 세 사람은 어떻게 될까.

"친구가 있었어. 그 친구는 고등학교 졸업하자마자 은행을 갔었거든. 이 친구가 아는 선배가 근무하는 지점에 강도가 들었었대. 경상은행 돌밭지점인가, 뭐 그랬을 거야."

이기동의 말에 김새롬의 눈이 커졌다.

"개조한 총을 들고 창구를 위협해서 가져간 돈은 겨우 2,800만 원 정도가 전부였어. 그런데 직원들에게서 조금씩 이상한 행동이 나타나더래."

김새롬의 눈이 더욱 커져 힘이 들어갔다.

"출납을 보던 직원이 친구가 아는 선배였는데, 이 선배는 강도가 들자마자 거의 5미터를 뛰어서 지점장 자리 아래에 숨었대. 한참이 지나도록 본인도 거기까지 가서 숨었는지 몰랐대. 나중에 여직원이 와서 건드릴 때에야 정신을 차렸다더라고. 이 남자 직원이 그 뒤로 뒤에서 누가 건드리면 바들바들 떨면서 목이 경직되더라는군."

"외상 후 스트레스 장애군요."

"그렇지. 누구도 그때는 그런 것에 신경 쓸 때가 아니었으니까. 얼마 지나지 않아 선배 직원은 폭음과 환영에 시달렸대. 은행에서는 그런 사실을 몰랐고. 거의 5년이 지나도록 그랬다더라고."

"5년이요?"

"응. 5년이 될 때 부인이 아닌 진정한 사랑을 만났나 보더라고."

"에게. 사랑? 그랬다고 치유된다고요?"

김새롬이 잔뜩 목소리를 낮추어 말한다. 샐쭉한 감정이 이기동에게도 전달되었다.

"뒷얘기는 야한데……."

"해주세요."

이기동은 잠시 두 괴한을 살폈다. 선 채로 바깥과 전방을 주시할 뿐 두 사람에게는 거의 신경을 쓰지 않았다.

"고객이었대. 호프집을 하는 열 살 연상. 그런데 이 여자와 처음 잠자리를 하는데, 함께 목욕을 하자면서 뒤에서 가만히 안아주더래. 가만히. 그때 이 남자는 통곡을 하며 울었다더라고. 서로 흉금을 터놓고 그런저런 이야기를 했고. 불륜이 로맨스가 된 거지."

이기동은 적절히 뒷부분을 포장했다. 손창환이 술자리에서 말해주었던 은행 강도를 당한 선배는 성격이 폐쇄적으로 변했다고 한다. 은행에서도 그런 그를 배려해 고객을 응대하지 않는 기업 대출 심사역으로 발령을 내주었다. 남자가 사귄 여인은 직업여성이었다. 상처가 많았던 두 사람은 정신적으로 서로를 보듬었다. 어쨌든 동거한 건 사실이지만 지금은 어떤지 모른다.

"우리도 그럴지 모른다는 거죠?"

"뭐?"

사랑, 하고 물을 뻔했다. 이기동이 머뭇거리는 사이 김새롬이 말한다.

"외상 후 스트레스 장애로 삶이 뒤틀릴지 모른다는 거요."

김새롬을 향해 살짝 고개를 끄덕였다.

차량을 납치한 세 사람은 경상은행 돌밭지점을 침입했던 강도와 비교조차 되지 않을 것이다. 개조된 총기 따위가 아니라 무려 M16을 가지고 있었다. 송파구 관내에 있는 축협이 현금을 한국은행에 불입하는 날짜까지 정확히 알았다. 오늘 당번 은행이 축협 방이역점이라는 사실과 돈을 집합하는 시간까지도 알고 있었다. 이들은 수개월, 어쩌면 1년이 넘도록 이 일을 계획했는지도 모른다. 무엇보다 이 은행 강도의 마지막은 인질의 죽음으로 끝날 확률이 높아 보였다.

"외상 후 스트레스 장애를 느낄 수 있기를 바라야지."

꿀꺽 침을 삼켰다. 놀라서였다. 이기동은 저도 모르게 본심을 말해버린 것이다. 죽을지도 모른다는.

"반드시요. 사랑도 할 수 있기를 바라자구요. 오늘 저 확실히 결심했어요. 살아 나가면 연애해보고 싶어요. 지금까지는 그냥 죄스러워서……."

"그만. 이제 입과 눈을 가릴 거야. 협조적이지 않다면 죽이는 수밖에 없고."

키가 작은 남자가 끼어드는 통에 이기동은 뒷말을 듣지 못했다. 이기동도, 김새롬도 강도에게 압도당한 탓이었다. 두 사람은 신속한 동작으로 입에는 테이프를 붙였고 방한용 마스크를 뒤집어 눈을 가렸다. 두 손 역시 재빠른 동작으로 케이블 타이로 구속했다. 여전히 손에는 김새롬의 감촉이 남아 있었다. 그러나 뒤로 꺾인 팔에는 오른손과 왼손이 등을 맞댔을 뿐이었다. 의식적으로 김새롬의 곁에 바짝 붙었다. 의도를 알아차린 건지 김새롬도 바짝 붙는다. 순간 차가 아래로 내려가는 게 느껴졌다. 눈을 감은 탓인지 롤러코스터를 타고 땅으로 떨어지는 듯했다. 바보같이 어, 하고 새된 소리를 냈다. 김새롬에게서도 신음 소리가 들렸다.

이기동은 환상이나 환영, 공포에 빠지지 않기 위해 필사적으로 생각했다.

차는 얼마나 움직였을까.

이들 세 사람에게서 알아낼 수 있는 것은 무엇일까.

무려 428억 원! 은행 강도 후폭풍은 어떻게 될까.

김새롬과 이곳을 빠져나갈 수 있을까.

무엇보다, 우리는 살 수 있을까.

차례차례 스스로에게 내뱉은 질문이 답을 찾아냈다.

우리는 살지 못할 것이다. 김새롬과 이곳을 빠져나가는 것은 그래서 불가능할 것이다.

운이 좋다면 다른 지점으로 발령받아 일하게 될 것이다. 그러나 그만두게 될 확률이 더 높았다.

강도 세 사람은 전광석화 같은 속도로 차를 강탈했다. 현금 428억 원이 든 차량이다. 범인들은 차량을 숨길 수 있을까.

무엇보다 차는……! 그래, 차는 겨우 10분 정도 움직였다. 아니 10분보다 짧았던 것 같다.

이곳은 송파구이거나 그 인근이다.

그래서 어쩌겠다고? 절망적인 대답이 모든 질문을 뭉개며 툭 불거졌다. 어차피 죽을 텐데.

물론 이때까지 이기동은 그가 보낸 한 통의 문자 메시지가 발화한 희망 하나가 어떻게 피어날지 몰랐다. 메시지는 어젯밤 늦게 귀가한 중학교 3학년 딸에게 전해졌다. 딸은 아빠에게서 보내진 '119'란 숫자를 의아하게 생각했다. 무엇보다 아빠는 잔소리에는 귀재라도 문자 메시지와 같은 문명에는 젬병이었다. 곧바로 같은 학교에서 교사로 근무하는 엄마에게 달려갔다.

엄마, 아빠 좀 이상해. 이런 문자를 보냈어.

수업을 준비하던 이기동의 부인은 미쳤나 봐, 하고 딸에게 농담을 건넸다. 그러나 불안한 마음을 억누르지 못하고 남편에게 전화를 걸었다. 한 통. 두 통. 세 통……. 객장에 전화를 걸었다. 남편이 없단다. 어디로 갔는지 묻자 '한국은행 가셨어요.' 하고 안면이 있는 남자 직원이 대답했다.

저, 무언가 이상해요. 지점장님 좀 바꿔주세요.

이 한마디가 은행 강도 사건의 양상을 급격히 변화시키게 된다.

이기동이 김새롬과 함께 강도를 당한 79분 뒤의 일이었다.

납치범 손창환
2017년 2월 1일 8시

급작스레 눈을 떴다. 잠이 들었던 건가. 쫓기고 쫓기는 꿈에 심장이 벌렁거렸다. 그러나 눈을 뜬 지 채 10초도 지나지 않아 꿈은 휘발되었다. 쫓기는 꿈에서 탈출시켜준 것은 전화기였다. 꿈이 아닌 현실에서 이 전화가 발화할 두려움을 알지 못한 채 손창환은 통화 화면을 건드렸다.

"아저씨, 어디에요?"

"왜?"

엠제이였다. 곧바로 역정을 냈다.

"전화하지 말라고 했잖아?"

"고백할 게 있어서요."

"뭐? 박상준이랑 너랑 짰다고?"

손창환이 선수를 쳤다. 돈은 어차피 차 트렁크에 실려 있다. 이 납치는 여러모로 자작극일 가능성이 농후했다. 추측을 뒷받침해준 것이 명철의 말이었다. 지금 손창환에게 돈은 좋고도 나쁜 것이었다. 돈이 있어야만 엠제이와 박상준의 계획을 어긋나게 만들 수 있다. 그러나 돈을 가지고 있기 때문에 손창환은 납치범이 된다. 엠제이가 자작극에 대한 이야기를 경찰에 할 리도 없을 테니까.

"만나요. 그래야만 해요."

"뭐하러?"

"꼭 그런 게 아니라는 거죠. 저도 뭐가 뭔지 모르겠어요. 정말이에요. 아저씨랑 저랑, 만나야만 해요. 안 그러면……."

엠제이가 갑자기 말을 멈췄다. 전화기 너머에서 긴 숨소리가 들렸다.

"어디예요? 아저씨 집에 가 있을까요?"

그 순간 〈무한도전〉의 한 장면이 스쳐갔다. 멤버들과 경찰의 추격전이 주요 모티프인 일화였다. 거기서 경찰은 지목된 번호로 전화가 걸려 오면 곧바로 위치를 확인해 경찰을 내보냈다. 엠제이가 건 전화는……. 안도의 한숨이 새 나왔다. 전화번호 공유 애플리케이션인 후후에서 '공중전화'라는 메시지를 표시했다.

"어째서 공중전화로 건 거지? 내가 추적을 당해야 한다면 어제 구입했던 전화로 걸었으면 됐잖아. 내가 어디 있는지 그걸 알고 싶어서 전화를 건 거잖아!"

최대한 평정심을 유지하려 했지만 목소리가 높아지는 건 어쩔 수 없었다.

"그런 게 아니에요. 정말로 무언가 이상해요. 일이……. 그래요, 아저씨. 계획한 대로 일이 돌아가고 있지 않아요."

"그랬겠지. 그래서 내가 선수를 친 거니까."

엠제이의 말이 사례처럼 목에 걸리는 기분이었다. 계획한 대로 일이 돌아가고 있지 않다니. 그렇다면 손창환이 선수를 쳐

움직이거나, 납치극을 전면 수정하는 따위는 계획에 포함되었 었다는 뜻일까.

"그게, 그게 아니랍니다. 정말 아니에요. 아저씨는 지금 뭔가 큰 착각을 하고 있는 겁니다."

"착각?"

"네. 정말로 착각하고 있는 거예요."

자신감 넘치던 엠제이의 목소리가 아니었다. 다급하게 달려 들어 손창환을 옴짝달싹 못 하게 만들던 치명적인 목소리도 아 니었다. 이별을 통보한 남자에게 재고해달라 간청하는 듯한 완 연히 비어버린 목소리였다.

"아저씨는 정말 모르고 있어요. 나도 이제야 깨달았어요. 저 도 당한 거예요. 박상준에게……."

이번만큼은 엠제이가 제대로 짚었다. 여자를 버리려던 남자 라도, 되돌아 그녀를 찾을 수밖에 없는 말이었다. '박상준에게 엠제이 역시 제대로 당했다!'

"너, 지금 어디 있어?"

"아저씨 집 근처요. 거기 있으라고 했잖아요."

"알았다. 거기 있어. 내가 데리러 갈게."

손창환은 전화를 끊었다. 마음속에서 악마와 천사가 대립했 다. 엠제이를 만나라. 안 된다, 돈만 가지고 튀어라. 어차피 넌 엠제이가 입만 뻥긋해도 납치범으로 몰리지 않느냐. 아니다, 그 녀는 너를 고발하지 않을 것이다. 누가 악마이고 누가 천사일까. 대립의 끝에서 손창환은 어떤 결론도 내릴 수 없었다.

"차에 돈이 실려 있으니……."

어떻게든 되겠지. 속으로 그 말은 삼켰다. 그때였다. 전화가 윙, 하고 진동했다.

"왜 또? 지금 간다고 했잖아."

엠제이에게 따지듯 물었다.

"너지?"

"누구……?"

묻자마자 온몸에 소름이 돋았다. 박상준이다!

"당신이 납치범이지?"

무슨 소리인가? 왜 모른 척 전화를 걸었지? 박상준은 이미 손창환에 대해 알고 있지 않았던가. 그런데 왜?

"박상준. 장난치지 마. 지금의 나는 그때의 내가 아니야. 너, 내가 먼저 죽인다."

종료 버튼을 질끈 눌렀다.

차에 시동을 걸었다. 올림픽공원 핸드볼 경기장만큼 위장에 좋은 곳은 없다고 판단했는데. 질끈 액셀러레이터를 밟았다. 올림픽공원 정문으로 차를 몰고 나왔다. 100여 미터를 직진해 좌회전 신호를 받았다. 그때 순찰차가 따라붙는 게 보였다. 순찰차 조수석에서 스마트폰이 불쑥 튀어나왔다. 오른손에 스마트폰을 쥔 경관이 전방을 향해 스마트폰을 적절히 조작했다.

동영상이나 사진을 찍고 있다! 그렇다는 건…….

용의자를 특정하지 못했다는 반증이었다. 반면 전화를 추적하고 있다는 건 틀림없는 사실이었다. 재빨리 전원 버튼을 눌러 전화기를 껐다. 신호가 바뀌자마자 좌회전을 하지 않고 유턴을 했다. 그런 뒤 올림픽선수촌아파트로 차를 몰아 들어갔다. 순찰차는 따라오지 않았다.

급작스러운 상황에 머리가 얼얼했다. 무언가 급박하게 돌아가고 있었다. 순간 알아차렸다. 전화는 함정이다! 일이 뜻대로 풀리지 않으니 박상준이 직접 전화를 건 것이다. 그렇다는 건…… 엠제이 역시 박상준의 계획에 반발하고 있다는 뜻이 아닐까?

올림픽선수촌아파트 깊숙한 곳에서 오금동 방향으로 차를 몰고 나왔다. 신호를 받아 다시 좌회전했다. 차를 몰고 마천역 근처로 향했다. 역 구내로 들어가 공중전화 수화기를 들었다. 곧 엠제이가 전화를 받았다.

"마천역이야."

"네, 저도 멀지 않은 곳에 있어요. 걸어서 5분 정도면 될 것 같아요."

"조심해서 와. 추적하는 사람이 있는 것 같으니까."

"추적…이요? 어째서?"

"박상준이 직접 움직이기 시작했어."

"아……."

엠제이의 한마디에서 많은 감정이 묻어 나왔다. 엠제이 역시 박상준이 도모한 일의 희생양으로 전락한 것일까? 애써 기어오르는 생각을 심장 저 밑으로 욱여넣었다. 어차피 지금은 딱 하나만 판단해야 할 시간이 다가오고 있었다. 엠제이는 나의 편인가, 아니라면 여전히 박상준의 편인가.

"바로 갈게요."

엠제이는 별다른 말없이 전화를 끊었다.

엠제이를 기다리는 동안 지하철에 설치된 정보검색시스템에서 '감정이 없는 사람'을 써넣었다. 소시오패스라는 연관 검색어가 떴다. 소시오패스라. 사이코패스와 비슷한 단어일 거라는 직감이 들었다. 그렇다면 박상준은 소시오패스일까? 재빨리 'Esc' 버튼을 누른 뒤 역을 빠져나왔다.

마천역 인근에서 몸을 숨길 곳을 찾았다. 5층짜리 주상복합 빌라 건물 계단에 몸을 숨겼다. 자동 센서가 달린 등이 꺼지자 바깥에서는 아무도 손창환을 확인할 수 없었다. 가만히 몸을 고정한 채 마천역을 응시했다. 그때 마천역 주변을 순찰차 넉대가 감쌌다.

역시 그랬던 건가.

순찰차에서 내린 정복 경관 여덟 명이 주변을 뒤지기 시작했다. 한 조는 지하철역으로 들어가고 나머지는 역 주변을 살폈다. 가게로 들어가 살피기도 한다. 속으로 콧방귀가 나왔다. 저렇게 해서 어떻게 용의자를 잡아들인단 말인가. 개중 어려 보이는 경관이 스마트폰으로 주변을 찍고 있었다. 그래, 저렇게라도 해야지. 혀를 차며 젊은 경관을 응원하는 자신이 우스웠다. 그제야 깨달았다. 이러지도 저러지도 못한 채 부유하는 마음, 목적을 잃어버린 탓이다.

지난 한 달이 스쳐 갔다. 손창환이 잃어버렸던 삶의 의욕을 찾은 이유는 박상준 때문이었다. 그에 대한 응어리진 원한이 삶의 의욕까지 찾아줄 거라는 사실을 어찌 알았으랴. 그저 대충대충, 살지 않으면 안 되니 살았고, 죽지 못하니 살았다. 심연 저 깊은 곳에서 길어 올린 원한이 박상준에게 응집되어 있다는 사실을 깨달은 순간 그를 죽이겠다 결심했다.

결심은 완전히 엉뚱한 방향으로 흐르고 말았다. 마천역 주변에 세워두었던 차에는 39억 원이라는 현금이 실려 있었다. 저 돈만 가지고 혼자 도망친다면 사는 격은 높아질지 모른다. 박상준에게 응어리졌던 원한을 깨달은 지금, 산다는 것이 평탄한 마무리까지 다다를 수 있을까.

아니다. 돈은 필요 없다.

엠제이를 납치하는 자자극도 박상준을 골려주는 일이라고 생각했기에 수락했다. 겉으로는 순탄했다. 다만 기저에 도사린 음모를 너무나도 쉽게 눈치챘다. 너무나도 쉽게! 어째서일까? 박상준이 쉬운 상대여서? 아니다. 이것도 그럴 리 없다.

목적. 목적이라!

손창환이 목적한 것은 납치가 아니었다. 만약 박상준이 계획한 것도 납치가 아니었다면?

설핏 떠오른 생각이 구체화되기 전에 마천역 진입 방향에서 엠제이가 나타났다. 순간 경찰이 어디 있는지 위치를 살폈다. 엠제이와 경찰은 서로 마주 보며 가까워지고 있었다. 엠제이는 손창환이 주었던 야구 모자를 고쳐 쓰며 고개를 잠시 숙였다. 순간 경찰이 엠제이를 스쳐 갔다. 10여 미터 앞, 엠제이가 빠른 걸음으로 손창환이 숨은 건물 앞까지 다다랐다. 엠제이가 건물을 지나쳤을 때 손창환이 재빨리 건물을 빠져나갔다. 그런 뒤 엠제이에게 다가가 얼른 손을 잡았다.

"조용히, 그냥 연인처럼 걸어."

"딸이겠죠."

잔뜩 긴장했을 거라 생각했는데 아니었다. 심지어 손창환을 보며 눈웃음까지 짓는다. "무서웠죠?" 엠제이가 오히려 선수를 쳤다.

"아니, 머릿속이 좀 복잡했어. 이 일, 납치가 다가 아닌 것 같아. 무언가 숨어 있어. 나는 네가 이 납치에 대해 어디서부터 어디까지 알고 있는지, 그게 궁금할 뿐이야."

차가 있는 곳까지 다다랐다. 지금쯤 엠제이의 전화 역시 현장 경관들에게 실시간 위치가 도달할지도 몰랐다.

"전화기."

손창환은 엠제이에게 전화기를 빼앗았다. 도로변에 전화기를 버렸다.

"박상준에게는 왜 전화했던 거야? 내 번호는 왜 가르쳐주었고?"

"확신이 필요했어요. 나인지……." 엠제이가 꿀꺽 침을 삼켰다. "아니라면 돈인지."

"39억에 납치면 난 모르긴 몰라도 20년은 썩지 않을까? 그 정도면 됐잖아. 물론 중간에서 내가 잔머리 굴린 거는 인정해. 나도 그냥 당할 수는 없었으니까."

출근을 하던 남자가 버려진 스마트폰을 줍는 게 보였다. 안 됐다. 남의 물건을 함부로 줍는 것, 오늘은 혹독한 대가를 치를 것이다.

곧바로 차에 올라탔다.

"일단 이곳을 뜨자."

시동을 켜고 어디로 갈 건지 잠시 고민했다. 채 5분을 달리지 않아 서울과 성남 경계에 있는 한적한 소방 도로에 다다랐다.

"아저씨, 아마 공개 수배될 거예요. 그렇게 하기로 입을 맞춰 두었거든요."

"누구랑?"

"박상준 아저씨랑요. 모든 건 그 사람이 짠 계획이었으니까요. 여기에는 손창환 아저씨가 반드시 필요했어요."

반드시라니, 생각해보지 않았다. 정체가 드러난 손창환을 그저 이용해먹은 것이라 판단했다. 그 이상 추측할 어떤 근거도 또 낌새도 없었다. 빤히 엠제이를 바라보았다.

"박상준 아저씨가 그랬어요. 엠제이 네가 일확천금을 가지려면 그 남자와 함께 아침나절 송파구 일대를 두 시간은 돌아다녀야 한다고요. 반드시."

"두 시간?"

"네. 두 시간이요."

무얼까. 언뜻 스쳐 갔던 일말의 두려움.

"너는 어떻게 박상준을 알게 됐는데?"

"지금에 와서 그런 게 필요해요?"

의표를 찔렀다. 하긴.

"저는 39억이든 50억이든 상관없어요. 그 정도 돈이면 외국에서 잘 먹고 잘 살 수 있으니까요. 그런데 창환이 아저씨 보면서 다른 생각이 들더라고요."

다른 생각? 엠제이를 빤히 보게 된다. 마치 수줍은 고백을 하듯 엠제이가 말했다.

"내가 죽을 수도 있겠다……."

"엠제이, 네가?"

불현듯 망각으로 새어 나갔던 추측 하나가 손에 잡히는 느낌이었다. 목적과 목적의 대치. 그 가운데 숨어 있는 진짜 목적. 39억, 아니 50억 원 납치 사건은 그저 발판에 지나지 않을까, 라는.

"박상준 아저씨가 술에 떡이 된 날이 있었어요. 그때 제게 말했거든요. 사람을 죽이려면 말이다……."

"사람을 죽이려면?"

은행원 손창환의 최후
2002년 6월 28일 오후

2001년 3월을 기점으로 손창환은 급전직하했다. 이제는 잘나가던 은행원도 아니었고, 그렇다고 제2의 인생을 꿈꾸는 창업자도 아니었다. 국세를 편취한 것으로 내몰린, 아니 재판에서는 국세를 편취하고 이를 담당 공무원에게도 넌지시 가르쳐 함께 유용한 혐의를 받고 있었다.

처음 경찰에서 손창환을 찾을 때는 장난인 줄 알았다. 어머니도 이렇게 물었을 뿐이었다. 직원들끼리 은행 주식 산다고 보증 서준 게 아직 남았냐. 아니요, 거듭 아니요, 하고 대답했다. 경찰에서 걸려 온 전화를 받고 채 20분이 지나지 않아 C시 중앙경찰서로 향했다. 그 뒤로 이루어진 일은 마치 영화 속 몽타주와 같았다. 고압적인 자세의 경찰관. 괜찮다고 등을 다독여주는 경찰관. 진술하라는 경찰과 모른다는 손창환의 대치. 구속 수감. 사건의 검찰 송치. 곧바로 범인으로 확정.

마치 손창환을 죽이겠다는 듯 안달하던 고압적인 자세의 경찰관에게 면담 신청을 했다. 거부할 거라 생각했는데 순순히 경찰이 손창환에게 시간을 내주었다.

"저기, 형사님. 지금에 와서 이런 물음이 무슨 소용이겠습니까만은, 저는 지금도 왜 제가 이곳에 잡혀 와 있는지 모릅니다. 그냥 파도에 휩쓸린 기분입니다. 제가 범인으로 지목된 이유가 뭐지요?"

두 달 전이었다. 재판을 앞두고 있었기에 손창환에게 제한된 정보만 제공되었다. 변호사를 살 돈이 없어 국선 변호사를 선임했지만 변호사는 "잘못을 인정하고 있으며 반성하고 있으니 무조건 죄를 경감시켜달라고 비세요"라고 명령하듯 말했다. 그러고는 못을 박듯 강조했다. "두 번 다시 이런 일은 없을 것이며 사회정의를 실천하고 선량한 국민으로 살아가겠다. 이렇게, 꼭, 알겠죠?"

말도 안 돼. 속으로 수없이 되뇌었다. 변호사도 왜 손창환이 범인으로 몰렸는지는 제대로 모른다고 변명했다. 법정에서 죄를 가리고 의문이 있으면 항소를 하자고 말했을 따름이다. 그리고 재판이 열렸다. 평소 친분이 있던 세무과 공무원이 손창환을 종범으로 지목했단다. 그도 구속된 상태였다. 그가 유용하거나 편취한 부가 국세는 무려 27억 원에 이르렀다. 이중 10억 원 가까운 돈을 손창환이 썼다고 말했고.

이 모든 일을 계획하고 시킨 것은 손창환이었습니다.

무슨 소리예요, 그게?

손창환은 참지 못하고 벌떡 일어섰다. 그 순간 검찰에서 기다렸다는 듯 손창환의 통장 사본을 재판장에게 건넸다.

먼저…… 부가 국세가 뭡니까? 재판장이 물었다.

누구도 이에 대해 알지 못했는지 손창환에게 발언 기회가 왔다. 일반적인 부가세와는 다른 겁니다. 국세의 일종인데 시세에 특정 비율로 부가되는 국가 세금의 일종입니다. 교육세나 방위세 등이 포함됩니다.

이게 어떻게 편취가 가능하죠? 재판장이 거듭 손창환을 바라봤다.

부가 국세는 어느 시에서든 이 돈을 수입하더라도 직접적인 이익이 나지 않습니다. 하지만 매일 수입되는 이 돈을 국고에 불입하는 일은 시도, 또 확인 작업을 벌이는 국가도 바라지 않습니다. 그래서 시와 협약을 맺어 보름에서 한 달 정도 시간을 두고 불입합니다. 이 한 달 사이 C시에서 모이는 부가 국세는 적게는 15억 원에서 많게는 100억 원에 이릅니다.

재판장의 눈이 갸름해졌다. 재빨리 세무과 공무원을 바라봤다.

네…… 네, 저 방법입니다. 저렇게 해서 한 달씩 유예되는 부가 국세를 특정 잔액 이상 써버려도 한 달은 모를 거라고요. 하지만 부가 국세는 매일 입금이 됩니다. 그래서 실제로는 두 달 가까이 편취할 수 있다고 손창환이 그랬어요. 많을 때는 100억, 적게는 40억 이상 유용할 수 있다고요.

재판장의 눈은 분노에 차 있었다.

무슨 소리예요, 그게? 항변하며 일어섰지만 경비에게 제지를 당하고 재판장에게 타박만 들었다. 순간 힘이 빠졌다. 그 힘은 생을 영위하고 숨을 쉬는 크고도 작은 의지와 같았다. 모든 것이 귀찮아졌다. 될 대로 되라. 고개를 숙이며 방청석을 보았을 때 언뜻 박상준이 보였다. 머릿속에서 저 사람이 왜 저기 있지, 따위 의문조차 스쳐 가지 않았다. 아, 그냥 살기가 싫어졌다. 숨 쉬기도 싫어졌다. 그게 전부였다.

내일 재판은 크게 기대하지 말란다. 국선 변호인은 잘못을 저질렀으면 달게 벌을 받고 사회에 나와 교화된 채로 살아가면 돼요, 하고 오히려 나무랐다.

"저는 아직도 모르겠습니다. 제가 왜 여기에 잡혀 온 건지. 솔직히 세무과 공무원이라던 분, 제가 그만둔 뒤에 세무과에 온 사람 아닌가요?"

"그런 것까지 우리는 몰라요. 국가 돈을 쓴 사람이 있었고, 그 사람이 13억 원 정도, 당신 통장에서 14억 원 정도가 나왔죠. 그러니 당신이 종범 소리를 듣게 된 거고요. 다행이라면 14억 원이 그대로 있던 터라 특경법 가중처벌은 적용되지 않는다는 거요. 이를 뒷받침하는 진술을 한 사람이 있었어요. 일관되고 신빙성이 높습니다."

"박상준이죠?"

그 이름을 입에 담을 때 분노할 줄 알았다. 아니었다. 작게 숨을 내쉬는 것보다 조금 더 호흡이 가빠졌을 뿐이었다.

"그래요, 맞아요. 숨기면 뭐 하겠소. 그가 웬만한 방법이나 기타, 당신에게 상당히 불리한 진술을 했어요. 구속된 공무원도 마찬가지였고요. 국세를 편취하고 유용하는 과정이 공무원 혼자 할 수 없는 거였어요. 거기에 타인의 신빙성 있는 진술이 얹어지니 증거가 명확해지는 거죠."

"제가 아무리 무죄라고 주장해도 믿을 사람이 없겠지요?"

순간 형사의 눈빛을 바라보았다. 죄를 인정하고 참회하라던 국선 변호사와는 달랐다. 애틋하기도 하고, 미안하기도 한 그런 눈빛이었다.

"담배 한 대 피우겠소? 그 정도는 내가 힘써줄 수 있소이다."

"아니요, 됐습니다. 형사님은 수사를 하신 거고, 거기에 제가 범인으로 걸려든 거지 담배를 나누기 위해 이곳에서 만나자고 한 건 아니었습니다. 하지만 꼭 기억하겠습니다."

"지금 제일 하고 싶은 일이 뭐요?"

진심으로 알고 싶은 건지, 데면데면한 상황 때문에 묻는 건지는 알 수 없었다.

"저는, 아니 제 20대는 참 운이 없었습니다. 그리고 그 운에 부합한 여러 나쁜 일들에 동참해야 했지요. 아, 물론 제가 부가 국세를 유용했다는 건 절대 아닙니다. 거듭 밝히지만 저는 그런 사실이 없습니다."

"그것참." 형사가 혀를 찼다. "내 입장에서는 안타깝소이다. 죄를 인정하는 것과 그렇지 못한 것은 형량을 받는 데도 꽤 차이가 난단 말이요. 웬만하면 인정하는 게 어떻소?"

"정말로 하지 않은 일이니까요. 다만 제가 일했던 시 금고의 특성상 많은 공무원들에게 잘 보이려 노력한 것은 맞습니다. 향응? 금품? 제가 직접 전하지는 않았지만 꽤나 많은 자리를 만들어준 것도 사실이고요. 시 금고라는 건, 시청에 기생하는 은행이거든요. 정말 어쩔 수 없이, 이러면 작위적이려나요, 또 어떻게든 관계를 만들고 이어 나가야 했던 것은 맞아요. 이걸…… 잘했다고 드리는 말씀은 아니에요.

아, 얘기가 길어졌네요. 형사님이 물은 건 지금 하고 싶은 일이었죠? 네, 전 지금 할 수만 있다면 침묵과 진실을 사고 싶습니다."

"침묵과 진실이라. 나는 비싸서 사줄 수가 없군요. 기회가 된다면 다른 것은 한번 사리다."

재판은 손창환의 바람을 깨끗이 빗나갔다. 검찰은 이미 2년 6개월을 구형했다. 손창환은 형사가 왔던 다음 날 2년 형으로 확정되었다. 집행유예 없는 2년 형기였다. 2년이 구형되던 순간 무서워서 방청석은 볼 수 없었다. 어머니가 다녀가지 않았다는 사실도 형무소로 돌아가며 알게 되었다. 한 달쯤 뒤 손창환에게 사식이 들어왔다. 처음에는 어머니가 넣어준 거라 여겼다. 작은 메모가 있었다.

'언제인가 기회가 되면 담배 한 대 합시다. 침묵과 진실에 대해. 나는 형사 한성욱이오.'

형기가 6개월쯤 남았을 때 면회를 왔다고 교도관이 알렸다. 뜻밖에도 면회를 온 것은 박상준이었다. 재판이 시작되고 누명을 썼다는 걸 알았을 때 범인은 박상준이라는 사실을 직감적으로 깨달았다. 이가 갈리고 잠들지 못할 정도로 화가 났다. 갈아 마신다는, 속되고 무서운 표현으로도 화를 억누르기 힘들 정도였다. 그렇지만 사람만큼 간사한 존재도 없다던가. 1년 6개월이 지났을 뿐인데, 박상준이라는 이름을 들어도 마음은 평온했다. 체념한 결과였다. 이제 내 인생은 어떻게 되든지 상관없다, 라는.

"어쩐 일이세요?"

"아이고 무심한 사람아. 니…… 집에 편지나 한 통 했나?"

오히려 박상준이 손창환을 타박했다.

"야, 이 사람아, 너거 엄마, 암이란다."

"네?"

면회실 유리 너머에서 박상준이 혀를 찼다.

"죄는 죄고, 사람은 사람이지."

"제가 어떻게 되든 상관없잖아요. 애당초 여기에 가둔 것도 당신이고요. 그런데 이제 와서 착한 사람 흉내를 내시네요. 그렇다고 해도 유감은 없습니다. 어차피 사는 게 전쟁이었잖아요. 그 전쟁에 진 거라고 받아들였어요. 저는 당신을 용서하기로 했습니다."

"미친놈. 이럴수록 더 증오하고 죽이겠다고 나와야지. 야 이 멍충아! 너랑 나는 적이잖아, 적."

"그것도 싸움이 될 때 이야기이죠. 혹시 여유가 되시면 어머니 맛있는 거나 사다 드리세요. 착한 사람 코스프레 하시면서."

면회실을 빠져나오려 뒤돌아섰다.

"어이, 손창환! 한마디만 하지. 사람이 사람을 죽이려면 어떤 게 완전범지인지 아나?"

사람이 사람을 죽이려면? 완전범죄? 한 문장이었던, 그러나 명백히 두 이야기로 나눌 수 있는 키워드가 발목을 붙들었다.

"이미 나는 한 번 시험했다. 이 멍충아!"

박상준이 악다구니를 썼다. 무엇을 향한 분노인지는 알 길이 없었다. 그런데 알겠다. 이미 한 번 시험했다는 말에서 단서가 찾아왔다. 손창환, 너를 상대로! 말하지 않았다 해도 손창환의 귀에 들렸다. 그리고 살인범은, 바로……

경찰!

"당신이 앞으로 사람을 죽인다면……"

손창환은 그만 다리에 힘이 풀렸다. 무섭다. 어째서 저런 사람이 존재하는 것일까?

납치범 손창환
2017년 2월 1일 9시 17분

"사람을 죽이려면……"

"경찰이 죽이게 하면 된다고. 그렇게 말했지?"

"어떻게 알았어요?"

엠제이의 얼굴이 창백해졌다.

"그만큼 오래 알고 지낸 사이니까. 그로 인해 감옥도 한 번 다녀왔고. 내가 억지로 잊으려고 하지 않았다면 세상에서 누구보다 박상준에 대해 잘 알고 있는 사람 중 하나겠지. 소시오패스."

"소시오패스라." 창백해진 엠제이에게서 한숨이 새 나왔다. "그렇겠네요. 무언가 뒤틀린 것 같았어요. 이 계획도, 또 저에게 준다던 돈도. 혹시 그거였을까요?"

"뭐?"

"아저씨와 내가 경찰의 손에 죽는 거."

"아니, 그건 아니었을 거야. 나만 죽는 거였겠지. 어쩌면 박상준에게는 내가 한 번 죽었던 사람이니까."

"그 말은?"

"나를 두 번 죽이는 것!"

"아저씨가 송파구 일대를 두 시간은 도망 다녀야 한다고 그랬어요. 그게 마지막 계획이라고 했고요."

"그 말을 나에게 털어놓는 진심은 뭐지?"

엠제이에 대한 의심을 거두기 위해서라도 물어야 했다.

"솔직해야겠죠?" 엠제이가 눈을 맞췄다. "이대로는 제가 돈을 가질 수 없겠다는 판단 때문이었어요. 이미 아저씨가 계획을 비틀었잖아요? 그런데 박상준 아저씨가 저에게 단단히 주의를 준 건 오늘 아침 10시까지 아저씨를 붙잡아두라는 거였거든요. 그래야 제가 돈을 가질 수 있다고 했어요."

무언가가 변했다. 직감할 수 있었다. 사람이 변한 것인가, 상황이 변한 것인가.

"내 정체는 이미 탄로 났을걸. 박상준에게서 전화가 걸려 왔었어."

"죄송해요. 아저씨 전화번호를 제가 어제 박상준 아저씨에게 가르쳐줬어요."

"됐어, 그런 이야기는. 그래서 너는 돈만 있으면 된다는 거야?"

"틀리지는 않아요."

"그럼?"

"이게 전부가 아니라는 직감이 들거든요. 제가 돈을 못 가지게 되는 이유도 이게 전부가 아니기 때문에. 저는 제 납치가 전부인 줄 알았어요."

"목적과 목적. 그 사이에 긴 수단이 너의 납치이지 않았을까?"

"부품 같은 거라는 뜻이죠?"

굳이 그 물음에는 대답하지 않았다. 목적 하나는 알겠다. 완전범죄로 손창환을 죽이는 것! 그런데 천칭의 끝에 걸린 다른 목적을 알아낼 수 없었다. 그렇다는 건…….

"너는 돈만 있으면 된다는 거지? 그러면 박상준이든 내 편이 되든 상관없다는 거고?"

엠제이가 대차게 고개를 끄덕였다.

"너도 악녀구나."

"제가 살아온 걸 아시면 어떻게……."

급하게 말을 잘랐다.

"알고 싶지 않아."

손창환은 시계를 보았다. 8시 26분이었다.

"달릴 준비 됐어?"

"달릴 준비라면? ……아."

"그 전에 해야 할 게 있어. 트렁크에 든 돈. 처리해야겠지."

"방법이 있으세요?"

어느 때보다 조심스럽게 엠제이가 물었다.

"일단 가자. 시간이 없다."

손창환은 재빨리 차를 몰았다. 지금부터는 촌각을 다툴 게 뻔했다. 손창환과 관련된 모든 것이 수사 대상에 오를 것이다. 박상준이 언제 손창환의 존재에 대해 경찰에 발설하는지가 관건이었다.

노련하고 신속하게 핸들을 꺾고 브레이크를 조작하며 가락시장에 다다랐다. 손창환은 가락시장 청과물 가게 한 곳으로 차를 가져다 댔다. 재빨리 창문을 열고 말했다.

"사과 박스 열 개만 살게요. 혹시 택배 보낼 때 쓰는 테이프도 있으면 웃돈을 줄 테니 살 수 있을까요?"

손창환은 부루퉁해 보이는 여주인에게 5만 원 지폐를 내밀었다.

여주인은 돈을 보자마자 가게 구석에 쌓아놓은 사과 박스를 가져왔다. 테이프도 뜯지 않은 걸 두 개나 내놓았다. 눈치를 챘다는 듯 엠제이가 조수석에서 내려 박스와 테이프를 건네받았다.

"잔돈은 됐습니다."

꾸벅 인사를 한 뒤 차를 몰고 가락시장을 나왔다.

"자, 가면서 들어." 뒷좌석에 앉은 엠제이에게 말했다. "시간이 없잖아. 모든 일을 10시 안에 마친다고 생각해. 뒷좌석 잘 조작하면 트렁크랑 연결되는 시트가 앞으로 넘어올 거야. 사과 박스 하나에 정확히 10억씩 들어가. 요령껏 지나치는 차들이 보지 않도록 트렁크에서 사과 박스에 돈을 넣어. 가급적 테이프를 많이 사용해서 박스를 봉해. 하나가 완성되면 이야기하고."

룸미러로 고개를 끄덕이는 엠제이를 보았다. 채 3분이 지나지 않아 엠제이가 "한 박스 됐어요." 하고 말했다. 본능적으로 시계를 보게 된다. 8시 39분이었다. 손창환은 가락시장역에서 신호등 두 개를 지난 잠실 방향에 있는 편의점 앞에서 차를 세웠다. 라디오에서는 낮은 음성으로 교통방송이 흘러나왔다.

"어디로 보낼 거예요?"

"나 말고 네가 보내는 게 어떨까? 가급적이면 우리 둘 다 받을 수 있는 곳이어야겠지."

둘 다 잡히지 않을 수 있다면. 그 말은 꾹 삼켰다.

"그럼 이러는 건 어떨까요?"

"어떻게?"

"일단 제 전화나 아저씨 전화를 입력하는데 택배가 배달되는 곳을 아저씨 집 근처 편의점에서 수령하는 걸로요."

"그것도 가능해?"

"그럼요."

"그럼 네 전화번호로 해. 다른 사람이 모르는 번호면 더 좋을 테고."

손창환이 메모지에 주소를 적어 건넸다. 고개를 끄덕이자 엠제이가 끙끙거리며 박스를 꺼냈다. 엠제이는 3분쯤 지나 차로 돌아왔다. 택배를 보낸 확인증을 손창환에게 건넸다. 뒷자리에 앉자마자 다시 박스를 포장하려 했다.

"잘 보냈어?" 확인증을 받고서도 묻게 된다. "역시 난 아저씨인가 봐. 미안. 그러려던 건 아닌데 꼭 말로 들어야 확인이 되네. 확인증은 네가 가지고 있어. 돌려줄게. 자 출발한다."

"넵." 기합을 넣은 엠제이가 곧바로 박스를 싸기 시작했다.

두 사람은 그때부터 한 시간가량 편의점 여덟 곳을 돌았다. 가락시장에서 잠실 방향으로 훑어서 올라가는 식이었다. 중간에는 대담하게도 경찰병원 내부에 있는 편의점을 이용하기도 했다. 이때는 손창환도 일부러 엠제이와 함께 차에서 내렸다. 상황을 가늠해보기 위해서였다. 박스에 있던 돈도 4억 원을 빼고는 전부 택배를 보내서 특별한 부담도 없었다. 엠제이에게 동의를 구했을 때 그녀는 활짝 웃었다. 재미있을 것 같다며.

경찰병원 편의점에서 나온 엠제이의 손에 편의점 커피가 들려 있었다. 두 사람은 벤치에 앉았다. 벤치 주변에는 장례식장에 온 듯한 검은 옷차림의 사람들이 담배를 피우고 있었다. 사람들 틈에 섞인 두 사람도 바쁘게 병문안을 왔거나 문상을 온 사람처럼 보였다.

"아저씨랑 안 지 이틀이 됐을 뿐인데 몇십 년은 안 것 같아요."

실제로 오래 알아왔던 사람처럼 엠제이가 푸근한 웃음을 지었다.

살짝 고개를 끄덕였다. 엠제이가 느끼는 감정은 손창환 역시 마찬가지였다. 단 이틀, 시간으로는 이제 겨우 20여 시간이 함께한 전부인데 누구보다 오래 알아왔던 사람인 듯했다. 문득 한 남자가 생각났다. 형사. 한성욱이라고 했었나. 정확히는 기억나지 않는다. 그 남자도 그랬다. 심증은 무죄라는 걸 믿지만 도저히 빠져나갈 증거가 없어 면회를 왔던 것으로 기억되는 형사……. 아니 사식을 넣어주었던가. 모든 것이 흐렸다. 잊고 싶은 과거, 그만큼 잊고 지냈다.

아이러니했다. 잡히지 않으려 여기까지 왔으면서, 손창환을 붙잡았던 경찰을 떠올리다니.

대한민국의 경찰을 무시하는 것은 아니지만 엠제이와 손창환이 서로 입만 잘 맞춘다면 두 사람의 행적을 쫓기는 어려우리라. 그러나 지금은, 오히려 두 사람을 쫓으라고 차를 움직여야 할 때였다. 목적! 그걸 알아내야만 했다.

"각오는 됐어?"

엠제이에게 물었다. 그녀가 고개를 끄덕였다.

커피를 들어 보였다. 아직 3분의 1이 남았다. 그녀가 다른 의미로 고개를 끄덕였다. 손창환은 스트로에 입을 가져다 댔다. 그러다 문득 그 경찰에게 전화를 걸어보아야겠다는 생각이 들었다. 경찰병원 편의점 근처에 공중전화가 보였다. 뚜벅뚜벅 걸어갔다.

114를 통해 C시 중앙경찰서로 이어졌다. 곧바로 형사계로 전화가 돌아갔다.

"혹시 한성욱이라는 형사님 계십니까? 하도 오래전 일이라 성함이 정확한지는 모르겠습니다."

"누구십니까?"

잠시 고민하다 약간 과장된 거짓말을 섞었다.

"오래전에 형사님 손에 붙잡힌 적 있는 사람입니다. 제가 잡혀 있는 동안 사식도 넣어주시고 무죄를 믿어주셨어요."

살짝 혀를 차는 소리가 수화기에서 들렸다.

"그런데 그때 저를 모함했던 사람이 또 범행을 저지르려는 것 같거든요. 제보하지 않으면 안 될 것 같더라고요. 아니 한성욱 형사님께서 반드시 제보해달라고 하셨어요."

"과장님, 지금 서장님과 회의 중이십니다. 메모 전해드릴게요."

"좋습니다. 잘 받아 적어주십시오. 부를게요. 15년 전 손창환입니다. 그때 그 사람이 이번에도 또 무언가를 꾸몄습니다. 서울 송파구입니다. 일단 제가 쫓겠습니다. 여기까지요."

"그거면 되겠습니까? 연락처 남기시지 않고요?"

"네, 지금 제가 좀 다급합니다. 조금 있다 다시 전화를 걸게요."

"아마 오후는 되어야 할 겁니다."

"네, 그럼 그때 걸겠습니다. 메모…… 꼭 좀 전해주십시오."

전화를 끊으려는데 이번에는 명확하게 혀를 차는 소리가 들려왔다. 손창환을 허영범 따위로 보는 걸까, 모르겠다. 메모야 전해지든 전해지지 않든 나름대로 생명을 가질 것이다. 전해진다면 다음 일이 일어나겠지만 전해지지 않는다면 그것으로 그만이다.

엠제이에게 다가가자 의아한 눈빛이다. 먼저 차에 올랐다. 슬쩍 곁눈질을 하자 조수석에 앉은 그녀는 여전히 궁금해하는 모습이었다.

"경찰에게 전화했어. 그렇다고 우리를 쫓거나 하는 사람에게 전화한 건 아니고."

헐. 엠제이의 목소리가 높아졌다. 그녀에게서 터진 탄식을 무시하며 말했다.

"내가 그랬잖아. 엠제이가 원하는 돈은 주겠다고. 다만……."

차를 몰고 경찰병원을 빠져나왔다. 잠시 방향을 가늠하다 잠실역 근처로 운전대를 돌렸다.

"내가 무죄라는 걸 믿으려는 형사가 있었어. 아니 진짜인지는 모르지만 적어도 내가 느끼기에는 그랬어. 그 형사에게 짤막하게 메모를 전한 거야. 과거에 나를 모함에 빠뜨린 사람이 범죄를 모의하고 있는 것 같다고."

러시아워에 걸린 차가 가다 서다를 반복했다. 급하게 차를 틀어 빌라가 밀집한 소방 도로로 들어섰다.

"그래서요?"

"엠제이 넌 돈은 분명 가져갈 수 있어. 그러니 걱정하지 마. 다만…… 이 싸움에서 내가 지게 된다면 적어도 의혹을 가질 만한 사람은 필요해."

"제가……."

"아니." 급하게 엠제이의 말을 잘랐다. "내가 죽더라도 절대 이 사건에 끼어들지 마. 너는 네 계획대로 돈만 건지고 빠져. 그러지 않으면 너도 죽을지 몰라."

만나지도 않은 박상준의 속마음을 어찌 알겠는가. 그러나 누구보다 박상준과 가까운 데서 일했고, 다투었고, 모함에 빠졌다. 박상준의 계획에서 일말이라도 벗어난다면 엠제이는 분명 죽는다. 특히 그녀가 손창환으로 인해 오지랖을 떤다면 반드시 죽을 것이다. 그래서 막아야 한다. 손창환이 실패하게 된다면 그 이후도, 또 그 이후도.

"미안해요."

"그래. 넌 나에게 미안해해야 돼. 평생 동안. 잘 살면 잘 살수록 더 많이, 못 산다면 못 사는 만큼."

"아저씨, 사람 같아요. 어제는…… 솔직히 그렇지 않았거든요."

"난 네가 사람 같지 않아. 나빠도 저렇게 나쁠 수 있을까 싶거든."

"하긴 그랬죠. 저 나쁜 년이에요. 그런데 이번 일 끝나면 착해질지도 모르겠어요."

"세상이 착하게 산다고 해서 좋은 것만은 아냐. 하지만 혼자서 살 수는 없어. 반드시 착하게 살라고 권유는 못 하겠지만 정정당당하게는 살아. 비겁하지 않게."

"그거면 될까요?"

엠제이의 물음에 손창환은 고개를 끄덕였다.

손창환이 모는 차는 잠실세무서 인근을 지나치고 있었다. 월드타워가 손에 잡힐 듯했다. 시계를 보았다. 9시 17분.

"자, 이제 43분 동안 미친 듯이 놀아보자."

손창환이 엠제이를 마주 보았다. 엠제이가 고개를 끄덕였다. 차를 재빨리 택시 승강장에 비상 주차했다. 근처에 파파이스가 보였다.

"저기 보여? 혹시 일이 잘 풀리면, 아니 돈을 찾게 된다면 저기서 햄버거 사 먹자. 난 저기 비스킷이 맛있더라고." 손창환은 뒷좌석에 있던 테이프와 커터를 집었다. "준비 됐니? 지금부터는 무조건 인질이 되는 거야. 다른 건 없어. 알겠지? 그냥 신나게 논다고 생각해."

엠제이가 고개를 끄덕였다. 그녀의 발목부터 테이프로 칭칭 감았다. 발은 조금 거리감을 두어 압박감이 덜 느껴지게 했다. 발목을 끝내자 엠제이가 두 손을 모아 내밀었다. 팔목에 테이프를 수없이 감은 뒤 물었다.

"아파?"

"아니요."

"됐어. 그럼 간다. 그전에." 손창환은 빼앗아두었던 엠제이의 스마트폰을 호주머니에서 꺼냈다. "이제 켤 거야. 그러면 무슨 일이 벌어질지 예상이 되지?"

"네."

"일단 테이프로 입도 가릴 거야."

손창환은 15센티미터 정도 테이프를 잘라 엠제이의 옷에 여러 번 붙였다 떼기를 반복했다.

"이래야 나중에 뗄 때 덜 아프겠지?"

엠제이의 입에 테이프를 붙이려는 데 "잠시만요." 하고 엠제이가 제지했다. "왜?" 하며 곁에서 멀어지자 그녀의 눈에 몽글몽글 눈물이 맺혔다.

"고마워요, 아저씨."

마음이 복잡했다. 마음 저편이 무너지려는 걸 꾹 참으며 엠제이의 입에 테이프를 붙였다. 습관적으로 대시보드를 보았다.

"자, 간다."

손창환이 고개를 끄덕이자 엠제이도 화답하듯 고개를 끄덕였다.

액셀러레이터를 꾹 밟았다. 경쾌한 엔진음이 급격하게 거칠어졌다. 전방에 있던 월드타워가 점점 목을 높여야만 볼 수 있을 정도가 되었다. 손창환은 월드타워 꼭대기를 보려 목을 높였다. 그럴수록 멀리서 들려오던 경찰차 사이렌 소리가 점점 데시벨을 높였다.

저기, 월드타워가 찌른 저만큼이라도 날아가봤으면.

입술을 질끈 깨문 손창환이 올림픽공원 방향으로 거칠게 우회전했다. 순간 마주 오던 다섯 대의 순찰차가 스쳐 갔다. 순찰차는 갑자기 멈추어 서는가 싶더니 거칠게 유턴을 했다.

이제부터는 다른 거 없다.

쫓고……, 쫓긴다.

경감 백용준
2017년 2월 1일 9시 19분

귀신처럼 사라졌다. 경찰 100여 명이 눈뜨고 당했다. 불안한 징조였다면 납치범이 시간대를 바꾼 것이었다. 충분히 대비했다. 금액도 기록적이었지만 장소도 상징적이었다. 그런데도 당했다.

너무 쉬운 장소였고 너무 많은 금액이었다. 방심을 야기했다.

사표를 써야 될지도 모르겠다. 이때 백용준의 전화기에 문자가 울렸다.

우리 사표 써야 하나요?

박연오였다.

버거움에도 깊이와 무게가 있다는 걸 이 녀석을 통해 알았다. 더불어 버거움에는 눈치도 없다는 사실을 깨달았다. 지금 이 순간. 그런데 문자에 답을 하고 있었다. 우리, 그럴지도 모르겠다, 라고. 설마 버거움이 전염마저 되는 것은 아니겠지? 번뜩 정신이 들어 쓰던 문자 메시지를 얼른 지웠다.

이때 형사팀 단체 채팅방에서 알림 음이 울렸다. 첩보, 라는 비상 메시지와 함께 형사팀 단체 채팅방에 계속해서 메시지가 올라왔다. 먼저 엠제이의 전화가 켜졌다는 것. 엠제이가 박상준에게 전화를 걸었고, 곧바로 신원 불명의 번호에 전화를 걸었다는 것이다.

신미나의 집에서 상황을 주시하는 박연오에게 재빨리 문자를 넣었다.

박상준 거기 있어?

네.

조금 전 받은 전화, 내용 들었나?

아니요.

질끈 눈을 감았다. 이 급박한 순간에 어떻게 해서 엠제이의 전화기로 박상준에게 전화를 걸었을까? 수사팀은 바삭바삭 침이 말랐다. 엠제이가 걸었을까? 아니라면 납치범이 걸었을까? 채 3분이 지나기 전에 신원 불명 전화기의 정보가 날아들었다. 외국인 명의의 선불폰이었다. 위치도 전송됐다. 올림픽공원 인근.

"쫓아!"

전화기 위치를 보는 순간 소리치고 말았다. 운전석에 있던 최현정이 화들짝 놀라는 게 보였다.

"쫓고 있을 겁니다." 곧이어 최현정이 정정한다. "쫓고 있답니다."

이때 박연오에게서 전화가 걸려 왔다.

"왜?"

다짜고짜 소리쳤다. 무안했던 때문이다.

"살려달라는 전화였다고 합니다."

살려달라?

변명치고는 궁하다. 한참 납치범이 차에 돈을 싣고 추격전을 벌이는 마당에 엠제이에게서 걸려 온 전화가 살려달라? 앞뒤가 맞지 않았다. 납치 사건이라면, 이 시점에 인질은 살해당했다는 게 일반적이다. 엠제이는 박상준과 범인으로 추정되는 선불폰에 전화를 걸었다. 선불폰은 대포폰이었다. 대포폰은 누가 보아도 범인임에 틀림없다. 일견 적극적으로 살아 있다는 항변을 한 것으로 분석할 수도 있지만 결국 가늠할 수 없는 사건의 이면을 드러낸 것에 불과했다.

모르겠다. 백용준은 도리질 치고 있었다.

"저두요."

화들짝 놀랐다. 전화는 끊어지지 않았다. 운전석에 앉은 최현정처럼 박연오 역시 옆에 있는 느낌이었다.

"생각한 거 입 밖으로 내지 마."

"걱정 마세요. 저도 형사입니다."

전화 너머에서 비장한 박연오의 음성이 들려왔다.

"이 사건, 무언가 이상합니다."

운전석에서는 최현정이 백용준처럼 도리질 치며 전화기와 백용준을 번갈아 보았다.

"어차피 우리는 납치범을 놓쳤어. 다시 잡는다 해도 시말서 정도로는 끝나지 않을 거야."

"가보죠, 끝까지."

이상하다. 결정적인 순간에 박연오가 담벼락처럼 든든해졌다.

"우리 셋 다 옷 벗을지 몰라. 연오 너나 나는 형사 생활 좀 했더라도……."

"저도 옷 벗을 각오! 했습니다."

최현정이 비장한 눈빛으로 고개를 끄덕였다.

"박연오. 좀 기다려. 일단 경정님께 허락 좀 받고."

재빨리 전화를 끊었다. 휴대전화 신호가 울리기도 전에 정덕화 경정이 전화를 받았다.

"형님……."

"왜 형님 하면서 애교야? 무슨 말 하려는지 알아. 그러니 일단 들어가. 최대한 빨리."

"형님."

"알았으니까 일단 들어가서 머리부터 식혀. 자분자분 다시 뒤져봐. 어디서부터인지."

옆에서 전화를 듣던 최현정이 재빨리 차를 출발시켰다. 마치 살아 있는 생물처럼 차는 송파서를 향해 내달렸다. 경광등을 깜빡이던 차는 채 5분이 지나지 않아 러시아워를 뚫고 송파서에 도착했다.

시동을 끄기도 전에 백용준은 형사2팀으로 뛰어들었다.

백용준은 고민이 있을 때마다 그래왔듯 잽싸게 취조실로 들어갔다. 백용준은 용의자가 되어 철제 의자에 앉았다.

머릿속을 정리했다. 늘 외우던 말을 떠올렸다. 사건은 최대한 단순화시켜라. 사건은 복잡하지 않다. 작은 의지가 모여 거대해질 때 사건은 해결된다. 범인이 저지른 먼지 같은 실수 하나가 사건 해결에는 만능열쇠가 된다.

내가 범인이라면 어떻게 했을 건가? 생각해봐, 생각해보라고.

가장 간단한 명제부터 떠올렸다. 납치. 신문정, 엠제이는 납치되었다. 납치범은 50억 원의 몸값을 요구했다. 50억 원을 전달하는 시간은 8시 55분이었다.

이번에는 몸값. 범인은 새벽녘에 전화를 걸었다. 몸값 전달

시간을 2시간 55분 앞으로 당겼다. 이로 인해 모든 경찰의 작전이 어그러졌다.

추적도 이어졌다. 똑같은 은회색 스타렉스 두 대가 등장했다. 두 대의 승합차는 약속이나 한 듯 예상치 못한 방향으로 돌진했다. 길이 아니라 생각했는데 길이었다. 곧바로 두 대의 승합차는 다른 방향으로 나뉘어졌다. 경찰차 40여 대는 이 무렵 소방 도로에 갇히거나 잠복했던 곳에서 잉여 인력으로 전락하고 말았다.

발 빠르게 수사도 진행되었다. GPS 추적 장치는 얼마 지나지 않아 무용지물이 되었다. 이럴 줄 알았으면 스마트폰을 무음으로 넣어둘 걸 그랬다고 박연오가 푸념했다. 승합차 역시 마찬가지, 한 대는 신미나의 차였지만 나머지 한 대는 아직 발견되지 않았다. 여기까지, 수사는 막다른 골목에 다다랐다.

희망도 있었다. 지금 이 순간, 웬일인지 범인이 신미나의 전화기를 켜며 추적을 허용하고 있다는 사실이다. 여기서 본능이 말을 건다. 이 사건은 무언가 이상하다!

미끼. 혹시 납치가 미끼라면? 그런데 도리질을 치게 된다. 대저 어느 범죄자가 50억 원을 미끼로 쓴단 말인가. 거기에 납치와 추격전을 불사하면서. 아니다, 아니다. 본능이 다시 말을 건다. 50억 원조차 미끼로 쓸 사건이 있다면?

그게 뭘까?

"씨발." 저도 모르게 낮은 욕설이 터졌다.

"부딪치신 겁니까?"

언제부터 있었는지 맞은편 형사 자리에 최현정이 앉았다.

"현정아, 50억을 미끼로 쓸 정도의 사건이 있을까? 박상준이나 신미나가?"

"솔직히 모르겠습니다."

"하긴."

그때 취조실 문이 열렸다. 당직을 서고 있는 의경이었다.

"저 경감님. C시 중앙경찰서라고 하는데 수사팀 책임자 좀 바꿔달라고 합니다."

"아무라도 바꿔줘."

"저, 실은 지금 형사팀 전체가 텅텅 비었습니다. 지원팀이랑 몇몇 빼고는 경찰서 전체가 비었거든요."

의아해하며 일어섰다. 취조실을 나와 형사팀으로 향하자 백용준 자리에 전화가 울렸다.

"네, 전화 바꿨습니다. 백용준 경감입니다."

의식적으로 계급을 말했다.

"저……."

남자의 목소리에서 노곤한 연배가 느껴졌다. 그런 탓에 저절로 허리를 곧추세웠다.

"나, C시 중앙경찰서 수사과장입니다."

한 계급 위다. 그렇지만 상대는 깍듯했다.

"네, 말씀하십시오."

"혹시 말이오, 손창환이라는 사람이 아침에 살인을 저지르지 않았습니까?"

"살인……이요?"

잠시 수화기를 막고 최현정에게 물었다. 오늘 살인 사건이 있었는지. 뒤에 서 있던 최현정이 고개를 젓는다.

"없었답니다."

"그래요……. 그럼 혹시 손창환이 강력 범죄를 저지른 것은 없었습니까?"

이번에도 최현정에게 물었다. 손창환이란 강력범이 어제나 오늘 있었는지.

"없었답니다."

백용준이 전화를 끊으려 할 때였다.

"……혹시 말이오, 박상준이라는 피해자가 발생한 사건은 없었습니까?"

순간 번쩍 정신이 들었다. 늘 되뇌던 말 역시 뇌를 건드렸다. 작은 의지가 모여 거대해질 때 사건은 해결된다.

작은 의지!

"저 성함이 어떻게 된다고 하셨습니까?"

"경정 한성욱이오."

백용준은 잠시 호흡을 골랐다. 끊으려던 전화는 분명 길어질 것이기 때문이다. 아직은 비공개였던, 납치 사건에 대해서도 말해야 하리라.

납치된 엠제이에 대해 말했다. 50억이 39억으로 줄어든 과정을 설명하느라 시간이 길어졌다. 추격전도 모자라 깨끗이 납치범이 사라졌다는 말로 자연스레 이어졌다. 그 바람에 송파경찰서가 탈탈 털려 위아래 할 것 없이 줄줄이 사표 쓰게 생겼다고. 진득하게 뜸을 들였다 다시 숨을 골랐다. 그리고 말했다.

"납치된 엠제이의 아버지가 박상준이었습니다."

"어. 네?"

차분히 이야기를 듣던 한성욱 경정에게서 신음이 터졌다.

"말 돌리지 않겠소. 당신은 혹시, 박상준이 이 사건의 배후라고 보는 것 아니오?"

대답을 해야 하건만, 꿀 먹은 벙어리처럼 웅얼거리고 말았다. 네, 한마디면 족할 것을.

"과거에 은행원이었던 남자가 있었소. 피의자와 증인이 국세를 유용하고 편취했지요. 그러나 그 남자는 끝끝내 죄를 인정하지 않았습니다. 다만 그럽디다. 박상준이라는 남자가 그랬다고, 살인을 한다면 완전범죄가 뭐겠냐고요."

선문답 같았다. 납치를 설명했는데 완전범죄를 말한다. 기다리기로 했다. 한성욱이 결론에 다다를 때까지.

"그 남자가 이렇게 말합디다. 경찰이 상대를 죽이게 하면 완전범죄가 아니겠느냐고요."

"어라, 그 말씀은?"

"납치 사건이 벌어지고 있다고 했죠. 추격전이 벌어졌고요.

만약에 정상적인 러시아워에 추격전이 벌어졌다면 납치범은 어떻게 되었을까요?"

"체포되었거나……."

"어쭙잖은 영웅심에 총을 뽑아 든 경찰에게 죽었을 겁니다."

한성욱이 재빨리 말을 자르며 결론에 다다랐다. 전화선 사이로 침묵이 오갔다.

"잘 해결하시길 바랍니다."

"잠시만요, 경정님. 잠시만요. 처음 말했던 이름이 뭐였습니까?"

"손창환이오. 하도 께름칙해서 당시 사건의 수사 자료 앞부분을 복사해 가지고 있습니다. 필요하다면 보내드리지요."

"꼭 그래주십시오."

백용준은 얼른 휴대전화 번호를 불러주었다.

전화를 끊으려던 한성욱이 한마디를 덧붙였다.

"해를 거듭할수록 손창환이 무죄라는 확신이 섰어요. 엉뚱한 사람을 범인으로 몰았다는 말입니다. 인연이란 게 무서운지 그 남자가 저한테 전화를 걸었어요. 모함했던 남자가 또 죄를 저지를 것 같다고."

"박상준."

백용준은 낮게 읊조리고 말았다. 한성욱에게 스마트폰 번호를 가르쳐주며 전화를 끊었다.

9시 21분. 스마트폰으로 수사 자료가 사진으로 전송되었다.

그때 전화벨이 울렸다. 눈치를 보던 최현정이 수화기를 집어 들었다. 네, 네, 하던 최현정의 목소리가 급격히 높아졌다.

"팀장님."

"왜?"

그러려던 건 아닌데 불퉁스럽게 쏘아붙이고 말았다.

"신고자도 확신은 못 합니다만 은행 강도를 당한 것 같답니다."

"말 같은 소릴 해라. 지금 시계가 몇 시인데 이 시간에 은행을 털어! 그리고 당한 것 같다니?"

"그게…… 신고자가 직원의 부인입니다. '119'라고만 쓴 문자가 남편에게서 딸한테로 왔는데 그 뒤로 연락 두절이랍니다. 축협 방이역점에서 400억 이상을 강도당한 것 같다고 합니다."

"뭐?"

벌떡 일어서고 말았다. 400억이라니. 도대체 나라가 어떻게 되려고! 납치범은 50억을 요구하지를 않나. 은행 강도는 400억을 털어 가다니. 이게 말이 되느냐고. 순간 망치로 머리를 얻어맞은 듯했다.

"현정이 너, 나랑 같은 생각 하냐?"

"아마도."

"어떻게 된 건지 확실하게! 경위 알아봐. 어서."

퍼즐이라면 쉽지 않았다. 그러나 의지가 모였다. 게다가 범인은 먼지 같은 실수를 저질렀다. 실수가 발화해 합이 맞는 퍼즐로 변화했다.

납치. 50억. 은행 강도. 400억. 손창환. 박상준. 엠제이. 손미나.

50억을 주고 400억을 취한다면? 게다가 납치범을 경찰이 죽여버린다면?

이거다. 어쩌면 사표는 표창장이 되어 돌아올지도 모르겠다. 책임을 져야 한다면 백용준이 옷 벗는 선에서 끝날지도 모른다. 재빨리 백용준은 수화기를 들었다.

"형님, 접니다."

"뭐야?"

날카로운 정덕화의 목소리에서 상황이 짐작되었다.

"저기 말입니다, 납치 사건은 페이크였던 것 같습니다. 얼른 축협 방이역점으로 가보십시오. 400억 원대의 은행 강도 의심 신고가 첩보로 들어왔습니다."

전화기 너머에게 긴 한숨이 뿜어졌다. 고민하는 듯하던 정덕화 경정이 결단을 내렸다.

"서장님이랑 가볼게. 용준이 너는 나머지 파봐."

은행원 이기동
2017년 2월 1일 9시 21분

"뭐 하는 걸까요?"

묶인 팔로 인해 오리털 패딩이 기형적으로 벌어진 김새롬이 물었다. 그 모습이 묘하게 섹시했다.

"차장님!" 낮지만 강렬한 음성으로 김새롬이 이기동을 깨웠다. "정신 놓으시면 안 돼요."

"어, 아냐. 새롬 씨가 참 섹시하구나, 그 생각을 하느라. 아, 미안."

말하고 놀랐다. 남자 아니랄까 봐! 죽음이 목전에서 고개를 쳐드는 순간에도 여자에 빠져 있었다.

"고마워요, 차장님. 그런데 조금 이상하지 않아요?"

"뭐가?"

"이 사람들 나간 지 몇 분 지났잖아요. 잘 들어보세요, 차장님. 바깥에서 무슨 소리 나지 않아요?"

글쎄, 말하며 귀를 세웠다. 김새롬의 말처럼 무슨 소리가 들렸다. 바깥이 보이지 않지만 짐작할 수 있는 소리였다.

"차체를 긁는 소리 같은데."

"그렇죠? 날카로운 것은 아닌데 무언가로 차체를 건드리고 있어요."

"무얼 하는 걸까?

김새롬이 이기동의 질문에 고개를 젓는다.

돈방석. 과거에 이런 말이 좋았다. 은행에 다니니 장난삼아 돈을 깔고 앉아본 것도 여러 번이다. 그러나 돈 속에서 죽을 거라는 생각은 해본 적도 없었다. 살아 나갈 수 있을까? 저들이 차 밖에서 무얼 하든 그게 사는 것과 연결이 될까?

"저게 우리랑 무슨 상관이지?"

포기하고 싶어졌다.

"차장님, 정신 똑바로 차리셔야 해요. 도망칠 수 있는 기회라도 엿봐야죠!"

"총을 든 사람에게?"

총의 무서움을 모르다니. 군대 운운하는 차별적인 말을 담고싶지는 않았다. 역시 총은 본 사람만이 알 수 있는 공포다. 그때 신음 소리가 들려왔다. 최재원 청경이다. 왜 그랬는지 최 청경은 괴한들에게 대들었다. 차가 쑥 꺼지듯 지하로 내려간 직후였다. 옥신각신 다투다 상황이 역전되리라는 기대는 단 몇 초만에 빗나갔다. 최 청경은 괴한들의 총 개머리판에 머리를 강타당해 기절하고 말았다.

"정신이 좀 드나?"

이기동이 최재원에게 물었다. 대답은 없었다. 신음 소리만 조금 더 높아졌다.

어쩌다 이렇게 된 걸가? 최재원이 쓰러진 뒤 범인들은 심지어 김새롬과 이기동의 마스크도 모자라 테이프까지 뗐다. 상황을 장악한 범인들은 씩 웃을 뿐이었다.

누군가 이렇게 물을지도 모른다. 범인들이 재갈을 물리지도 않았다면 고함을 내지르며 구조 요청을 해야 하는 것 아니냐고. 당해보아야 안다. 괴한은 '진짜' 총을 들었다. 최재원은 개머리판에 강타당했다. 눈이 돌아가며 단번에 기절했다. 몸이 얼어 붙고 손가락 하나 까닥할 수 없었다. 고함은커녕 죽을지도 몰랐다. 내 몸을 석고로 발라 절대 움직일 수 없는, 고체 덩어리가 된 듯한 압박! 공포란 그런 것이다.

"차를……."

문득 영화에서 본 장면이 스쳐 갔다.

"차를 위장하려는 거 아닐까?"

"아, 그럴지도 모르겠어요."

목소리를 낮추고 인상을 쓰는 김새롬의 모습이 예뻤다.

"그런데 새롬 씨 참 예뻐."

"차장님, 이곳에서 살아 나가서도 그런 말씀 많이 해주셔야 해요."

등을 돌려 케이블 타이에 묶인 손을 김새롬이 맞잡는다. 이기동은 손에 힘을 주며 긍정을 표시했다.

도대체 어떻게 된 일일까? 똑같은 의문이 다시 솟아났다. 내부 공모자 없이 시, 분 단위까지 맞혀서 차를 강탈하는 것이 가능했을까? 김새롬과 최재원 두 사람 중 누군가 범인과 내통했을까.

최재원이라면 내부 공모자로는 더할 나위 없다. 청경이지 않은가. 사고가 보도되면 가장 먼저 용의 선상에 떠오를 사람이 최재원이다. 그런 최재원이 공모자일 확률은 0에 수렴하지 않을까.

최재원 청경에 생각이 다다르자 지점과 직원에 대해서도 떠올리게 되었다.

이기동이 일하는 지점이 방이역 인근 삼보아파트에 자리를 얻어 옮긴 것은 4년 전이다. 송파축협 방이역지점이라는 지점명도 새로 달았다. 모 점포나 다름없는 송파축협 가락동지점에서 수신고를 빌려 개점했다. 직원은 이직을 희망하는 몇몇과 신규 직원을 뽑아 일곱 명의 직원 체계가 완비되었다. 최재원 역시 이때 신입 청경으로 파견 근로 업체를 통해 채용되었지만 이미 축협에서만 20년을 일한 상태였다. 가장 마지막에 합류한 직원이 김새롬이다. 지금의 여덟 명 체제는 이렇게 만들어졌다.

여덟 명 직원들의 팀워크는 그야말로 환상적이었다. 지점장 이하 차장인 이기동을 비롯해 여덟 명의 직원은 매년 송파구 관내에서 축협의 위상을 드높였다. 수신고가 매년 100퍼센트 이상 늘어났고, 관내 42위였던 지점 순위는 29위까지 상승했다. 지점장은 자신이 운용 가능한 업무 추진비 내에서 직원들에게 상여금을 지급했다.

직원의 알리바이도 특별할 게 없었다. 지점장이나 이기동은 회식이나 거래처와 저녁을 먹지 않는 한은 '집돌이'다. 주말은 몰라도 직원들 역시 평일에는 일에 지쳐 집에 돌아가기 일쑤다. 알리바이를 시재금으로 바꾸어 창구에 올려놓는다 해도 훔쳐 갈 직원조차 없을 게 빤하다.

결론이지만 사고가 벌어졌다. 무려 400억 원이 넘는 돈이 차에 실렸다. 세 명의 직원이 볼모로 잡혔다.

누군가 있다.

"차장님 지금 범인이 누굴까 추측하시는 거죠?"

김새롬이 물었다.

"허. 나 그동안 새롬 씨 손바닥 안에서 놀았겠네?"

"쪼끔요, 쪼끔. 그것보다 떠오르는 범인 없으세요?"

"응. 난 처음에 최재원 청경인가 했는데……."

이때 불쑥 고개를 내민 최 청경이 도리질을 했다. 고통으로 상기된 얼굴이 안쓰러웠다. 이기동은 그를 향해 고개를 끄덕였다.

"아무리 생각해도 아니더라고. 우리 지점 직원들까지 확대해 봐도 아니고. 그렇다는 건……."

"손님일 확률도 있지 않을까요? 우리 지점 일이나 축협 일에 지대하게 관심을 가졌다든가, 아니라면 최근에 급작스레 친하게 구는 손님!"

순간 한 남자가 떠올랐다. 어쩌면 그 남자 때문에 오늘 손창환을 떠올렸는지도 모르겠다. 남자의 이름은 기억나지 않았다. VIP 룸을 들락거리는데 모든 계좌가 부인 명의였다. 양재화훼단지에서 도매업을 한다던. 남자는 지점장이나 이기동을 볼 때마다 알은체를 하며 이것저것 캐물었다. 서비스업의 특성상 비위를 맞추며 미주알고주알 떠들게 된다. 어느 날은 미주알이 선을 지키지만 어느 날은 고주알이 선을 넘기도 한다. 예를 들자면 오늘, 우리 축협에서, 수백억 원이 모였다 사라질 거라는.

가만 그런데. 절로 고개가 갸웃거려졌다.

어제다. 화훼단지를 하는 여사장의 남편이 지점장실에서 급하게 거액의 현금을 요구했다. 지점장과 이기동은 당황했다. 스쳐 가듯 남자가 말했다. 나도 은행원이었어요.

그래, 그는 은행원이었다고 말했다.

"나, 이 사건, 범인, 알 것 같아."

"네?"

"범인을 알 것 같다고. 증거가 있는 건 아니지만 심증이 있어."

이기동은 저도 모르게 목소리가 커졌다.

"기억하지 마세요, 제발."

"무슨 소리야?" 김새롬이 반발하는 통에 이기동은 의아해졌다. "기억하지 말라니?"

"영화 같은 데 보면, 머리 좋은 조연은 항상 죽어요. 지금 이 영화에서는 주인공이 누구일까요? 차장님이나 청경 아저씨, 그리고 저도 아닌 것 같은데……."

"새롬 씨, 아직 어리긴 어리구나. 잘 들어. 이런 건 상황 판단이 중요해. 지금 납치범들은 400억이라는 돈을 절도했어. 납치는 부차적인 거야. 우리는 언제든 죽을 수도 있지만 언제든 버려질 수도 있어. 생각해보건데……."

이기동은 침을 꿀꺽 삼켰다. 최재원 청경과 눈을 맞추었다. 그도 긴장이 되는지 침을 삼켰다. 이번에는 김새롬을 보았다.

웬일인지 김새롬은 눈을 감았다.

"우리는 차에 실린 돈에 대한 보험 아닐까? 차에 실린 돈을 범인들이 원활하게 빼돌리지 못할 경우, 인질들의 목숨으로 무엇이든 해보려 들지 않을까?"

김새롬이 눈을 뜨지 않는 데 반해 최 청경은 고개를 끄덕였다. 동의한다는 뜻이다.

이때 두 남자가 차에 올랐다. 최 청경을 제압한 세 번째 괴한이 조금 늦게 차에 올랐다.

"미안하네. 본래는 이쯤에서 세 사람을 내려주는 거였는데."

키가 작고 다부진 남자가 말했다.

본래는, 이라. 일이 예상대로 흘러가지 않았다는 뜻이다.

428억 원의 돈이다. 거기에 M16과 함께 용의자로 생각되는 전직 은행원이 더해졌다. 1톤에 가까운 돈과 은행원 세 사람을 납치해서 도망친다고? 평소라면 어림없는, 아니 불가능한 일이라 말하겠다. 그러나 전직 은행원과 군인이 결부된 최소 세 명이상의 조직이 1년이 넘도록 준비한 사건이라면 어떨까?

운전석에 앉은 사람이 전직 은행원, 김새롬과 이기동을 압박하는 두 남자는 군인일 것이다. 다시 의문 하나가 고개를 들었다. 이쯤에서 세 사람을 내려주는 거였다? 무장 강도에게 무전기가 있었나, 아니라면 다른 곳으로 전화를 건 적은? 없었다.

이들이 했던 거라고는 득달같이 세 사람을 납치해 여기까지 운전해 온 것이 전부였다. 축협 방이역지점에서 기껏해야

10분 이내 거리로 주차할 장소 역시 사전에 물색해두었다는 뜻이 된다.

모든 것은 계획대로다. 그런데 계획에서 어긋났다? 왜 이 말을 나에게 하지? 이기동은 순간적으로 치든 생각에 머릿속이 뒤죽박죽이 되었다.

차에 시동이 걸리는 게 느껴졌다. 시동을 건다. 갈 곳이 필요하다. 어쩌면 이들은 당분간 갈 곳이 없는 것은 아닐까? 무언가 바깥에서 벌어지거나 벌어졌어야 할, 아니라면 종결되었어야 할 상황이 실패로 돌아갔다면? 실패까지는 아니더라도 지연이 되었다면? 그런데 왜 나에게, 아니라면 김새롬에게 이 이야기를 하는 거지?

가만, 이게. 저 다부진 남자의 말이, '이쯤에서 세 사람을 내려주는 거였는데'가 이곳에 있는 누군가에게 알려주려는 거였다면?

이기동은 참지 못하고 고개를 들었다. 그때까지도 자신이 고개를 절레절레 흔들고 있다는 사실을 전혀 모르고 있었다.

김새롬과 눈길이 딱 부딪쳤다.

오소소 소름이 돋았다. 알겠다. 아니 알아버렸다. 비록 이기동이 경찰도 범죄 전문가도 아니지만, 또한 고도의 논리를 집요하게 물고 늘어져 명백한 결론을 이끌어낸 것 역시 아닐지언정, 비약과 심증을 통해 그는 내부자를 알아버렸다.

먼저 이기동은 도드라진 용의자 하나를 찾아냈다. 화훼단지에서 매장을 가진 어느 여인의 남편이다. 틀리지 않을 것이다. 추정을 통해 최소 세 명 이상의 조직이 1년 이상 준비한 사건이라는 결론을 도달했다. 축협 방이역지점이 당번 은행이 되어 송파구 관내 지점의 초과 시재금을 한국은행에 납입한다는 정보는, 쉽게 얻을 수 없다. 내부자가 있었다면 내부자 역시 바이러스처럼 잠복해 1년 이상 이날을 기다렸다는 뜻이다.

김새롬!

모든 조건이 들어맞았다. 시들어가는 청춘과 죽어가는 성욕을 붙잡으려 안간힘을 쓰는 중년의 이기동을 김새롬은 치명적인 매력으로 유혹했다. 이기동은 눈이 멀어 오늘 아침 부주의했는지 몰랐다.

부들부들 몸이 떨려왔다. 분노와는 다른 감정이었다. 공포도 또 배신감도, 거기에 실망까지 어린 복잡한 심정에 눈이 아뜩해졌다.

생각에 생각, 감정에 감정이 겹치며 이기동은 그가 여전히 김새롬을 마주하고 있다는 사실을 깨닫지 못했다. 아니 노려보고 있었다.

"어라, 어쩌지? 알아버렸다. 이 심성 좋은 차장님이 마지막까지 모르기를 바랐는데. 삼수 씨, 총 줄래? 연극은 그만하자."

김새롬이 마치 영화처럼 묶였던 케이블 타이를 풀며 일어섰다. 본래 풀렸던 건가? 엉뚱한 생각이 짓쳐드는 짧은 찰나, 관자놀이를 총구가 건드렸다.

"새롬 씨. 새롬 씨였어. 새롬 씨일 수밖에 없었어. 이래서 탐정과 경찰이 중독성이 있는 직업인가 봐. 하."

마지막에는 크게 웃고 싶었다. 적어도 김새롬은 악인이 아니라는 사실을 확인하고 싶었다. 하, 하하하. 활짝 웃어주고 싶었는데 얼굴이 경직되며 목소리가 잠겼다.

"그 덕에 차장님은……."

김새롬이 한숨을 내쉬었다. 권총을 받아들더니 총구에 무언가를 돌려 끼웠다.

"베이징 악마! 차 안에서는 안 돼. 돈에 피 묻어."

키가 큰 남자가 김새롬을 말렸다. 다부진 남자는 말없이 웃고 있었다.

"테이프 붙여."

김새롬이 남자에게 명령했다. 씩 웃고 있던 다부진 남자가 이기동의 입을 테이프로 막았다. 이기동은 하나를 더 알게 되었다. 김새롬이 세 남자보다 우위에 있다는 사실이다.

"보스한테서는 연락 없는 거야?"

"아무래도." 다부진 남자가 순간 이기동을 보았다. "개별 행동도 단독 행동도 쉽지 않을 거야. 보는 눈이 하나둘이 아닐 테니까."

"몇 시지?"

"9시 20분, 21분!"

"플랜 B로 간다."

김새롬이 운전석까지 들리도록 큰 목소리를 냈다.

시동이 걸렸던 차가 엔진 소리를 높였다. 전진하는가 싶더니 방향을 틀어 후진을 하고 다시 전진을 했다, 마지막으로 후진을 하며 멈췄다.

운전석 문이 열리며 차가 살짝 들썩였다. 약간의 시차를 두고 다시 한 번 차가 들썩였다. 몇 초 뒤 뒷문이 활짝 열리며 청경 최재원이 구르듯 짐칸으로 들어왔다. 최재원을 밀어 넣은 건 운전수였다. 운전수가 자리한 너머로 검은색 오피러스 차량이 보였다.

"트렁크 여시고."

김새롬의 말에 운전을 맡았던 납치범이 오피러스의 트렁크를 열었다. 미리 언질이 되었던 듯 납치범은 비닐을 펼쳤다.

저 비닐은!

방수포였다. 예상하기는 싫지만 예상대로라면, 저 방수포 위에 최재원과 이기동이 눕게 될 것이다. 이기동은 눈을 감았다. 이대로는 죽기 싫은데. 죽더라도 김새롬과 데이트라도 했으면. 속으로 아멘을 외치고 있다. 아, 속물.

기도를 마치고 눈을 뜨는 찰나, 김새롬과 눈이 마주쳤다. 번개처럼 눈길을 거둔 김새롬이 총구를 이기동에게 향했다. 다시 눈을 감아야 하나. 생각은 바보 같기 그지없건만 본능은 공포를 이기지 못했다. 부들부들 몸이 떨렸다.

"차장님. 그간 행복했어요. 잘 가세요."

불륜 한 번 저지르지 못한 짧은 생이여. 안녕. 이기동은 눈을 감았다.

찰칵. 찰칵. 기계식 카메라 소리와 비슷한, 그러나 훨씬 금속성에 가까운 소리가 귓전을 울렸다. 연이은 한 방. 순차적인 세 방에 이어 무차별적인 난사가 이어졌다.

"뭐 해요? 눈 안 뜨고?"

김새롬의 목소리? 나 안 죽은 건가?

이기동은 질끈 감았던 눈을 슬그머니 떴다.

"여기 저……." 김새롬이 끙 탄식을 터뜨렸다. "팔이랑 다리 풀어줄 테니까 시체 좀 트렁크에 밀어 넣어요. 어서!"

손을 케이블 타이에 넣는가 싶은데 툭 잘렸다. 네일아트를 한 손톱이나 손의 특정 부위에 날카로운 것을 숨겨놓은 듯했다. 최재원 청경의 케이블 타이를 풀었을 때는, 최재원이 김새롬에게 달려들었다. 순간 보기 좋게 제압당했다. 굳이 표현하자면 좁은 승합차 짐칸에서 반원을 그리며 튕겨나가 오피러스 트렁크 위에 메어꽂혔다. 아이가 장난감을 획 뒤집듯이 군더더기 없고 간결했다. 김새롬이 끙끙거리며 던져놓다시피 한 덩치 좋은 범인 위에 최재원이 더블버거 햄 패티처럼 엉겼다.

"제 플랜 B는 두 분을 살려주는 거예요. 그러니 제발!" 김새롬이 입술을 질끈 깨물었다. "시키는 대로 해주세요. 옛정을 생각해서라도."

끙, 몸을 일으키던 최재원의 얼굴이 장례식장의 영정 사진을 바라보는 듯했다. 복잡하고 비탄에 젖었으며 기묘하기 그지없었다. 심호흡을 하더니 시체를 승합차에 얹었다 트렁크 속으로 넣었다. 살려주겠다는 김새롬의 약속에 말없이 수긍한 것이다. 조금 늦게 이기동도 시체를 트렁크에 넣었다. 살아 있는 사람이라면 상상도 못 했을 텐데 욱이고 구기다 보니 세 구가 트렁크에 실렸다.

"왜 살려주려는지 아시겠어요, 차장님?"

모른다. 그런데 고개를 저으며 떠들고 있었다.

"작전은 어긋났고, 화훼단지 여사장 남편, 그 사람과 연락이 두절된 거지. 차에 실린 428억. 새롬 씨. 운전사. 총을 든 남자 둘. 이 네 명이 만약 같은 팀이 아니라면, 뒷일은 불 보듯 뻔하잖아. 돈을 먹기 위해 서로 다투는 아비규환. 말하자면 죽고 죽이기."

"빙고."

김새롬의 눈빛은 사랑해요, 하고 말하는 듯했다.

"차장님. 오늘 말고 내일이나 모레, 저랑 데이트해요. 그럴 수 있죠?"

"아, 응."

"오케이. 차장님, 한 시간 정도만 짐칸에 좀 계실 수 있죠?"

"아, 그럼. 그럴게."

"좋아요. 그럼 저랑 청경 아저씨가 앞에 탈게요. 대신 청경 아저씨한테는 사례할게요. 평생을 미국에서 놀고먹을 수 있을 정도면 되겠죠? 게다가 범죄 피해자가 되는 거니까, 코스프레도 되고. 어때요?"

김새롬이 두 사람을 아우르며 윙크했다. 말에게 당근을 주는 사육사의 표정이 저럴까. 형언하기 힘든 아우라가 김새롬에게서 넘실대는 듯했다.

"딜."

최재원이 고개를 끄덕였다.

"자, 그럼 플랜 C로 가볼까요?"

납치범 손창환
2017년 2월 1일 9시 26분

차를 돌린 방향은 가락시장이었다. 바닥에서 더 밟히지 않는 아래까지 액셀러레이터를 밟았다. 엔진 소리가 탱크처럼 커졌다. 달린 지 9분, 뒤로 보이는 순찰차만 열 대가 넘었다.

머릿속으로 손창환은 첫 도주 때를 복기했다. 송파구 관내 모든 순찰차가 그를 뒤따를 수는 없다 해도 10여 대는 그를 따를 것이다. 대여섯 대 정도는 도주로를 파악해 마주한 채 막으려 들 것이고.

결론은 하나다. 도로를 활용하는 것!

변수가 없지는 않다. 내비게이션.

달리면서 생각해야 했다. 도로이지만 도로가 아니고 막아두었지만 막힌 곳이 아닌, 불가능을 가능으로 바꾸어줄 수 있는 장소가 필요했다.

석촌역에서 송파역 방면. 잠실 방향으로 향하는 반대편 차로가 빽빽하다. 직진하면 가락시장역 등 8호선 라인을 따라 위례신도시까지 이어진다. 아마도 경찰은 송파역이 있는 지하차도 인근을 막으려 들 것이다. SK주유소의 분홍색 간판이 바람처럼 지나갔다. 조금 멀리 수협이 보였다. 거기서 500미터만 직진하면 송파 지하차도였다. 8차선 도로, 4차선 추월선에 있다 1차선 도로가까지 급격히 차를 꺾었다.

여기다!

달려오던 차들이 횡으로 줄을 긋는 손창환으로 인해 급정거를 하거나 경적을 울리며 차선을 변경했다. 몇 초를 두고 도로는 아수라장이 되었다.

여기라고!

저도 모르게 혼잣말이 터졌다. 속도를 줄이지 않고 우회전했다. 뒤따르던 사이렌 위에 스키드 마크 소리가 덧입혀졌다. 곧바로 다시 우회전, 차는 왔던 길을 되돌아갔다. 8차선 옆 이면 도로라 차가 그리 많지는 않았다. 늘 택시를 몰며 확인했던 길이었다.

김밥천국, 스몰 커피숍, 자전거 가게가 차례로 스쳤다. 맹렬한 속도 탓에 사람들이 손창환이 모는 차에 눈길을 주었지만 금세 떨어졌다. 3초쯤 지났을까. 뒤로 첫 번째 순찰차가 꺾어 도는 게 보였다.

무전을 쳐라. 손창환이 모는 차를 쫓고 있다고. 다시 석촌호수 방향으로 차를 몬다고.

손창환은 무전 내용을 생각하며 무전을 끝냈다 싶은 순간, 호산나 교회를 지나 백제고분로40길에서 송파대로43길로 우회전했다. 차는 좁은 소방 도로를 박차고 튀어 나갔다. 하이마트 석촌점과 현대자동차를 지나며 우회전, 크게 네모를 그렸기에 차는 왔던 길을 되짚었다. 저 멀리, 멈추어 선 채 갈 길을 잃은 순찰차 세 대가 보였다. 사이렌을 울리며 길을 막았다.

속으로 숫자를 셌다. 하나, 둘, 셋, 지금에 바뀌어야 한다. 그러나 생각보다 1초 늦게 횡단보도가 빨간불로 바뀌었다.

됐다. 손창환은 경적을 울리며 좌회전했다. 사람들보다 조금 빨리 횡단보도를 차로 건넜다. 놀란 맞은편 보행자들이 비명을 내지르며 비켜났다.

미안, 미안해요.

그때 알았다. 엠제이도 비명을 내지르고 있었다. 그렇다고 눈 길을 줄 시간은 없었다.

횡단보도를 지난 손창환은 그대로 인도로 돌진했다. 미친 듯이 경적을 울리며 좌회전, 곧바로 30미터를 직진해 다시 우회전했다. 건물과 건물 사이, 도로가 아닌 주차장을 관통했다.

안도의 한숨이 터졌다.

차는 송파대로40길과 백제고분로42길을 마주한 교차로에 들어섰다. 오래된 빌라들이 줄지어 서 있었다. 손창환은 백제고분로42길로 차를 몰았다. 뒤따라오는 순찰차는 이제 보이지 않았다. 손창환은 상대적으로 차가 적은 소방 도로만을 고르기로 했다. 송파1동 우체국 뒤편까지 좌회전해 차를 몰았다.

머릿속에서 지금까지 차선이 그려졌다. 네모로 한 번, 8차선을 가로질러 인도를 이은 뒤 건물 사이로 빠져나왔다. 건물 사이는 도로가 아니라 주차장이었다. 그곳을 뚫고, 가야 할 목적지는 하나였다. 처음부터 그곳으로 가기 위해 차를 몰았다.

다만 시간이 문제였다. 아직은 러시아워가 풀리지 않았다. 특히 롯데월드와 월드타워 등 롯데 천국인 이곳은 그야말로 교통지옥이다. 다만 이제는 크게 네모를 그릴 일만 남았다.

송파1동 우체국 뒷길에서 송파초등학교 뒤를 지났다. 세븐일레븐이 보이자 좌회전했다. 이번에는 신호가 어떻게 작용할지 몰랐다. 곧바로 6차선 메인 도로가 보였다. 이 길은 석촌역에서 올림픽공원으로 향할 수 있는 서쪽에서 동쪽으로 직진하는 길이다. 올림픽공원 내 소마미술관까지 갈 수 있다. 그렇게 돌자.

마음을 먹자 발이 본능처럼 액셀러레이터를 지르밟았다. 맹렬한 속도로 차와 차 사이를 뚫으며 '칼치기' 운전을 했다. 소마미술관까지 채 2분이 걸리지 않았다. 신호도 무시했다. 곧바로 위례성대로, 올림픽공원 남4문 사거리가 보였다. 눈치껏 차를 꺾어 우회전했다 불법으로 유턴했다. 몽촌토성역, 평화의 문 광장을 끼고 좌회전을 해야 했다.

초조함이 극에 달해 운전대를 쥔 손에 감각이 없었다. 조바심에 신호가 좌회전이 되기까지 숫자를 세게 된다. 35, 36! 그때 신호가 바뀌었다. 흐름에 섞여 지나갔다. 순찰차들도 이런 상황에서는 흰색에 별 도드라진 게 없는 손창환의 차를 알아차리기 힘들 것이다.

이제 경찰은 무엇을 할까? 교통지옥 잠실에서 바리케이드를 치고 차를 막는다는 건 불가능했다.

400미터를 직진해 진주아파트와 미성아파트 사이 올림픽로 33길로 접어들었다. 비교적 한산한 거리다. 길 끝까지 직진해 좌회전 신호를 받는 척하다 잠실4동 전체를 재개발한 파크리오 아파트 단지 내부를 가로지른 길에 접어들었다. 이 길을 직진하면 잠실고등학교까지 나온다. 여기서부터는 신호에 간섭 없이 목적지까지 다다를 수 있다. 오래된 도로, 차도 거의 다니지 않지만 신호도 대부분 황색 점멸등이기 때문이다. 즉, 정차한 차가 없다면 막힘없이 내달릴 수 있다는 뜻이다.

조금 에두르기는 해야 했지만 잠실나루역을 사이에 두고 장미아파트를 돌아 잠실주공5단지까지 들어섰다.

"지금까지는 천운이라고 봐."

손창환이 말하자 엠제이가 고개를 끄덕였다.

손창환은 엠제이를 보며 전화기를 들어 보였다. 전원 버튼을 꾹 눌러 전화기를 꺼버렸다. 이제 손창환을 추적할 단서가 사라졌다.

"주공5단지, 502동과 503동을 지나서 한가람로에 들어설 거야. 여름에는 한강이 바로라 산책하기 좋았을 텐데, 아쉽다. 엠제이랑 산책해보는 거, 나쁘지 않았을 텐데."

슬쩍 고개를 돌렸다. 스치듯 엠제이와 눈이 마주쳤다. 엠제이의 눈에 원망이 서린 듯했다.

감상은 접어두자. 이제 이대로 5분만 내달리면 된다. 손창환은 망설임 없이 차를 몰았다. 차는 잠실중학교를 지났다. 곧바로 리센츠아파트 단지가 끝나자 잠실엘스아파트 단지가 보였다. 단지 사이로 구멍 난 하늘이 고개를 내밀었다. 파르라니 맑았다. 700미터 전방에 신천중학교가 보였다. 목표도 이제 눈앞이다.

손창환은 눈치껏 속도를 내며 700미터를 직진했다. 신천중학교를 끼고 신호 없는 좌회전을 했다. 금세 올림픽주경기장 동문이 나타났다. 손창환은 차를 동문으로 진입시켰다. 자동 주차 발권기에서 주차권을 받았다. 우측으로 잠실실내체육관과 좌측으로 제1수영장이 보였다. 차를 몰고 수영장 부근을 빠져나왔다. 45도 정도 우회전하는 도로를 따라가면 잠실종합운동장, 올림픽주경기장이 보인다.

저기다!

손창환의 눈에 잠실 스포츠 종합상가라는 커다란 간판이 보였다. 간판이 설치된 곳은 주경기장으로 진입하는 고가 보도였다. 그 아래에 잠실 스포츠 종합상가에 출입하는 사람들을 위한 주차장이 있다. 이 고가 보도는 폭이 20미터 정도였다. 그 아래에 차를 열 대 이상 주차할 수 있다. 무엇보다 이곳은 쓰레기 폐자재 등이 쌓여 있고 사람들의 출입이 드물었다. 특히 경기가 없는 겨울에는, 정확히 겨울 오전에는 더욱 그렇다.

손창환은 장애인 주차 구역에 차를 댔다. 주변을 두리번거렸지만 아무도 없었다. 예측이 들어맞았다. 손창환은 급하게 준비한 몇 가지 중 하나를 꺼냈다. 가짜 장애인 주차증, 그저 컬러 인쇄한 게 다인데 그럴 듯했다. 대시보드에 올려놓았다.

"엠제이. 여기서 선택해. 나는 너를 여기다 버려두고 갈 거야."

말하며 대시보드를 보았다. 전자시계가 9시 52분을 가리켰다.

"이 정도면 쇼도 충분히 한 것 같고. 잘하면 나도 빠져나갈 수 있을 거야."

으, 으으. 손창환의 말에 반응한 엠제이가 고개를 세차게 내저었다.

"할 말 있어?"

손창환이 묻자 엠제이가 고개를 세차게 끄덕였다.

조심스레 입 부분을 압박한 테이프를 뗐다. 압박한 테이프를 떼자 엠제이가 입으로 큰 숨을 내쉬었다.

"아저씨는 어쩌려고요?"

"끝을 봐야지. 박상준, 죽일 거야."

"아저씨는요?"

"나도 끝이 나겠지."

"돈! 가지고 싶지 않으세요? 이제 여기서 나가 하루만 숨어 있으면 되는데?"

"엠제이, 나이가 몇 살이야? 스물다섯쯤 됐다고 그랬나?"

"솔직하게요? 스물일곱 살이에요."

좋은 나이다. 가만 스물일곱?

"아저씨, 저 테이프 다 떼주세요."

살짝 고개가 저어졌다. 모호했다. 아니 지금껏 알아왔던 엠제이에 대한 실체에 의문이 생겼다.

"얼른요!"

아빠에게 케이크를 사달라는 말투였다. 손창환은 대시보드에서 커터를 꺼냈다. 커터로 팔을 묶었던 테이프를 잘랐다. 손이 자유로워진 엠제이가 빼앗다시피 커터를 가져갔다. 엠제이는 다리를 묶은 테이프를 잘라 뜯었다. 손과 발에 테이프를 다 뗀 엠제이가 손창환을 딱 마주 보았다.

"아저씨. 여기서 나가는 순간, 죽을 거예요."

"나, 내가? 왜?"

"그렇게 하기로 계획된 거였으니까요."

"무슨 소리……?"

꼬리를 물던 의문에 답 하나가 떠올랐다. 경찰이 죽게 하는 것, 그것을 완전범죄라고 박상준이 말했다. 엠제이도 이 사실을 공유하고 있었다. 그 말은, 어쩌면 엠제이가……!

"나를 죽이기로 되어 있었던 거야?"

엠제이가 고개를 끄덕였다.

"엠제이가 나를 죽인다면, 말짱 도루묵인데? 나가리라고."

하. 탄식을 터뜨리더니 엠제이가 좌석 아래로 손을 넣었다. 슥 손이 깊숙이 들어가는가 싶더니 무언가를 잡고 꺼냈다. 주변이 어두워 처음에는 무언지도 몰랐다. 검은 덩어리라고 생각했다. 그런데.

"보다시피 권총이에요. 아저씨가 경찰에게 죽지 않는다면, 제가 이걸로 푸슝."

"과하다. 어떻게 경찰이 날 죽여?"

"제가 그렇게 만들었을 거니까요."

하. 이번에는 손창환에게서 탄식이 터졌다.

엠제이가 대시보드를 바라봤다. 손창환의 눈길도 옮겨 갔다. 9시 56분.

"저에게 4분만 주실래요?"

"나를 죽이는 데 4분이나 필요해?"

"아니요, 아저씨를 죽이지 않을 시간."

말하며 엠제이가 전화기 하나를 들어 흔든다. 언제 숨겨놓았던 걸까. 권총도 그렇고, 전화기도.

가만, 그렇다는 건. 박상준이나 엠제이가 아닌, 다른 조력자가 있다는 뜻인가.

50억이다. 전부 준비하지 못해 39억으로 줄었다. 손창환이 계획을 변경하며 벌어진 임기 상황이었다. 차 역시 마찬가지, 급하게 구했던 차다. 잠들기 전까지 차를 몰았다. 여기에 무언가를 장치한다는 건 불가능했다. 아니, 가능했던 건가? 엠제이와 손창환이 함께 있던 밤, 두 사람이 아닌 다른 조력자라면?

"4분이 지나면 진실을 말해줄 건가?"

"아저씨 기억을 더듬어야 되는 일이에요. 오늘이 무슨 요일인지 아시겠어요?"

"2월 1일. 설 다음 날."

"그렇죠, 설 다음 날. 아저씨가 은행원이었다면 오늘은 어땠겠어요?"

"바빴겠지. 어제오늘은 창구에 입금하는 손님들로 인산인해일 테니까. 은행 금고에는 돈이 차고 넘치고……."

말하는 순간 마치 영상처럼 과거의 기억 하나가 투사되었다.

1997년 즈음이지 않았을까. 1999년이던가?

설이 지나 C시 시 금고에도 현금이 차고 넘쳤던 다음 날. 현금 정사를 하며 투덜거리고 박상준이 손창환을 위압하며, 또…….

그때 무슨 일이 있었더라. 이성미 관련 일이었나? 아니라면 허진복을 타박했던 때인가.

기억이 뒤죽박죽으로 엉켰다.

아니다. 설 다음. 맞다, 경상은행 본점에 시재 초과금을 불입하러 갔던 날이다. 왠지 그날 박상준은 꾸무럭거렸다. 그리고!

완전히 잊었던 박상준의 말이 귓전을 때렸다.

"야, 느그는 은행 강도 해보고 싶은 마음 없나?"

박성백 계장과 손창환은 서로를 보며 코웃음을 쳤을 것이다. 그날, 왠지 그날, 박상준은 라면을 먹고 가자고 말했다. 별 의심 없이 세 사람은 본점 옆 분식집에서 라면을 먹었다.

그날 세 사람이 다시 차를 타고 C시 시 금고로 복귀할 때 경상은행의 현금수송 전용 특수차량이 차도에 나란히 섰다.

그때 박상준이 무엇을 물었더라? 분명 본점 특수차량 운전기사와 자금부 대리에게 무언가를 물었다.

총? 뒤에는 총도 가지고 타느냐고? 맞다, 그 물음이었다. 그렇다는 건!

1997년……?

2017년.

무려 20년에 걸쳐 박상준은 계획을 실행했다는 말인가. 그 계획 속에서 손창환은 그럼, 철저히 함몰되고 고립되어 마지막에나, 아니 마지막에서 마지막에나 사용할 장기판 졸로 살아가고 있었다는 뜻인가.

허. 허허.

조금 전과 다른 의미의 절망이 입 바깥으로 터져 나왔다.

"이거였던가. 이거였어. 나를 범죄자로 몰고 그것도 모자라 완전히 인생에서 실패한 낙오자로 만든 거!"

분노가 치밀었다. 믿기 힘들 정도의 분노가 날숨이 되어 차 안을 채웠다. 손창환은 엠제이를 바라보았다.

"은행 강도를 위해?"

엠제이가 고개를 끄덕였다.

"은행 강도를 위해."

이상했다. 아니 이상하다고 파악했어야 옳았다. 박상준을 만난 날, 마치 현진건의 「운수 좋은 날」을 복기하듯 벌어졌던 행운, 그리고 차에 오른 사람들. 그들은 때로 추리소설을 이야기했고, 행복하다 부추겨주었고 죽이고 싶다는 말에 과감히 죽이라고 말했다.

그 모든 게…….

"……계획이었다는 말인가?"

"계획이었어요. 아저씨의 살의를 발화하기 위한. 한 극단의 배우들을 통째로 빌렸어요. 택시 기사에게 행복을 선물하겠다는 딸의 소원이라고 속여서."

"그런데 왜 나를 살려주려고 하지?"

"정확히 결정한 건 아니에요. 그런데 아저씨의 지난날이 저를 이겼어요. 아저씨가 살아왔던 날들이." 엠제이의 말이 흐려졌다. "그리고……."

엠제이가 총구를 들어 대시보드를 가리켰다. 시각. 10시 1분이 됐다. 동시에 엠제이가 전화기를 들어 흔들었다.

"계획이 틀어진 거예요."

"나 때문인 거잖아?"

"부인하지 않을게요. 하지만 지켜볼 필요가 있었거든요. 먼저 하나. 박상준이 그랬어요. 아저씨가 저와 39억을 보면 눈이 멀 거라고."

돈과 여자. 눈이 멀 만했다.

"아저씨는 저를 건드리지 않았어요. 누구보다 신사였어요. 더 해서!"

엠제이가 잠시 숨을 골랐다. 손창환이 뱉어낸 분노를 들숨으로 삼키지 못해 버거워하는 것처럼.

"아저씨는 돈에도 무관심했어요. 박상준이 설명한 아저씨의 몽타주가 틀렸어요. 그건 곧 거짓말이라는 뜻으로 바뀌죠. 킬러에게 거짓말을 하는 의뢰인은 언제든 그 킬러를 제거할 수 있어요. 이 업계 룰이라면 룰이죠. 어쨌든 아저씨는 무언가 이상한 낌새를 챘어요."

"그래서 계획을 중간에 변경시켰지. 엠제이가 제시한 8시 55분이라는 시간을 세 시간 가까이 앞당겼던 거니까."

"맞아요. 계획은 이미 거기서부터 틀어졌던 거예요. 저는 아저씨에게 납치되는 역할이었죠. 아마 어제 밥 먹은 데서 아저씨에 관한 제보를 하려고 들지도 몰라요. 실은 거기, 단골이었거든요."

아. 그제야 이해가 갔다. 부자연스러웠던 개그맨 부부의 행동. 카드를 긁는 순간까지도 의아해하는 듯했다. 심지어 주차장에서 빠져나가는 순간까지 배웅했지만 실제로는 관찰하고 있었다.

"요즘은 대부분 한국은행에 바로 가서 불입을 할 텐데, 어떻게 지방은행인 경상은행 같은 형태로 과초금을 불입하는 은행을 찾아낸 거지?"

"그런 거까지는 전 몰라요. 어떻게든 찾아냈다는 것만 알죠."

"그러려고 네 엄마를……."

"제 엄마는 아니에요. 그분은 정말로 딸을 잃은 분입니다. 박상준이 저를 딸로 소개시켰던 거고요. 엄마가, 딸 사망신고를 하지 않았더라고요. 아직 유학을 하는 것처럼……. 명확히 뒤지면 밝혀질 일이지만 그래서 덮어둘 수 있었어요. 저는 딸처럼 행동했고요. 그 딸 이름이……."

"신문정? 엠제이?"

"네. 신문정. 엠제이에요."

"그럼 넌?"

"그냥 엠제이라고 하죠. 굳이 아저씨가 알아봐야 좋을 거 없어요."

총. 납치. 범상치 않았다. 굳이 건드릴 필요는 없었다. 손창환은 대답의 의미로 고개를 끄덕였다.

"10시가 모든 작전이 끝나는 시간이었어요. 아저씨 때문에 엉망이 되기는 했지만요. 이런 일은 시간을 끌수록 우리한테는 불리해지니까요. 아니 저한테는요."

우리였다, 저……. 적어도 엠제이는 이제, 박상준 일당과 궤를 달리하고 있었다.

이때 100여 미터 앞에서 아우디 한 대가 들어오는 게 보였다. 하늘색이었다. 맙소사. 차창을 향하던 총구가 반사적으로 손창환에게 향했다. 손창환의 눈길을 더듬어보던 엠제이가 긴장하는 게 느껴졌다.

"걱정 마. 내 준비물. 어때, 같이 나갈까?"

말도 끝나기 전에 엠제이가 먼저 차에서 내렸다. 요령껏 권총을 뒤춤에 감췄다.

손창환이 내리자 아우디가 바로 옆까지 다가왔다.

"나 참. 빌린 차를 대차하고 또 빌린다니, 너도 대단하다."

배 씨가 내리더니 고개를 잘래잘래 젓는다.

"저 아반떼, 여기다 버려도 돼?"

손창환이 물었다. 손창환의 안주머니에는 탈탈 긁었던 돈 300만 원이 들어 있었다.

"제가 줄게요."

손창환보다 먼저 엠제이가 5만 원 묶음 한 다발을 배 씨에게 건넸다.

"아무 데나 버려. 그런데 아우디도 범죄에 쓰려는 거지? 500은 좀……."

긍정에 이어 배 씨가 탐욕을 내보였다.

"500에 더해서."

엠제이가 묶음 한 다발을 더 꺼냈다. 엠제이는 열쇠고리라도 된다는 양 돈다발을 흔들었다.

"대신……."

"척하면 척이지. 난 두 사람 다 본 적도 들은 적도 없는 거야. 저 차는 도난당한 거고. 다만 아우디는 적당한 데 주차하고 말해줘. 그러면 되니까."

상식 이하, 범죄와 쉽게 결탁하며 살아온 배 씨의 이면이 드러났다. 손창환도 그랬다. 다만 손창환은 변했다. 출소를 하고 스스로 무언가를 결정할 수 있게 된 뒤로 어떤 범죄와도 타협하지 않고 살았다. 그러나 오늘은, 모르겠다.

"돈은 돈대로 받고 아우디는 여차하면 쓰겠다? 아저씨 야비하네요. 그 정도로는 안 되겠어요."

엠제이가 번개처럼 권총을 오른손에 쥐었다. 왼손에는 500만 원, 선택하라는 의미였다.

"나야 돈이지. 죽고 싶지는 않아. 입에 지퍼 꽉 채울게. 아 참, 이것도."

배 씨가 오른손을 내밀었다. 2G 폰이 손에 들렸다. 엠제이가 묶음을 건네자 배 씨가 전화기와 교환했다. 배 씨는 되돌아서 사라졌다.

"봤어요?" 멀어져가는 배 씨를 보며 엠제이가 물었다. "도청기 장착하는 거?"

"도청기?"

"못 봤으면 됐어요. 1,000만 원에 죽을지 살지는 저 아저씨 운명인 거지."

아저씨 비키세요, 라고 말하는 투였다. 길을 가로막는 자는 죽는다는 게 다르다면 다를까. 동시에 구미호를 본 나무꾼의 전설도 생각났다. 말할까, 말까. 구미호는 딸을 데리고 떠나갔지만 배 씨는 목숨이 달아날지 모른다.

엠제이와 손창환이 아우디에 올랐다.

"이 작전에 투입된 건 최소한 세 팀이에요."

"서로가 누구인지는 전혀 모르겠지? 그게 박상준이 일하는 방식이었을 테니까."

"맞아요. 박상준이 저를 찾아온 건 벌써 3년 전이에요. 2년이면 끝난다는 일이 길어졌고요."

"나를 찾는 게 오래……."

엠제이가 재빨리 손창환의 말을 잘랐다. "미쳤어요? 아저씨는 제가 온 그날 봤어요. 아저씨가 모는 택시도 탔었고요." 쯧, 소리가 나게 그녀가 혀를 찼다.

"저는 은퇴를 조건으로, 아 물론 이건 제 개인적인 다짐이지만, 이 일에 참여하기로 했어요. 약속한 금액은 500만 달러, LA 선셋대로 인근에 석양이 그림처럼 떨어지는 날이었거든요. 은퇴하기에는 좋은 날이라는 생각이 들었어요. 두 사람을 죽이는 조건으로."

"두, 둘?"

"네, 아저씨와……."

엠제이가 잠시 망설였다.

"나는 몸값이 500만 달러는커녕 5만 달러도 아까운 사람이야."

손창환이 항변하자 엠제이가 풋 웃었다. 그사이 차는 잠실종합운동장 정문을 빠져나왔다.

"그럼 엠제이는?"

"제 직업을 알면 다 죽는데."

"말하지 마. 킬러라는 거!"

아뿔싸!

"말하지 않았으니 됐죠, 뭐. 아저씨 귀여워요. 그런 소리 자주 듣지 않아요?"

"아니."

"진실하기도 하고. 다만 자존감이 없는 게 흠이지만."

"아."

"뭘 안다고 '아'예요? 바보! 그런 소리 들으면 눈을 부릅뜨고 아니라고 하는 게 남자지, '아' 하고 수긍해버리면 어떡해요?"

아빠 술 좀 먹지 마, 따지는 딸의 목소리였다.

"아저씨는 박상준을 죽인 뒤 어쩌려고 했어요? 실행 확률은 1만 분의 1도 안 됐겠지만 만약에 죽인다면요?"

"솔직히?"

"네. 솔직히."

"엠제이와 관련된 모든 걸 지우고 유서를 쓴 뒤 죽으려고 했어. 요즘은 죽기 좋은 날씨잖아."

"죽기 좋은 날씨……." 엠제이가 질끈 입술을 깨물었다. "지금까지 그렇게 산 거 억울하지도 않아요? 한 번이라도 가족을 이 뭐 딸과 함께 잘 살아야겠다, 이런 마음 먹어본 적 없어요?"

"딸이 없으니까. 가족을 이룬다는 거, 나한테는 사치야."

"가족 같은 게 뭐라고."

엠제이의 눈가에 얇은 층이 생겨나는 게 보였다. 물로 된, 그러나 조금 짭짤한. 흘러내리나 싶은데 권총을 쥔 손으로 대차게 눈물을 닦았다.

"그러게, 가족 같은 거 뭐라고. 어찌 보면 아무것도 아닌데."

명철의 이야기가 스쳐 갔다. 자식들 보면 마누라랑 하다가도 그게 죽는다던. 가족이 있어도, 또 가족이 없어도 생존은 공포다. 그것을 어떻게 받아들이는가는 개개인에게 달린 문제였다.

"결정했어요. 삽시다, 저랑."

엠제이가 다시 한 번 입술을 감쳐물었다.

"다만 난관이 있어요. 저 말고 누가 뒤에 있는지 전 몰라요. 얼마를 훔쳤는지도 모르고. 다만 전······."

"두 명을 죽이라던 게 그럼, 너 말고 다른 킬러를 죽이는 거였겠구나."

꽉 깨문 입술로 엠제이가 고개를 끄덕였다. 그러더니 그녀가 낮게 속삭였다.

"어디일까? 어디에 숨겼을까? 박상준!"

엠제이의 속삭임이 순간 귀를 지나며 바늘로 찌르는 듯한 아릿한 통증이 되었다. 한 달 동안 박상준을 지켜보았다. 아니 그보다 먼저, 그와 오랫동안 같이 일했다. 박상준이라면 어떻게 할까? 남들이 다 뒤질 줄 알면서도 서랍 천장을 금고 삼아 통장과 도장을 숨겨두는 용의주도하고 대범한 사람이다. 그러면!

"나 알겠어. 엠제이 말고 은행 강도 팀이 어디 있을지!"

엠제이의 입이 벌어졌다.

"비켜봐, 내가 운전할게."

내가 먼저 죽인다!
2017년 2월 1일 10시 23분

손창환의 기대와 달리 도로는 난장판이었다.

"아저씨 때문에 그래요."

"알아."

올림픽선수촌아파트까지 5분이면 될 줄 알았다. 신호가 없는 이면 도로와 소방 도로를 적절히 활용했음에도 도로는 막혔다. 경찰이 요소요소 가로막은 탓이었다. 그렇다고 지금에 와서 택시 기사를 했던 과거가 천운이라고 말하는 것은 작위적이기 그지없다.

방향을 가늠한 엠제이에게서 아, 탄식이 새 나왔다.

"선수촌아파트. The foot of the candle is dark."

"뭐? 캔들 뭐? 등잔 밑이 어둡다, 그런 뜻인가?"

운전을 하며 슬쩍 엠제이를 보았다. 눈이 마주치자 고개를 끄덕였다.

"때려 맞춘 거야. 계속 떠올리던 상황이니까. 물론 어제까지만 해도 막연히 박상준을 죽이겠다고 생각만 했지 오늘 같은 활극이 벌어질 줄은 몰랐잖아. 그런데 이 활극 때문인지 점점 박상준의 입장에서 생각하게 됐어. 그라면……."

"선수촌아파트 어딘가에서 이 연극을 마무리할 것이다?"

"오케이. 내가 느끼기에 선수촌아파트는 꽤 허술해. 주차장에는 어느 차든 제지 없이 진입이 가능해. 경비가 불법 주차 스티커를 붙이기도 하지만 다른 아파트처럼 깐깐하게 관리하는 편은 아니야. CCTV도 마찬가지. 특히 올림픽공원 맞은편으로 진입하는 도로에는 CCTV도 없어. 반대로 선수촌아파트 자체는 엄청나게 넓어. 만약에 내가 형사라면 너무 너른 데에 있는 영상을 판독할 때, 꼭 필요한 것만 찾게 될 거야."

"그 말은?"

"나만 찾을 거라는 뜻이야. 너를 납치한 나만."

"은행 강도 사건이 외부에 알려지면 상황은 달라질걸요."

"그렇겠지. 하지만 박상준의 계획대로였다면……."

"사라지고 없겠죠. 펑!"

엠제이가 손바닥을 오므렸다 펴며 무언가가 터뜨리는 시늉을 만든다. 그사이 손창환이 빌린 아우디는 올림픽선수촌아파트에 다다랐다. 차를 꺾어 103동에 먼저 들어갔다. 올림픽공원에서 마주 보자면 가장 오른쪽에 101, 102, 103, 세 동이 모여 있었다.

도로를 살폈다. 엠제이 역시 도로를 살폈다. 거의 동시에 눈이 마주친 두 사람이 고개를 저었다. 103동 지하 주차장으로 들어섰다. 오전 시간이라 주차장은 비다시피 휑했다.

"나간다." 혼잣말을 하듯 엠제이에게 말하고 차를 몰아 지하 주차장을 나왔다. 어쩔 수 없었다. 이렇다면 101동부터 살펴보는 수밖에.

101동에서 106동은 단지 서남쪽에 면했다. 구조로 보자면 한 아파트 단지 크기다. 남쪽 면 전체는 107동부터 136동 중 17개 동이 선별적으로 서 있었다. 106동까지 살피고 107동으로 접어들려 할 때였다.

"아저씨. 올림픽선수촌아파트에서 아저씨가 말한 서랍장 위 같은 데가 어디일까요? 이렇게 찾다가는 오늘 하루 다 가버릴 거예요."

엠제이의 말에 다급함이 엿보였다. 틀리지 않았다. 엠제이에게 연락이 오기로 했던 시간이 10시였다고 들었다. 예정대로 일이 진행되었다면 벌써 연락이 왔어야 옳았다. 킬러만 둘, 엠제이에게 50억 원을 약속했다면 그 열 배 정도인 500억에 가까운 돈이 이곳에 집중되어 있지 않을까. 계획이 틀어졌다면 어디가 어떻게 틀어졌는지, 상황을 통제하고 지배할 수 있어야만 된다. 그렇지 않다면 손창환도 엠제이도 죽게 될 것이다.

"10시라는 건 내가 경찰에게 붙잡힐 시간이었을까?"

넌지시 떠보았다.

"어떻게 되더라도 상관없었을 거예요. 아저씨도 나도 박상준에게는 수단이었을 거니까요. 결국 10시라는 건……."

"돈을 가지고 도망칠 시간을 버는 거였겠다. 그래야 맞겠어. 그런데 연락이 없다는 건 도망갔거나."

잠시 숨을 삼켰다. 엠제이의 눈길이 손창환에게 급하게 들러붙었다.

"도망치지 못했다는 거겠지. 엠제이를 속이려면 그들도 정보가 필요했을 거니까."

"타당해요. 하지만 핵심에는 접근하지 못하는 느낌이에요. 방법은 하나밖에 없어요."

"하나?"

주도를 하려던 건데 주도권을 내주고 말았다. 이번에는 손창환의 눈길이 엠제이에게 들러붙었다.

"박상준을 끌어내는 거!"

엠제이의 눈이 형형하게 빛났다.

"박상준을!" 꿀꺽 침을 삼켰다. "끌어내는 거? 가만, 그게 무슨 소리야? 박상준을 끌어내다니?"

"기다려봐요."

엠제이가 2G 폰을 꺼냈다. 직감했다. 지금껏 헤매고 속고 속이며 죽을힘을 다해 온 것에 비해 11자리 숫자를 너무나도 쉽게 눌렀다. 박상준의 번호!

"나예요, 엠제이."

낮게 으르렁거리는 목소리가 전화기를 통해 전해졌다. 들리지 않아도 어떤 의미인지 짐작이 가능했다. 엠제이는 으르렁거리는 소리를 산뜻한 콧소리로 되받아쳤다.

"시끄러워요. 내려오세요. 아니면 다 죽어요."

으르렁거리던 소리가 사라졌다. 아마도 살살거리며 엠제이를 달래려는지 모르겠다.

"아저씨, 내려오라고요. 아니면 은행 강도들 다 죽어요. 돈! 전부 불태워버릴 거예요. 난 39억이 있으니까. 끊어요."

전화를 끊자마자 엠제이가 눈짓했다. 손창환은 재빨리 103동 방향으로 차를 몰았다. 1307호가 현관으로 사용하는 입구에서 50미터쯤 떨어진 곳에 차를 댔다. 초조함에 입안이 바작바작 말랐다. 저도 모르게 핸들을 부술 듯 움켜쥐고 있었다. 그때 엠제이가 손창환의 오른손 위에 손을 포갰다.

"아저씨. 나도 도박이에요. 상황이 어떨지 모르니까요. 그래도 우리, 멋지게 끝내요."

"멋지게?"

"네, 멋지게."

끝을 내자?

엠제이는 무슨 생각을 하고 있는 걸까? 멋있게 끝을 내자니. 차마 형언할 수 없는 결말이 그려졌다. 은행 강도. 권총. 킬러. 약자의 죽음. 악인의 득세. 박상준의 승리! 안 된다, 그래서는 안 된다. 박상준은 절대 승리해서는 안 된다. 이 싸움은 그런 싸움이었다.

내가 죽인다.

내가.

먼저.

죽인다.

순간 멍청한 실수를 저질렀음을 깨달았다. 아반떼 트렁크에 지금껏 구입했던 살인 장비를 그냥 넣어두었다. 타인에게는 공구에 지나지 않을 것들이지만 손창환에게는 살인을 위한 장비였는데.

마른침을 꿀꺽 삼켰다. 그때 1층 현관으로 모자를 쓰고 웅크린 남자가 나타났다. 위장이라면 빵점, 누가 보아도 박상준이었다.

차를 움직이려고 하자 엠제이가 제지했다.

10여 초, 차 안의 정적과 박상준의 걸음이 대비되었다. 엠제이의 눈길이 빠르게 1307호와 박상준을 뒤쫓았다. 아. 그제야 뱃속 저 끝에서 엠제이의 의도를 알아차린 감탄이 터졌다. 미행은 없었다.

"따라갈까?"

엠제이가 고개를 끄덕였다. 천천히 차를 몰았다. 그는 어디로 가려는 것일까? 머릿속에서 반원형으로 만들어진 올림픽선수촌아파트의 모습이 그려졌다. 101동 단지 옆으로는 아파트 내

4차선 도로를 사이에 두고 2단지, 즉 2로 시작하는 단지가 쭉 펼쳐진다. 박상준은 익숙하게 103동을 돌아 102동과 106동 사이에 있는 놀이터로 걸어 들어갔다.

"차가 갈 수 없는 곳인데?"

"쭉 가면 어디죠?"

"104동 지나서 4차선 건너면 2단지가 시작돼."

"그러면 앞지르죠. 어차피 갈 데야……."

엠제이도 확신하지 못하는 것일까. 별것 아닌 모습인데도 박상준이 치밀하기 그지없도록 느껴졌다. 반면 손창환이 모는 차는 확신을 가진 듯 전진했다. 106동과 올림픽유치원 사이 차도로 크게 좌회전을 두 번했다. 순간 2단지로 접어드는 박상준의 모습이 눈에 들어왔다.

멀찍이 떨어져 박상준을 관찰했다. 휘적휘적 걷나 싶더니 207동 현관을 관통한다. 어쩔 수 없이 차는 204동에서 206동이 있는 테니스 경기장 맞은편 단지까지 이동했다. 박상준이 207동을 관통해 204동에서 206동을 감싼 놀이터로 들어갔다. 박상준의 걸음걸이는 흐트러짐 없이 204동을 향했다.

"대단하다. 사람들이 찾는다면 별것 아니라도 우리처럼 행동할 거야. 심리적인 요인 때문에 1단지부터 싹 둘러보고, 2단지로 가겠지. 그런데 1단지와 2단지는 심리적 장벽을 빼면 지금 우리가 달리는 4차선 도로가 전부잖아."

"보통 머리는 아니에요. 범죄를 저지르는 데 최적화된 머리라고 할까요?"

"그렇다고 감탄만 하고 있을 수는……!"

그때였다. 박상준이 204동 앞에서 멈추는가 싶더니 주변을 아우르며 두리번거렸다. 감이 왔다. 이곳이다. 박상준은 204동 아래에 있는 지하 주차장 중 왼쪽으로 걸음을 옮겼다.

"두 번 볼 거 없어, 그치? 자비도 없고!"

습관적으로 눈길이 대시보드에 쏠렸다. 시각을 확인했다. 10시 23분. 동시에 손창환은 차의 속도를 높였다. 의도를 알아차린 엠제이가 권총을 꺼내 들었다. 어느새 권총에는 소음기가 달렸다.

"아저씨, 아저씨 방향으로 회전하세요. 그래야 내가 1초라도 시간을 확보할 수 있어요."

척하면 척이다.

손창환은 지하 주차장으로 거의 내려간 박상준의 뒷모습이 급작스레 확대되는 것을 느꼈다. 순간 핸들을 급격히 오른쪽으로 틀었다. 둔탁한 소리가 좌측 펜더를 통해 전해졌다. 헤드라이트 유리가 깨졌다는 사실을 손끝으로 알 수 있었다. 박상준은 앞 유리를 타고 넘으며 뒤로 굴렀다. 천우신조라면 이런 것일까? 박상준이 들어온 것이 좌측 주차장 입구였던 탓에 오른쪽으로 핸들을 꺾자 너른 지하 주차장이 펼쳐졌다.

허. 큰 숨을 내쉬며 오른쪽으로 고개를 돌렸을 때 엠제이는 이미 차에서 내리고 없었다. 열린 문틈으로 엠제이의 다급한 외

침이 들렸다. 고개 숙여요!

본능적으로 몸을 웅크렸다. 그때 검은 그림자가 차 뒤에서 일어서는 기척을 알아차렸다. 급하게 후진 기어로 바꾼 뒤 그림자를 밀어붙였다.

악! 비명 소리가 완전히 닫히지 않은 조수석으로 달려들었다. 박상준이었다. 연이어 나뭇가지를 꺾는 듯한 소리가 수없이 오갔다. 멀리서 가까이서. 멀리서, 더 가까이서. 차벽에 꽂히는 소리 역시 감지된다. 그제야 총소리라는 사실을 알아차렸다. 손창환은 주차에 기어를 올리고 조수석으로 몸을 빼냈다. 간결했지만 다급한 동작이었다. 요령껏 몸을 구르며 바깥으로 나왔다. 그제야 우측 뒤 펜더에 몸을 숨긴 채 권총을 발사하는 엠제이가 보였다.

"저기도 여자네. 바보 같은 박상준! 여자라고 쉽게 생각한 건가?"

엠제이가 분투 중에 손창환을 향해 말을 꺼냈다. 움츠렸던 목을 빼내 엠제이를 향해 고개를 돌렸다. 엠제이의 왼쪽 팔이 고장 난 시계추처럼 휘둘렸다. 잠시 뒤 후두둑 피가 바닥으로 떨어졌다.

"아저씨. 제 주머니 좀."

엠제이의 인상이 구겨졌다.

손창환은 다급하게 엠제이 뒤로 옮겨 갔다. 엠제이의 주머니에 손을 넣었다. 그때 저 멀리에서 툭 쓰러지는 여자의 모습이 보였다. 쓰러졌던 여자가 비틀거리며 일어섰다. 불굴의 의지라는 게 저런 걸까? 막연한 생각을 하며 엠제이의 주머니에 손을 넣었다. 탄창이 만져졌다.

그때였다. 지하 주차장을 통해 들어오던 빛이 일시에 어두워졌다. 누군가, 지하 주차장을 가로막은 것이다.

"권총 줘봐. 얼른."

엠제이는 여전히 전방에서 눈을 떼지 않은 채 권총을 건넸다. 손창환은 영화에서나 보았을 권총의 탄창 갈이를 어렵지 않게 해냈다. 거의 동시에, 손창환은 엠제이의 목을 왼팔로 감았다. 손창환과 엠제이가 한 몸처럼 밀착되었다. 저 멀리, 전방에서도 무언가 일이 벌어지고 있었다. 여자의 고개가 만류인력에 저항하지 못하고 바닥을 향했다. 쓰러졌던 여자를 손창환 또래의 남자가 부축했다.

정적!

어둠!

지하 주차장의 형광등이 일시에 꺼졌다.

"경찰이야."

손창환은 지하 주차장 입구를 누군가 막아선 순간 직감했다. 경찰이 엠제이보다, 또 손창환보다 위였다. 영리한 경찰은 끈덕지게 기다렸던 것이다. 손창환은 이 상황에 맞는 결말 역시 떠올렸다.

엠제이는 살린다!

어둠이 눈에 익기도 전인데 나뭇가지 꺾는 소리가 수없이 이어졌다. 맞은편 상대였다. 아니, 맞은편 여자 킬러는 쓰러졌다. 그녀를 부축했던 남자다. 난사하고 있다. 손창환은 기다렸다. 난사가 끝나기를.

정적.

심장 소리. 거친 숨소리. 절규하는 듯한 상대편의 흐느낌.

끝났다. 상대의 난사가.

가만히 총구를 들자 엠제이가 덩달아 오른손을 내밀었다. 엠제이의 손이 우측으로 약간 움직였다. 손창환도 딱 그만큼만 움직였다. 이번에는 손창환이 난사했다. 총알이 다할 때까지.

총알이 발사될 때마다 절로 이를 앙다물게 된다. 난사하며 외쳤다.

엠제이.

살아, 꼭 살아.

쓸데없는 공명심도.

나에 대한 부채 의식도 버려.

기만도 위안도 하지 마, 그냥 살아.

반드시.

철컥. 철컥. 빈 격자의 울림이 공허했다.

극과 극 사이 인터미션 같은 두 번째 정적.

손창환이 엠제이를 단단히 부축해 상대편까지 뛰었다. 달리는 동안 한 몸처럼 합을 맞추며 엠제이가 탄창을 갈았다. 상대가 몸을 숨겼던 차는 특수 승합차였다. 그 뒤로 추돌이라도 한 것처럼 검은색 오피러스가 자리했다. 열린 트렁크 너머로 시체가 보였다. 아래로 눈을 돌리자 단정하게 생긴 여자가 쓰러져 있었다. 그녀를 안고 피를 토하는 남자가 보였다. 그런데 가만.

아는 남자다. 설마. 고등학교 동기, 이름이 뭐였더라?

"너 손창환이지?"

울컥 남자가 피를 토하며 말했다.

"너?"

"나, 이기동. 막연하게 너는 죽었을 거라 생각했는데."

이렇게 만나네.

두 사람은 약속이라도 한 것처럼 같은 말을 내뱉었다.

이기동이 쿨럭 기침을 뱉었다. 피가 섞인 침이 입 주변에서 터졌다.

이기동은 올림픽공원에서 가까운 대학교를 나왔다. 여자랑 닮은 비누 냄새만 바람에 스쳐도 가운데에 피가 쏠리던 시절, 손창환은 이기동의 군주를 해주었다. 화양리에서였다. 내리막을 타던 화양리였지만 돈 냄새는 척척 맡아냈다. 이기동과 손창환, 둘을 이어주던 이규환과 노건동이라는 친구까지 넷이었을 것이다. 그때는 김종서의 〈겨울비〉가 유행이었다. 네 사람은 화양리에서 치마를 기침하듯 쉽게 벗는 술집 여자들과 마주하고 놀았다. 붉은 조명 아래에서. 내일이 없을 것처럼. 붉은 해가 뜰 때까지.

이기동이 한 번 더 피를 토했다.

"기동아, 미안하다. 죽지만 마라. 내가 먼저 죽을 거니까."

설핏 마주친 이기동의 눈이 서글퍼 보였다.

지금이라면 어땠을까? 손창환은 그리 놀지 않았으리라. 절대 확언할 수 있다. 사람은 사람답게 살아야 한다. 여자든 남자든, '가지고' 놀아서는 안 된다. 박상준처럼. 그래 지금이라면 근사하게, 아니 사람답게 놀았을 텐데.

이기동이 어렵사리 손을 들었다. 손에는 총이 들렸다. 총알이 없을 텐데? 그런데 총구가 살짝 손창환을 비켜 갔다. 손창환은 번개같이 몸을 틀었다. 팔에 총을 맞은 엠제이가 거칠게 비명을 내질렀다. 달려오는 것과 방아쇠를 당긴 것은 동시였다. 박상준과 손창환의 대치! 찰나와 순간이 비켜 가며 왼쪽 옆구리에 총을 맞은 박상준이 허무하게 푹 고꾸라졌다.

"엠제이, 넌 피해자 코스프레 해. 내가 알아서 마무리할게. 오케이?"

목을 감았던 손을 놓자 엠제이가 바닥에 주저앉았다.

"살아, 반드시!"

엠제이가 비장한 표정으로 고개를 가로저었다. 그녀가 무언가 말하려 했지만 손창환은 돌아서버렸다. 곧바로 박상준에게 다가갔다. 박상준의 얼굴을 향해 공을 차듯 오른발을 날렸다.

"책임은 내가 진다." 신음하는 박상준을 향해 내뱉었다. "일어나, 일어나라고."

손창환의 말에 비척비척 박상준이 일어섰다. 얼굴은 피범벅으로 일그러졌고, 총을 맞은 옆구리를 왼손으로 꾹 눌렀다. 손창환은 박상준의 뒤로 돌아가 거칠게 목을 감았다. 손창환은 박상준의 관자놀이에 총구를 가져다 댔다.

"나가자. 어서!"

"어디로?"

"주차장 바깥으로."

박상준이 묻자 얼른 대답했다. 목을 감아쥔 손창환이 억지로 지하 주차장 입구를 향해 발걸음을 뗐다. 저항하나 싶었지만 이내 포기한 듯 박상준도 발걸음을 옮겼다.

"투항하면 목숨은 살려준다!"

확성기 목소리가 들린 것은 그때였다. 서치라이트가 박상준과 손창환을 비추었다. 지금껏 없었던, 주연배우를 위한 무대인 것처럼.

"지랄하고 자빠졌네."

손창환은 경찰을 향해 낮게 읊조렸다. 웬일인지 킬킬거리며 웃음이 터졌다. 웃음은 자꾸만 커져갔다. 손창환은 오른손을 들어 천장을 향해 총을 쏘았다.

탕!

소리가 울리자 지하 주차장 입구를 방패를 든 경찰특공대가 일사분란하게 막아섰다. 주차장을 막았다고 생각한 건 착각이었다. 그저 경찰이 에워쌌을 뿐이었다.

"잘 들어!"

손창환이 한 층 높은, 주차장 입구를 막아선 경찰을 향해 고함쳤다.

"나와 이 새끼가 모든 일을 꾸몄어. 그런데!"

"투항하라. 손창환! 우리는 이미 중요한 단서를 포착했다. 당신이 왜 한성욱 경정에게 전화를 걸었는지!"

"지랄들 하고 계십니다, 네?"

내가 죄를 짓지 않았다고 항변할 때는 아무도 믿지 않았다. 그런데 이제 와서 중요한 단서를 포착해? 손창환은 코웃음을 쳤다. 무엇보다 경찰이 추정하는 단서는 손창환의 결말에 들어 있지 않았다.

손창환은 총구를 박상준에게 바투 밀착시켰다.

"잘 들어. 나와 박상준이 이 모든 계획을 짰어. 그런데 박상준이 킬러를 고용해서 모든 돈을 먹으려고 든 거야. 킬러는 죽었어. 주차장에 중상자가 두 명 있다. 이 사건과는 관계없으니까 살려. 그리고 박상준은!"

잠시 호흡을 골랐다. 어떻게 해야 할까? 어디를 먼저 쏘아야 할까? 설핏 엠제이의 눈빛이 스쳐 갔다. 울고 있었다. 두 손을 바닥에 짚고서. 그래, 마지막에 마지막인데 도박을 할 수는 없었다.

손창환은 박상준의 관자놀이를 향한 방아쇠에 힘을 주었다.

탕!

총소리가 울리는 동시에 박상준이 넝마처럼 바닥에 내려앉았다. 이번에는 총구를 경찰에게 향했다.

"내가, 먼저!"

대포 소리에 맞먹을 총소리가 뭉치고 뭉쳐 손창환에게 달려들었다. 거대한 소리는 물리적 압박이 되어 손창환의 심장과 폐와 신장을 뚫었다.

마지막 말이 남았었는데. 거칠게 연사되는 총소리에 손창환의 마지막 말은 묻히고 말았다. 손창환은 오랜 회한을 묻으며 넝마나 다름없는 박상준 위로 포개졌다. 두 개 조로 나뉜 경찰이 다급하게 달려 나오는 발소리까지 듣기에는 손창환의 마지막 숨이 짧고 비루했다.

은행원 이기동
2017년 2월 3일 금요일 밤

눈을 뜬 사각의 공간이 핑 돌았다. 어지러웠고 위태로웠다. 이기동은 그렇게 생각을 떠올린 뒤에야 살았다는 사실을 직감했다.

"정신이 드십니까?"

"집사람은요?"

아이러니란 이럴 때 쓰는 말이다. 이기동은 피를 토하며 정신을 잃을 때까지 김새롬을 끌어안고 있었다. 마치 로미오와 줄리엣이라도 된 듯 서럽게 울다 정신을 잃었다.

가만 그때.

손창환이었나?

마치 물에 빠져 허우적대는 것처럼 기억은 흐리고 침잠했다.

"아이러니하네."

겨우 입 바깥으로 그 말이 터져 나왔다.

"경찰입니다. 혹시 기억나는 사실이 있으십니까?"

단도직입적이었고 완고한 말투였다.

"네, 조금요. 아니 이제 천천히 기억이 나네요."

그래, 그랬지. 한국은행으로 400억이 넘는 돈을 불입하려다 강탈을 당했지.

이기동은 생각나는 대로 이야기했다. 두서없고 조리 없었다. 알아듣는 것은 경찰의 몫이지 이기동의 것은 아니었다. 그런데 말을 하면 할수록 눈물이 났다.

"새롬, 새롬 씨는요?"

죽었나요? 차마 그 말이 단어가 되어 바깥으로 나오지 않았다.

"애니 킴, 보통 '베이징 악마'라고 불렸더군요. 신분은 위장이었고요. 현장에서 즉사했습니다. 그것보다 손창환이라고 아십니까?"

꿈이…… 아니었던가. 얼마 만에 본 손창환인데.

"고등학교 동기입니다."

"지금쯤 깨달으셨으리라 판단하고 솔직히 말씀드리죠. 손창환이 이 모든 일의 배후였습니다. 애니 킴, 그러니까 김새롬과 박상준, 아마 여기까지는 조금 배경이 필요할지도 모르겠네요. 추후 자세한 사실은 부하 직원을 통해 들려드리도록 하지요. 어쨌든 손창환이 이기동 씨가 있는 은행을 점찍었던 것 같습니다."

무얼까. 남자가 거짓말을 하고 있다는 느낌이 들었다. 그래, 이런 상황을 위화감이 든다고 하나.

"무슨 소리예요? 그 사람 누구죠? 화훼단지를 운영한다는 사람의 남편, 그 사람이 모두 꾸민 일이 아닌가요?"

"그 사람이 박상준입니다."

"아, 박상준. 그러니까요. 그 사람이 모든 일을 꾸민 거라니까요. 우리 새롬 씨도 거기에 말려든 거예요. 불쌍하게 개죽음 당하고!"

"킬러……였더군요. 네, 이런 직업이 이제 한국에도 심심치 않게 침투해 있다는 사실을 저희도 알게 되었습니다. 물론 대외적으로는 피의자가 사망했고 킬러라는 직업을 세상에 내놓아 봐야 득 될 게 없죠. 그래서 김새롬, 애니 킴은 현장에서 사망한 걸로 처리될 겁니다."

"그냥 제 부하 직원으로요?"

"네, 이기동 씨의 부하 직원으로요."

"그래도 진실은 그게 아닙니다. 모든 일은 그 사람이 꾸민 게 맞아요."

"그게 진실이라고 생각하십니까?"

남자가 물었다.

이기동은 이를 악물고 고개를 끄덕였다. 그게 진실이었다.

"때로 진실은 과장도 되지만 재배치되기도 합니다. 이기동 씨는 악당들에 맞선 영웅이 되셨습니다."

남자의 눈길이 보조 의자로 옮겨 갔다. 위에는 신문이 놓여 있었다. 헤드라인이 보였다. '은행원 기지로 400억 원이 넘는 돈을 되찾아', 큰 글씨 아래 기사까지는 보이지 않았다.

"그러면 손창환은? 창환이는 어떻게 됐습니까?"

"경찰이 쏜 총에 맞아 현장에서 즉사했습니다."

"즉사?"

"네. 즉사……."

남자의 말끝에서 묘한 여운이 느껴졌다.

"그러면 그 남자는?"

"박상준이요? 손창환이 죽였습니다."

이기동은 직감했다. 손창환이 했던 말의 전모는 아닐지언정 그가 했던 말의 일부를 이해할 수 있을 것 같았다. 내가 먼저 죽을 거니까, 라던.

"혹시 창환이와 그 남자가 접점이 있는 사이였습니까?"

"과거에 같은 경상은행에서 근무했더군요."

"아, 시 금고요?"

"아시나 보네요."

"네. 창환이, 스무 살에 은행 들어가서 개고생만 했으니까요. 군대가 그렇게 편할 수 없었다며 제가 군대 갈 때 하던 말이 떠오르네요. 창환이가 범인이라고요? 그러니까 경찰들은 모든 범죄를 손창환이 저질렀다 생각하시는 거죠?"

아니, 정확하게는 그렇게 마무리 짓고 싶은 것이다. 만약 틀리지 않았다면 이런 결말은 손창환이 원했던 것이다.

그래, 맞다. 손창환이 원한 결말이다. 친구라지만 해준 게 없다. 유언이라도 들어줄 수 있다면.

"저도 손창환이 주범이었다고 생각합니다. 더는 할 말이 없습니다."

이기동은 눈을 감았다. 죽은 사람은 되살릴 수 없다. 김새롬과 약속했던 저녁이 내심 아쉬웠지만 그러하기에 영원히 추억할 수 있을지 모른다. 손창환 역시.

눈을 감은 너머에서 남자의 한숨 소리가 들려온 듯했다. 감았던 눈을 도로 떴다. 남자는 빤히 이기동을 응시하고 있었다.

"두 분 사이에, 사전에 모의된 것은 아니리라 봅니다만, 그래야만 결말을 낼 수 있습니다. 손창환 씨가 바라던 대로요. 저 역시 사건에 대해 불필요한 것까지 알아차리고 말았거든요. 그럼."

남자는 살짝 목례한 뒤 병실을 나가려 했다.

"저기요, 형사님. 이름이 뭡니까?"

"백용준입니다. 백용준 경감."

이기동이 목례를 하자 남자는 병실을 나갔다.

그날 밤, 이기동은 꿈을 꾸었다. 손창환과 김새롬, 그리고 얼굴이 정확하게 보이지 않는 여자와 더불어 넷이 함께 캠핑을 간 꿈이었다. 즐거웠다. 그런데 자꾸 눈물이 났다. 꿈인데도, 꿈이었기에, 아니 꿈이라는 사실을 알고 있으면서도 눈을 뜨기 싫었다. 눈을 뜨고 나면 다시는 볼 수 없을 얼굴들.

김새롬, 그리고.

경리 김미순
2017년 2월 4일 토요일 오후

"김 양, 택배 왔네."

노조위원장이 믹스 커피를 마시다 말했다.

그래 김 양. 그게 내 이름이다. 나잇살로는 두 해 어린 노조위원장은 선거 때조차 김 양이라고 불렀다. 남자들만 우글거리는 택시 회사에 있는 유일한 경리 직원인 김미순에게 이름 따위 물어보는 기사는 없었다.

아니, 아니다.

7년 전, 사람들과 눈을 잘 마주하지 못하던 남자가 있었다. 손창환. 그는 정확히 김미순의 이름을 기억하고 불렀다. 미순

씨. 미순 씨. 그때마다 누군가 가려운 곳을 건드리는 듯했다. 좋으면서 불편했고 기쁘면서 부끄러웠다. 아무도 미순이라 부르지 않는데 저 남자만 이름을 불러줄까?

참지 못하고 김미순이 말했다. 그냥, 김 양이라고 부르세요. 좀 불편해요.

남자는 머쓱한 표정이었다. 그래도 괜찮아요?

묻는 게 더 이상했다. 차별이니 뭐니, 다 귀찮은 이야기일 뿐. 하루에도 여러 번 접촉 사고와 인사 사고를 겪고 마음 졸이는 회사에서 이름 하나 불러준다고 달라질 게 뭐 있을까. 나도 편하고 그들도 편한 게 좋은 거 아닐까. 타성에 젖는 거라 해도 뭐 어떠랴.

확언을 받은 뒤 손창환은 김미순에게 조심스레 '김 양'이라고 불렀다. 그러나 '김 양'이라는 호칭보다 저기요, 하고 부탁하며 미안해할 때가 더 많았다.

조금씩, 느리게 그리고 녹아들듯 손창환을 마음에 두게 되었다. 선량한 사람이었다. 그런데.

어제 신문 기사를 본 김미순은 경악하고 말았다. 은행 강도라니. 그럴 사람이 아니라고 한들 누가 믿어줄까. 경찰들이 회사에도 조사를 나왔다. 노조위원장을 비롯해 차를 나눠 쓰는 이명철에게 취조가 집중되었다. 어느 누구도 김미순에게는 눈길을 주지 않았다. 그러나 어렴풋이 안다. 손창환이 강도를 저지를 사람은 아니라는 걸.

그만두기 얼마 전, 손창환은 확연히 변했다. 웃음이 많아졌고 생기가 돌았다. 김미순은 내심 섭섭했다. 여자가 생겼다고 지레짐작했기 때문이었다. 며칠 전 회사 뒤편 소방 도로에서 손창환과 마주쳤다. 정확하게는 스쳐 가는 손창환을 보았다는 게 맞았다. 반가운 마음에 김미순은 뛰어갔다. 그때 차에서 내리는 딸뻘인 여자를 보았다. 손창환과 이야기를 나누는 모양새가 묘했다. 경우에 따라 여자 친구로도 보였다.

실망했다. 한 번쯤은 대시해줄 거라 생각했건만.

손창환이 그런다. 밥 한번 꼭 먹자고. 늘 그랬듯 미안해하는 표정이었다.

기대했지만 기회는 사라졌다. 손창환은 죽었다. 은행 강도가 되어. 권총으로 사람을 죽이고 자살하듯 경찰에게 총을 겨누었단다.

어제 그제는 도무지 일이 손에 잡히지 않았다. 믿을 수 없었고 믿기 어려웠다. 그럴 사람이 아니라 항변하고 싶었다. 그러나 누구에게.

"김 양, 택배 왔다니까."

가까이 다가온 노조위원장이 책상 위에 택배를 툭 던졌다.

"아, 예."

말을 하며 놀랐다. 글씨. 저 글씨는 손창환의 글씨였다. 글자의 방향이 마치 우측으로 달려 나가는 듯 기울어진 글씨체.

커터를 꺼내 조심스레 테이프를 잘랐다. 구겨지지 않게 포장지를 조심스레 뗐다. 가로세로 20센티미터 정도의 작은 상자였다. 상자 뚜껑을 들어서 분리하자 내용물이 보였다. 메모지 하나와 패밀리 레스토랑 2인 식사권, 마이크로 SD 카드가 있었다.

뭐지? 왜 이걸.

메모지를 펼쳤다.

'직접 전해주면 좋을 텐데 이 택배가 갔다는 건 아마 직접 전해주지 못해서일 겁니다. 꼭 한번 밥 같이 먹고 싶었어요, 미순 씨. 행복하세요. 좋은 남자 만나고.'

유언으로도 고백으로도 너무 짧았다. 그러나 충분한 마음이 전해졌다. 이 택배를 맡길 때 손창환은 이미 결심하고 있지 않았을까. 그가 그리는 결말에 대해.

포장에 적힌 택배 영업소를 확인했다. 가까운 곳이었다. 전화를 걸어 물었다. 상대가 다른 사람을 바꿔주자 이렇게 말했다. 찾으러 오지 않으면 보내달라 부탁했다고. 고맙습니다, 말하며 전화를 끊었다.

마지막 내용물이 눈에 들어왔다. 마이크로 SD 카드. 눈에 익숙한 모델이다. 회사 택시에 일괄 장착한 블랙박스 모델에 넣는 32기가짜리. 변환 젠더에 끼워 컴퓨터에 꽂았다.

모니터 속 파일 탐색기는 32기가 SD 카드가 비었다고 보여주었다.

왜 이걸 보냈지?

삭제……?

복구하라는 뜻인가. 그래, 그제야 알겠다. 최후의 안전장치. 손창환은 믿을 사람이 없었던 것이다. 오며 가며 7년을 스친 김미순 외에는. 마지막에 다다라 자신의 운명을 쥐고 있을지 모를 이 SD 카드를 맡길 상대조차 없었던 것이다.

SD 카드를 빼냈다. 손바닥 안에 든 카드를 꽉 쥐었다.

"가지고 있을게요. 잘 보관하고 있을게요."

김미순은 SD 카드가 마치 손창환인 것처럼 말을 걸었다. 눈물이 흘러 얼른 왼손으로 얼굴을 더듬었다. 저 멀리서 누군가 부른다. 김 양!

에필로그

오후의 석양은 이지러졌고 가게는 한산했다. 드문드문 사진을 찍는 한국인 여행객들도 오늘은 뜸했다. 눈치를 보던 웨이터가 행주를 들고 테이블을 닦기 시작한다. 주방에 있던 셰프의 목소리도 한껏 낭창낭창해져 외친다. 뭐 먹고 싶은 거 없어?

선셋대로의 2월은 더없이 매력적이다. 반대로 거리는 한산하고 사람은 한심하다. 무료함이 만든 결과다. 일상에 파묻히고 싶던 그녀에게 이런 날은 자꾸만 과거의 기억을 끄집어내게 만든다. 그때마다 괴로웠다. 그래도 요즈음은 익숙해졌다. "노, 노!" 하고 두 손을 날처럼 세워 외치는 것이다. 그러면 성큼 다가왔던 기억이 저만치 달아난다.

1년 전 눈으로만 봐두었던 가게를 샀다. 돈도 남았지만 시간도 남았기에 손수 인테리어를 했다. 제발 시간아 가라, 하는 심정이었다. 아쉽게도 인테리어는 3주 만에 끝났다. 최대한 느리게, 웬만하면 혼자서 끙끙거렸는데도 딱 3주가 전부였다.

가게는 LA를 동경하는 아시아 여행객들에게 소문이 났다. 왜 LA까지 여행 오면서 한국식 치킨과 맥주에 열광하는 것일까.

웨이터인 이안과 셰프인 조르주를 뽑는 데도 일주일이 걸리지 않았다. 이안은 여자 친구와 함께 LA 선셋대로 인근에서 평생을 마무리하기를 원했다. 셰프인 조르주는 오랫동안을 세계 각지를 떠돌았단다. 그 역시 이곳에서 석양을 보며 한가하게 일생을 보내기를 원했다. 그녀도 그랬다. 이제 더는, 생존과 관련된 갈급한 일을 하기 싫었다. 낭만이라면 낭만, 자적이라면 자적하는 삶을 살고 싶었다.

이안과 조르주에게 셋이서 매상을 나누어 가지자 제안했다. 30퍼센트씩, 10퍼센트는 기부를 위해 모을 거라 말했다. 다만 사장은 그녀이니 조금이라도 일이 게으르거나 음식의 맛이 떨어진다면 가차 없이 자르겠노라 공언했다. 이안의 여자 친구가 자주 가게에 들렀다. 마치 두 사람이 주인처럼 가게에서 행동했다. 눈치껏 자리를 피해주었다. 오픈카를 타고 LA 해변을 내달렸다. 셰프인 조르주가 이럴 때마다 입이 비죽 나왔다. 자신은 휴일 없이 일하는데 너무한 것 아니냐는 표정이 되어.

"오늘 가게 일찍 마칠까?"

손님이 들어선 것은 그녀가 조르주에게 그 말을 건넬 때였다.

처음에는 관광객이라 지레 짐작했다. 아니었다. 낯이 익었기 때문이다. 몇 초 뒤 알아차렸다. 형사. 남자는 익숙한 듯 다가와 인사를 했다.

"오랜만입니다. 2년쯤 지났나요?"

"아마도."

그녀가 인사하자 형사는 맥주와 나초를 주문했다. 백…용준이었던가.

석양은 더욱 이지러졌고 가게는 여전히 한산했다. 주변을 아우르던 남자가 맥주를 한 모금 들이켰다.

"LA는 2월이라도 그리 춥지는 않군요. 대한민국이라면 10월 날씨쯤 되려나요?"

"아마도."

"제가 무어라 불러야 합니까? 문정, 아니면 엠제이……? 아니면?"

"편하신 대로."

"그럼 엠제이라고 하지요."

"LA까지는 어쩐 일이세요? 형사님이 여행을 오셨을 것 같지는 않고."

"오늘이 손창환 씨가 사망한 지 3년 된 날입니다. 뭐 그걸 추모하자는 건 아니니. 에, 본론만 말하죠. 꼭 물어보고 싶은 게 있었습니다."

"본론이요?"

눈물이 끓어오르려는 걸 꾹 참았다. 몰랐던 게 아니다. 기억하고 싶지 않았을 뿐.

"네. 사건이야 마무리되었으니 들쑤시고 싶은 생각은 없습니다. 다만…… 손창환을 목표물로 삼은 건 박상준이었습니까, 아니면 엠제이 당신이었습니까?"

"그게 무슨 말씀이시죠?"

남자는 이제 완전히 이지러진 2월의 석양을 바라보고 있었다. 마치 엠제이에게는 아무 관심도 없었다는 듯이.

"강동에 있는 개그맨이 하던 중국 식당에서 그러더군요, 누가 보아도 납치를 당한 것 같았다고. 법정에서도 증언할 수 있다고 큰소리쳤어요. 물론 사건이 발표된 뒤 흔적을 복기하며 더듬었던 거라 그들의 의견은 참고였을 뿐입니다. 잠실 홈플러스에서도 마찬가지였고요. 그만큼 당신은 철저했어요. 그래서 모든 걸 다 인정하고 CCTV만 수없이 되감아 보았습니다. 보고 또 보았지요. 그런데 하나가 이상하게 여겨졌습니다."

그제야 엠제이는 남자와 눈을 맞추었다.

"박상준은 정말로 손창환이 쫓는다는 사실을 알았던 걸까?"

남자는 목이 타는 듯 생맥주를 비웠다. 이안의 눈길이 그에게 박혔던지 손을 들어 하나를 더 달라 남자가 제스처를 취했다.

"지금에 와서 그게 달라진다 한들 바뀌는 게 있나요?"

"없습니다. 그냥 궁금해서 참을 수가 없었습니다."

남자는 이안이 내온 생맥주를 한 번 더 들이켰다.

말해줄까. 아니 말하지 않기로 했다. 엠제이가 이안에게 고개를 끄덕였다. 재빨리 이안이 생맥주를 가져왔다.

엠제이는 남자에게 건배를 제안했다.

"말씀드리죠, 그건……."

그때 선셋대로에 어울리지 않는 컨테이너 차량이 가게 앞으로 관통했다. 엠제이의 말은 소음에 묻혔다. 남자는 들리지 않는다는 듯 눈을 크게 떴다.

"……당신은 사건에 대해 부채를 지고 있는 거예요. 적당한 부채가 있어야 적당한 자기기만과 위안도 되는 거니까요."

손창환이 말했던 부채, 자기기만과 위안을 저 남자가 알아줄지는…… 모르겠다. 엠제이는 남은 맥주를 단숨에 비웠다. 고개를 돌려 일몰의 마지막을 보았다. 내일은 내일의 일몰이 생긴다.

"이제 그만 가보세요."

과거는 그저 과거일 뿐.

"그러지요."

과거는 그래, 과거일 뿐.

자리에서 일어선 남자가 살짝 목례를 했다. 돈을 내려던 남자에게 엠제이는 그냥 가라 손을 내저었다. 황망해 보였던 남자는 굳이 테이블 위에 10달러를 얹어두었다. 메뉴판을 보았다면 18달러에 팁을 더해야 한다는 걸 알았을 텐데. 10달러쯤, 공양한 셈 치자. 죽은 자를 위해.

남자는 두어 걸음 머뭇거리다 이내 멀어졌다. 남자도 또 과거도 이제 완연하게 이지러진 선셋대로의 어둠에 녹아들었다. 그리고 더는, 보이지 않았다.

엠제이는 그 누구도 아닌 허공을 향해 말했다. 미안해요, 평생 미안해할게요.

평생.

작
가
의
말

『내가 먼저 죽인다』는 사람에 관한 이야기입니다. 소설이라는 가짜에 몸을 숨긴 진짜 이야기이기도 합니다. 시나리오 하나를 들고 무작정 상경해 방이역 근처에 자리를 잡을 때부터, 그리고 제 고집대로 10년 넘게 글을 쓰면서 머리를 떠나지 않던 주제입니다.

내부 고발자!

우리는 상식과 인식, 행동이 괴리된 사회를 살고 있습니다. 양적 성장이 주도한 규모의 경제가 팽창하며 물질적으로는 유복하지만 정신적으로는 꽤나 빈곤한 삶을 사는 사람들이 적지 않습니다. 대중 앞에서 성인군자인 양 행동하면서도 뒤돌아 추악한 민낯을 드러내는 유명인들을 볼 때면 씁쓸하기 그지없습니다. 양적 성장에만 매달린 결과 질적 성장과 사회의 성숙이 동반하지 않은 부조화에서 벗어나지 못했습니다. 부정과 비리, 협잡과 부패는 사회 도처에 만연합니다. 이를 고발하면 처음에는 박수 치지만 곧 사회에서 격리됩니다.

『내가 먼저 죽는다』의 주인공은 내부 고발자입니다. 그저 살기 급급한 그에게 그를 벼랑으로 내몰았던 남자가 등장하며 로터리를 회전하듯 주인공의 인생 향방이 바뀝니다. 만약 당신이 내부 고발자라면 어떻게 살아갈지 상상해본 적 있으신지요?

어느덧 전업 작가로 생활한 지 10년이 지났습니다. 처음에는 꿈이 무엇인지 깨달았기에 글을 썼고, 꿈을 영글어가게 하려 또 글을 썼습니다. 좋은 게 좋다는 양으로 부정과 비리, 협잡이나 부패와 손잡지 않으려 무던히 노력했습니다. 이로 인해 구설이나 오해도 생겨났습니다. 그렇지만 저의 기준은 변함이 없습니다. 글을 위해 정도를 지켜가자는 것입니다. 다만 여전히 부족한 사람이라는 사실에는 수긍하게 됩니다. 이렇게나마 '복수'를 해버렸으니 말입니다. 'C시'에서 연이 끝났으리라 여겼던 남자를 방이동 먹자골목의 허름한 분식집에서 만날 거라 상상조차 못 했거든요. 그제야 10년, 아니 20년을 묵혔던 감정이 솟구쳤습니다. 더는 묵힐 수 없었던 감정을 모아 권총 대신 글자로 '복수'를 마쳤습니다. 별것 아닌 글이다, 스스로 결론했지만 글을 끝낸 뒤 10년 만에 처음으로 번 아웃이 왔습니다. 번 아웃에서 회복하는 게 쉽지 않더군요. 그러며 참으로 힘겨웠던 또 바보 같았던 지난날에 대해서도 복기하고 술회하게 됩니다. 잘못된 것, 나쁜 것을 보면서도 잘못되었다, 나쁘다 말하지 못한 벌이었다, 라고.

개인적으로 명명한 '방이역 3부작'은 이제 막을 내립니다. 작가의 비정상적인 창작으로 인해 늘 전면에 나서지 못하고 곁다리가 된 마음 속 주인공 백용준에게도 잠시 안녕을 고합니다.

첨언하자면 후회하지 않는 삶을 사는 사람은 없습니다. 또한 인간이기에 힘들지 않은 삶을 사는 사람도 없습니다. 물질과 규모보다는 내적 만족과 삶의 질 문제에 관심을 쏟으라 말씀드리고 싶습니다. 그렇지 않다면 스스로 실패한 삶이라 단정할지 모릅니다. 남과 비교하며 남이 잘못 가르친 것을 진리라 믿는 우매한 실패를 반복하지 마시기 바랍니다. 우리는 충분히 열심히 살고 있으니까요.

손선영

내가 먼저 죽인다

초판 1쇄 인쇄 2018년 4월 3일
초판 1쇄 발행 2018년 4월 10일

지은이 손선영
펴낸이 김문식 최민석
디자인 손현주

펴낸곳 (주)해피북스투유
출판등록 2016년 12월 12일 제2016-000343호
주소 서울시 마포구 독막로 178-1 성보빌딩 5층
전화 02)336-1203
팩스 02)336-1209

© 손선영, 2018
ISBN 979-11-88200-31-3 03810